রত্নাকর

মিলন পুরকাইত

Ratnakor

A Bengali story

By Milan Purkait

প্রকাশকাল- এপ্রিল, ২০২২

গ্রন্থস্বত্ব- লেখক

প্রচ্ছদ- মনোজিৎ নন্দী

প্রকাশক- নেট ফড়িং

বিষয়বস্তু

উৎসর্গ

আমার প্রিয় পাঠকদের...

1

রত্নাকর

২৫ শে ফেব্রুয়ারী , ২০১৯

কেরলের ছোট্ট একটি গ্রাম থিরুনেল্লি । পশ্চিমঘাট পর্বত এর বুকের মধ্যে বেড়ে ওঠা ছোট্ট এই গ্রামটির প্রকৃতি খুবই শান্ত । চোখ ফেরালেই দেখা মেলে রবার গাছের সারি । কফি আর চা তৈরি এখানকার মানুষদের প্রধান জীবিকা । গ্রামটির চারদিকে লক্ষ্মণরেখার মতো ঘিরে রেখেছে পাপনাসিনী নদী ।

"নট টুরিস্ট টাইম ... রুম ফ্রি ...আদার টাইম ইউ গেট নো রুম, ম্যাডাম । "

বিতস্তা হোটেল মালিকের আধাআধা ইংরিজিতে বোঝে যে টুরিস্ট টাইম শেষ হয়ে গেছে বলেই ওর হোটেল রুম গুলো ফাঁকা অন্য সময় হলে পাওয়া মুস্কিল হতো । ও বেছে ব্যালকনি যুক্ত একটা সিঙ্গেল রুম নেয় । জানলা খুল্লেই বিশাল সেই পাহাড় । ছোটো বেলায় বাবা মার সাথে দার্জিলিং গিয়েই প্রথম পাহাড় দেখা ওর । তখন মনের মধ্যে অন্য এক অনুভূতি । এখন আর ওসব বোধ হয়না । দু এক মিনিট দাঁড়িয়ে ব্যাগ থেকে টাওয়েল বের করে ও ।

কলকাতা থেকে কোলাম এর দুদিনের ট্রেন জার্নি । তারপর ঘন্টা দশেক ট্যাক্সিতে । পাহাড়ী রাস্তায় গাড়িতে আসার মজা আলাদা । প্রকৃতি যেন কথা বলছিল ওর সাথে । জ্যামের ভিড়ে আটকে যাওয়া এক শহর থেকে মুক্তি । প্লেনে করেও আসা যেতো, কিন্তু খরচটা বড্ড বেশি । জার্নিটা একটু হেকটিক হলেও ওর মন্দ লাগেনি । বায়ানাদ জেলাটা পুরোটাই আদিবাসী অধ্যুষিত।

পানিয়া, আদিয়া, কাট্টুনায়াকান এর মতো কতো গোষ্ঠী ছড়িয়ে আছে এই জেলা জুড়ে তার হদিশ মেলা ভার। ট্যাক্সিতে আসার পথে মাঝে কয়েকবার নামতে হয়েছিল বিতস্তাকে। সাধারণ মানুষগুলোর সঙ্গে কলকাতার ভিড়ের কোনো মিল দেখতে পায়না বিতস্তা। অদ্ভুত এক শান্তির দেশ কেরালা। হয়তো এই জন্যই একে দেবতার ভূমি বলে। ওর মন প্রশান্তিতে ভরে উঠেছিল আসতে আসতে।

হোটেলের বাথরুমটা এলাহী না হলেও বেশ ছিমছাম। বিতস্তা শাওয়ার এর তলায় এসে দাঁড়ায়। জলের ফোঁটা গুলো ওর ঠোঁঠ ছুঁয়ে বুকের মধ্যে দিয়ে খেলতে খেলতে নিচে গিয়ে পড়ে। সারাদিনের পরিশ্রম এক নিমেষে দূর হয়ে আসে বিতস্তার।

বাথরুম থেকে বেরিয়ে আয়নার সামনে এসে টাওয়েল দিয়ে ভিজে চুল গুলোকে মোছে। নিজের শরীরকে কোনোদিনই দেখা পছন্দ না ওর। আছে কি এই শরীরে। শুধু চড়াই আর উৎরাই। নারী শরীর ওর কাছে নদীর মতো। হাজার পাহাড় ডিঙিয়ে সমুদ্রে গিয়ে বিলীন হওয়া। এতে কোনো আলাদা মজা নেই। যখন ওর শরীরের চামড়া গুটিয়ে যাবে, তখন শুধু মনটা পড়ে থাকবে।

ওদের কলেজে ওর থেকে লম্বা মেয়ে আর কেউ ছিলো না। ছোটোবেলা থেকেই খেলাধুলোর প্রতি খুব টান ছিলো বিতস্তার। বাবাই ভর্তি করে দিয়েছিল জুডো ক্লাসে। ক্লাস টুয়েলভ অবধি ভালোই শিখেছিলো। তারপর আর শেখা হয়নি। চুলগুলো ওর স্ট্রেট কাট। বন্ধুরা কতবার বলেছে "হাবিবস এ যা ...কার্লি কর ...ওটাই ট্রেন্ড চলছে।" কে শোনে কার কথা। ওর কোনোদিনই সাজগোজ করতে তেমন ভালো লাগে না। টমবয় টমবয় লুকটাই ওর বেশি পছন্দ। টুয়েলভ এর পর থেকে কিছুই ভালো লাগতো না ওর। মার চেঁচামেচিতেই একটু ভদ্র সভ্য হয়ে কলেজ যেতো।বাড়ির সবাই ভেবেছিলো ও ডক্টর হবে। কিন্তু ও যখন জয়েন্ট দিলো না তখন ওর মা খুব কষ্ট পেয়েছিলেন। নিজের জেদেই ও জার্নালিজম নিয়ে ভর্তি হয়েছিল। শুধু একমাত্র ওর বাবা ওর পাশে ছিল। " তোর যেটা ভালো লাগে সেটাই তুই কর, মা " বাবার এইটুকু কথায় ওর জন্য যথেষ্ট ছিল। স্নাতক হয়েই একটা চাকরী জোটানো ওর ফার্স্ট প্রায়োরিটি ছিল।বেশী দিন বসে থাকতে হয়নি ওকে। এখন কয়েকমাস হলো একটা অনলাইন পোর্টালে ইন্টার্ন হিসেবে ঢুকেছে। চাকরিটা পাওয়ায় মা একটু শান্ত হয়েছেন। কিন্তু এদিক ওদিক মেয়ে ছুটে বেড়াবে এটা উনি যে মোটেও বরদাস্ত করছেন না, সেটা বিতস্তা

ভালো মতোই জানে। ওর বিয়ের জন্য যে বাড়িতে চক্রান্ত চলছে সেটাও অজানা নয়। তবে ওসব বিষয় এখন গৌণ ওর কাছে।

বিতস্তা ভাবে যাক কদিন মায়ের বকা থেকে তো মুক্তি। ওদের পাড়ার সবাইও ভেবেছিলো বিতস্তা ডাক্তার হবে। ওর মাকেও তাই হয়তো পাড়ার লোকের টিটকিরি শুনতে হয়। কিন্তু বিতস্তা নিজেকে ছোটো মনে করেনা। একদিন ওর ইচ্ছেপূরণ হবেই।

পোশাক আশাক পরে হোটেল এর ডাইনিং এ আসে বিতস্তা। খাবার সব দক্ষিণ ভারতীয়। বেশী মুখে রচে না ওর। অল্প খেয়েই উঠে পড়ে ও। আজকে ঘুমটা খুব দরকার। কাল থেকে একটু ঘুরতে হবে। বিতস্তা ঘরে গিয়ে আলো নিভিয়ে দিয়ে শুয়ে পড়ে। নতুন জায়গায় ঘুম আসতে চায় না ওর। বিছানা থেকে উঠে জানলার সামনে আসে ও। পশ্চিমঘাটের পর্বতের মাথার উপর একফালি চাঁদ। এক অপরূপ শোভা চারিদিক জুড়ে। মেঘের সারি চাঁদের চারদিকে মালার মতো ঘিরে রয়েছে। জানলা দিয়ে দূরের নারকেল গাছগুলোকে দেখে মনে হয় যক্ষ পুরীর রক্ষাকর্তা। এক মুহূর্তের জন্য ভয়ে বিতস্তার বুকটা কেঁপে ওঠে। ও জানলা থেকে বিছানায় ফিরে আসে। সোশ্যাল মিডিয়া ইচ্ছে করেই আসার আগে ডিএক্টিভেট করে এসেছে। সভ্যতার সাথে এভাবেই সম্পর্ক ছেদ হোক। সত্যজিতের অরণ্যের দিনরাত্রির কথা মনে আসে ওর।

২৮ শে ফেব্রুয়ারী, ২০১৯

মাঝের দুদিনে গোটা গ্রামটা চষে ফেলেছে বিতস্তা। গ্রাম হলেও পর্যটনের সুবাদে বেশ উন্নত বলতে হবে। পাহাড়ী রাস্তা জুড়ে সবুজের মেলা। একটু হাঁটতেই একটা মন্দির চোখে পড়ে বিতস্তা। লোকাল লোকজনের কাছ থেকে জানতে পারে বিষ্ণু দেবতার এই মন্দিরের নাম অনুসারেই নাকি গ্রামটার নাম হয়েছে থিরুনেল্লি।

মন্দিরের সামনে গিয়ে প্রনাম করে সে। মন্দির থেকে বেরিয়ে দেখে ঘড়িতে বারোটা। ওখান থেকে পাপনাসিনী নদী দেখতে যায় ও। পাহাড়ী জঙ্গলের মধ্যে দিয়ে ফল্গুধারার মতো বয়ে চলেছে ছোট্ট নদীটি। নদীর চারপাশে এবড়ো খেবড়ো পাথর। অনেকেই কলা পাতায় চাল দিয়ে পুজো দিয়েছেন নদীর জলে। নদীর জলে পা ডুবিয়ে কয়েক মুহূর্ত বসে থাকে ও। মুক্তি বোধয় এখানেই আছে। ওর ফিরতে ইচ্ছে করেনা।

পরেরদিন ও সকাল সকাল বেরোয় হোটেল থেকে। বিষ্ণু মন্দির এর সামনে থেকে একটা ছোট চারচাকা পেয়ে যায়। মন্দির থেকে সাত আট

কিলোমিটার দূরে একটা পাহাড়ী ট্রেক আছে। খবরটা ও পেয়েছিল হোটেলের মালিকের থেকেই। সব কিছু দেখে নেওয়া যে দরকার সেটা ও ভালো ভাবেই জানে। তাই বেরিয়ে পড়তে দেরী করেনি। গাড়ি থেকে নেমে কিছুটা হাঁটতে হয়। হাঁটার পর শুরু হয় জঙ্গল দিয়ে উঁচু পাহাড়ী রাস্তা। হাঁটতে হাঁটতে ও ক্লান্ত হয়ে পড়ে। ঠান্ডার মধ্যেও ওর শরীর দিয়ে ঘাম ঝরতে থাকে। অনেকদূর হাঁটার পর একটা গুহা ওর নজরে পড়ে। এইরকম জায়গাই ও খুঁজছিলো দুদিন ধরে। খুশিতে ও এগিয়ে যায় জোর পায়ে। গিয়ে দেখে গুহার চার ধারে অনেক পাখির আনাগোনা। ওরা নিজের খেয়ালে উড়ছে , গান করছে। বিতস্তার উপস্থিতিও টের পায়নি বোধয় ওরা। কিছুক্ষন থাকার পর বিতস্তা আবার নামতে শুরু করে পাহাড়ী রাস্তা বেয়ে। নামতে নামতে হঠাৎ পাথরে ধাক্কা খেয়ে ও পড়ে যায়। হাঁটু ছিলে যায় কিছুটা। ও সেই অবস্থাতেই এগোতে থাকে। একটু দূরে একটা কুঁড়ে ঘর দেখতে পেয়ে ও এগিয়ে যায়। দেখে একজন মহিলা কুলো নিয়ে ফসল ঝাড়ছেন। পোশাক আশাক দেখে ও বুঝতে পারে আদিবাসি সম্প্রদায়ের মানুষ এনারা। খোঁড়াতে খোঁড়াতে ও কুঁড়ে ঘরের কাছে এসে পৌঁছায়। মহিলার বয়স সত্তর পেরিয়েছে। সব চুল ধপধপে সাদা। গায়ের রঙ মিশমিশে কালো। নাকে আর কানে প্রাদেশিক গহনা। গায়ের চামড়ায় ঝুল ধরেছে বোঝা যায় ভালো ভাবেই।

" আম্মা ...হেল্প "

বিতস্তা ওর হাঁটুর কেটে যাওয়া অংশ দেখায়। বৃদ্ধা দেখে হাসেন। ঘরের মধ্যে গিয়ে কিছু জড়িবুটি নিয়ে এসে ওর হাঁটুতে লাগিয়ে দেন উনি। বিতস্তার হাঁটু জ্বলে ওঠে।

" আম্মা ...ভেল্লাম প্লিজ ...থার্সটি ...ফ্রম বেঙ্গল। "

বৃদ্ধা একজনকে উচ্চস্বরে ডাকেন। কিছুক্ষন পর বছর পনেরোর একটা মেয়ে ঘর থেকে জল নিয়ে বেরিয়ে আসে। মেয়েটার কানে বাহারী দুল। মুখটা শ্যামলা , অদ্ভুত সৌন্দর্য্যে মোড়া। বিতস্তা ওর দিকে একদৃষ্টে তাকিয়ে থাকে।

" স্কুল ...স্কুল ...ইংলিশ " আম্মা কিছু বোঝানোর চেষ্টা করে।

" মুত্তাসি মিনস ...আই নো ইংলিশ ..আই গো টু স্কুল .."

" ওয়াও ভেরি গুড গার্ল ...হোয়াটস ইওর নেম ?

" কালী ..." মেয়েটার ঝকঝকে দাঁতগুলো বেরিয়ে আসে কথা বলতে বলতে।

বিতস্তা ওর ইংরেজিতে ফ্লুয়েন্সি দেখে অবাক হয়ে যায় । সত্যিই এই রাজ্যটা আলাদা , এখানকার মানুষজন আলাদা । বিতস্তা মেয়েটার মুখ থেকেই জানতে পারে ওদের পূর্ব পুরুষদের রবার ক্ষেতে জনমজদুরের কাজ করাতো উচ্চজাতের লোকেরা । তখন ওদের বিক্রিও করা হতো পয়সার বিনিময়ে । উচ্চবর্ণের লোকেরা ওদের ছায়া অবধি মাড়াতো না । কিন্তু এখন অবস্থা অনেকটাই বদলেছে । সরকারি কারখানায় ওরা কাজ করছে । ওদের জমি ও দিয়েছে সরকার । তবে পয়সা খুবই কম । এতো কিছু এইটুকু বাচ্চা মেয়েটার থেকে জানতে পেরে অবাক হয়ে যায় বিতস্তা । বিতস্তার ভাবতে অবাক লাগে এতো শিক্ষিত একটা সমাজেও জাতপাত কতো গভীরে গেঁথে আছে । এক সম্প্রদায় নিজেদের সুখের জন্য অন্যদের কতোটা নিচে নামিয়ে রাখতে পারে । দূরভাগ্যক্রমে ও সেই তথাকথিত উচ্চশ্রেণীর একজন । কিন্তু ছোটোবেলা থেকেই ওর এইসব বিষয়ের ছুতমার্গ নেই । গল্প করতে করতে কখন সন্ধ্যে হয়ে গেছে খেয়াল হয়নি বিতস্তার । ও ফেরার আগে মেয়েটাকে একশো টাকার একটা নোট ধরিয়ে দিতে যায় । কিন্তু মেয়েটা অনেক জোরাজুরির পরও টাকাটা নেয়না । আবার আসবে বলে হাসিমুখে ওদের থেকে বিদায় নেয় বিতস্তা ।

গত কদিনে বিতস্তা ওর হোটেল এর সামনের একটা রেস্তোরা থেকেই খাবার খাচ্ছে । সকালের ব্রেকফাস্টটা শুধু হোটেলে করছে ।

রেস্তোরাটা খুবই ছোটো । কিছু লোকাল লোকজন এসে খাওয়া দাওয়া করে । বেশ ছিমছামই রেস্তোরাটা । বিতস্তার হোটেল থেকেই রেস্তোরাটা দেখা যায় ।

" ম্যাডাম ..হোয়াট ফুড টুডে ? ...বিরিয়ানি ...চাইনিজ .."

রেস্তোরায় ঢুকতে ঢুকতেই মালিক এগিয়ে আসেন । বলিষ্ঠ চেহারার মানুষটার মাথায় চুলের আকাল ।

" চিকেন ডিশ অনলি ...আপ্পা ...হু কুকস হেয়ার ...গুড ফুড ...এক্সেলেন্ট ! "

বিতস্তার কথায় মালিকের সাদা দাঁত বেরিয়ে আসে ।

"ওয়েট ম্যাডাম ..."

রেস্তোরার মালিক ভিতরে ঢুকে যায় । কিছুক্ষন পর একটা ছেলেকে নিয়ে বাইরে বেরিয়ে আসে ।

বিতস্তা ছেলেটার দিকে কিছুক্ষন তাকিয়ে থাকে । ছেলেটার বয়স সবে একুশ কি বাইশ হবে । গায়ের রঙ পরিষ্কার । গলায় পুঁথির মালা । কপালে

টিকা। মুখটা একটু ছুঁচালো। চোখগুলো বেশ সুন্দর।

বিতস্তা ওর দিকে তাকিয়ে হেসে বলে

" গুড ফুড ...রিমাইন্ডস মি অফ বেঙ্গলি কুইজিন "

" থ্যাংকস ম্যাডাম ..."

ছেলেটা অল্প হেসে আবার ভিতরে চলে যায়।

খাওয়া হয়ে গেলে বিতস্তা টাকা মিটিয়ে উঠে পড়ে। হোটেলে ফিরে একটা ঘুম দেয়।

২রা মার্চ, ২০১৯

বিতস্তার গ্রামটাকে ভালো লেগে গেছে এই কদিনে। মন্দিরের সামনে বসেও অনেক্ষন সময় কাটিয়েছে। কালিকে সঙ্গে নিয়ে আরেকদিন গুহাটার মধ্যে গেছিলো। প্রকৃতির অদ্ভুত সৃষ্টি এই জায়গাটা। অনেকদিনের পুরনো আর রক্ষনাবেক্ষনের অভাবে আগাছা ও জন্মেছে প্রচুর। ও আর কালি ছুটে বেড়িয়েছে গুহার চারদিকে। হাজার রঙ বেরঙের পাখির ডাকে ওদের নিজেদের আওয়াজ হারিয়ে গেছে। নদীর পাড়ে বসেও অনেকটা সময় কেটেছে বিতস্তার। কালিকে নিয়ে গেছিলো ওখানে। বেশ মিশুকে মেয়েটা। কদিনেই বন্ধুত্ব হয়ে গেছে ওর সাথে। অনেকদিন পর প্রানখুলে একটু হেসেছে ওর সাথে। শুনেছে ওর বন্ধুদের কথা। নিজের কথাও বলেছে কালিকে। বিতস্তা প্রায় ভুলেই গেছিলো কি কারনে ওর এখানে আসা। কিন্তু স্মৃতি বড় অদ্ভুত, হাজার সুখের মধ্যেও তার ফিরে আসা চায়। কালিকে বিদায় জানিয়ে বিতস্তা হোটেলে ফেরে।

বিকেলের দিকে হোটেল এর সামনে এসে দাঁড়ায় ও। এই সময় রোজ বাচ্চাগুলোর স্কুল ছুটি হয়। দৌড়াতে দৌড়াতে বাড়ি ফিরে ওরা। ওদের দেখে নিজের ছোটোবেলার কথা মনে পড়ে যায় ওর। একদিন ও এভাবে ফিরতো বন্ধুদের সাথে। বৃষ্টির দিনে কাদা মেখেও ফিরেছে অনেকবার। কালিও এই স্কুলেই পড়ে বোধয়। পরেরদিন দেখা হলে জিজ্ঞেস করবে ও।

বাচ্চাগুলো যখন বাড়ি ফেরে ও দেখে রেস্তোরা থেকে রাঁধুনী ছেলেটা বেরিয়ে আসে। গত কদিন ধরেই এই বিষয়টা ও লক্ষ্য করছে। ওরা চলে গেলে ছেলেটা আবার ভিতরে ঢুকে যায়। ওরও কি পড়াশোনার ইচ্ছে রয়েছে ? এক মুহূর্ত দূর্বল হয়ে পড়ে বিতস্তা।

সন্ধ্যে ছটা বাজতেই ক্ষিদে পেয়ে যায় ওর। বিতস্তা হোটেল থেকে বেরিয়ে রেস্তোরায় ঢোকে। আজ দোকানের মালিক নেই দেখে বিতস্তা একটু অবাকই হয়। কোথায় গেলো লোকটা। একদিন তো একবারও দেখেনি এমন হয়নি

। খেয়ে দাম মিটিয়ে বিতস্তা বেরিয়েই আসছিলো। পিছনের একজনের ডাকে ও চমকে ওঠে।

" ম্যাডাম , আপনি কি বাঙালি ?"

বিতস্তা পিছন ফিরে তাকিয়ে অবাক হয়ে যায়।

২৭ শে নভেম্বর , ২০১৮

" হ্যালো ... এটা কি বিসিএম স্পেশাল হোম এর নাম্বার ? "

" হ্যাঁ , বলুন ...."

" নিউওয়াল্ড নিউজ পোর্টাল থেকে বলছি ...একজন জুভেনাইল এর ব্যাপারে কথা বলার ছিলো ...একটু কি সময় হবে ? "

" স্যরি , ম্যাডাম ...কোনো মিডিয়ার সাথে কথা বলার নিয়ম নেই। "

" আসলে আমরা একটা স্টোরি করতে চাইছি ...জুভেনাইল জাস্টিস এর ব্যাপারে ...অনেক স্পেশাল হোমের সাথে আগেও কথা বলেছি আমরা ...তাঁরা কিন্তু আপত্তি জানাননি। "

" অন্যদের ব্যাপারে বলতে পারবো না ...কিন্তু আমাদের এখানে মিডিয়ার সাথে কথা বলা হয়না ...ধন্যবাদ। "

ফোনটা কেটে যায়। বিতস্তার মুখে হাসি ফোটে। এর আগেও তিন চারটে হোমের সাথে যোগাযোগ করেছিল ও। তাঁরা সবাই কথা বলতে রাজীও হয়েছিলেন। কিন্তু প্রথম এখানেই বাঁধা এলো। বাঁধার কারণটা একবার খোঁজা দরকার। বিতস্তা এই নিউজ পোর্টালে যোগ দিয়েছে মাস খানেক হবে। ওর সিনিয়রকে জুভেনাইল জাস্টিস নিয়ে একটা সিরিজ করার প্ল্যান ওই দিয়েছিল। তিনিও লুফে নিতে দেরী করেননি। মাঝ বয়সি মিস্টার চৌহান খুবই ভালো মানুষ। ছোট্ট চেহারার অধিকারী মানুষটির সাথে প্রথম পরিচয় হয়েছিল ইন্টারভিউ বোর্ডে। উনি যে বিতস্তাকে নিজের সন্তানের মতন দেখেন সেটা বিতস্তা বুঝতে পারে। উনি বিতস্তাকে খোলা হাত দিয়েছেন স্টোরিটার ব্যাপারে। বিতস্তা ঠিক করে স্বশরীরে একবার হোমে যাওয়া দরকার।

২৮ শে নভেম্বর , ২০১৮

আজ বিতস্তার অফ ডে। সকালে দুটো পাউরুটি মুখে দিয়েই বেরিয়ে পড়ে কাঁধের ঝোলাটা নিয়ে। সাথে আইকার্ডটা নেয়। ওটাই শেষ ভরসা। বাস থেকে নেমে পাঁচ মিনিট হেঁটে যেতেই হোমটা চোখে পড়ে ওর। জায়গাটা একটু বেশ নিরীবিলিই। ওর নিজের শহরেও যে এইরকম ফাঁকা জায়গা আছে সেটা ভেবে ও একটু অবাকই হয়। বিতস্তা ঢুকতে চাইলে প্রথমেই বাঁধার মুখে

পড়তে হয় ওকে। আইকার্ড দেখিয়েও কাজ হয়না তেমন। ও বুঝতে পারে সোজা আঙ্গুলে ঘি উঠবে না।

বাড়ি ফিরতে ফিরতে ওর একটা কথা মনে হয়। ও ঠিক করে পরেরদিন অফিসে গিয়ে ওর সিনিয়রকে বিষয়টা জানাবে।

৩০শে নভেম্বর ,২০১৮

" স্যার , বিসিএম হোম সিমস ফিশি ...সামথিং ইজ রং ..."

" ওকে , গো এহেড ডিয়ার ...ইট উইল বি গুড ফর আওয়ার পোর্টাল টু ...ডু ইনফর্ম মি ইউথ আপডেটস ..."

গতকাল স্যারের থেকে এই আশ্বাস বাণী পাওয়ার পর থেকে বিতস্তা আর অপেক্ষা করেনি। বিসিএম হোমের এর কাছেই নিজের ঘাঁটি গেড়েছে। আজ সারাদিন অপেক্ষা করেও তেমন কিছু ওর নজরে আসেনি। একটু হতাশই হয়েছে বিতস্তা। সন্ধ্যে হয়েছে আসছে দেখে ও বাড়ি ফিরবে বলে ঠিক করে। ঠিক তখনই হোমের গেট খোলে। একটা বড় গাড়িতে করে একজন বেরিয়ে যান। বিতস্তা ঠিক করে আবার পরেরদিন আসবে।

৪ ঠা ডিসেম্বর , ২০১৮

" আপনাদের স্যার এর সঙ্গে কিছু কথা ছিলো ? ...উনি কি আছেন ? "

সিকিউরিটি গার্ডকে নিজের আইডি কার্ড দেখায় বিতস্তা।

" কি বিষয়ে কথা ? "

" ওনাকে এই খামটি দেবেন ...আর বলবেন ...আমি অপেক্ষা করছি ...বলবেন নিউওয়ার্ল্ড নিউজ পোর্টাল থেকে আসছি। "

সিকিউরিটি গার্ড একটু ভয় পেয়ে যায় মনে হয়।

" ম্যাডাম আপনার নামটা ? "

" বিতস্তা চ্যাটার্জি ..."

খামটা নিয়ে সিকিউরিটি গার্ডটি ভিতরে চলে যায়। কিছুক্ষন পর বেরিয়ে এসে বিতস্তাকে ভিতরে যেতে বলে।

গত কদিন ওকে একটু দৌড় ঝাঁপই করতে হয়েছে। ওর একটু সন্দেহ হয়েছিল প্রথমদিনই। সন্ধ্যে বেলায় গাড়িটা বেরোতে দেখে। দ্বিতীয় দিনও একই সময় গাড়িটা বের হতে দেখে ওর সন্দেহটা জোরালো হয়। ও ঠিক করে গাড়িটাকে ফলো করা দরকার। পরেরদিন ও বাসে না এসে নিজের স্কুটিটা নিয়ে আসে। সারাদিন এ একবার খাবারের গাড়ি ঢোকে হোমের মধ্যে। দু একজন স্টাফ এদিক ওদিক বেরিয়ে যায় দুপুরের দিকে। ওর মনে হয় ওরা লাঞ্চ করতে যাচ্ছে। বিতস্তাও রাস্তার একটা হোটেল থেকে দুপুরের খাবার

খেয়ে নেয় । সন্ধ্যে হতেই ও হোমের দিকে ভালোভাবে নজর রাখা যায় এমন একটা জায়গায় এসে দাঁড়ায় । ঠিক পনে সাতটা বাজলেই আগের দিনের মতো গাড়িটা বের হয় । বিতস্তা ওর স্কুটি নিয়ে একটা নির্দিষ্ট ব্যবধান রেখে গাড়িটাকে ফলো করতে থাকে । ঘন্টা খানেক চলার পর গাড়িটা শহর থেকে বেরিয়ে আসে । অন্ধকার রাস্তায় ওর একটু ভয় করতে লাগে । কিছুক্ষন চলার পর গাড়িটা একটা হোটেলের সামনে গিয়ে দাঁড়ায় । হোটেলটা দেখে ওর কেমন একটা অনুভূতি হয় । গাড়ি থেকে একজন নেমে আসেন । সাথে দুটো অল্প বয়সী ছেলে । ছেলেদুটোকে দেখে মনে হয় ওরা যেন ঘুমের ঘোরে চলছে । বিতস্তা একটু দূর থেকে ওদের ফলো করতে থাকে । ছেলে গুলোর বয়স বারো থেকে চোদ্দ এর মধ্যে হবে । লোকটি ছেলেগুলোর সাথে যায়না । ছেলেদুটোকে একজনের হাতে তুলে দিয়ে সে বাইরে চলে এসে সিগারেট ধরায় । হোটেলের লোকটি ছেলেদুটোকে হাত ধরে হোটেলের ভিতর নিয়ে চলে যায় । বিতস্তা পুরো ঘটনাটাকে ক্যামেরা বন্দী করে । বেশিক্ষন ওখানে দাঁড়ানো ওর সেফ মনে হয়না ।

এইসব কথা ভাবতে ভাবতে বিতস্তা সোজা করিডর দিয়ে হাঁটতে থাকে । একটু এগোতেও ইন চার্জের চেম্বার । বিতস্তা মনে একটু সাহস যোগায় ।

" ভিতরে আসতে পারি ? "

" হ্যাঁ , আসুন ..."

"ছবিগুলো কি দেখেছেন ? ..."

অফিসারের মুখের ভাব নিমেষে বদলে যায় ।

" দেখুন ম্যাডাম , আপনি কিন্তু আগুন নিয়ে খেলা করছেন ...জানেননা আপনার কি হতে পারে ...এইসব ছেলেগুলোকে ভালো ভাবেন ? ...এরা এক একটা নরকের কিট ...আপনার কি সাহায্য চাই বলুন ? ...কিন্তু এই ব্যাপারটা জানাজানি না হওয়ায় ভালো ...বিষয়টা কারোর পক্ষেই ভালো হবেনা । "

বিতস্তা কিছু না বলে খানিক্ষন চুপ করে থাকে ।

" আপনার কিছু হয়ে গেলে আপনিই দায়ী হবেন ...এটা আপনার ভালোর জন্যই ...আপনি কিছুই প্রুভ করতে পারবেন না ...ওই ছেলেগুলোকে জিজ্ঞেস করলেও ওরা কিছু বলবে না ...। "

বিতস্তা এবার মুখ খোলে ।

" দেখুন আমার কিন্তু অন্য কারনে এখানে আসা ...আমি একবার ফোন করেও ব্যর্থ হয়েছি এখানে । "

" কি বিষয়ে সাহায্য চান বলুন ? "

" একজন জুভেনাইল এর ব্যাপারে তথ্য চায় ...সে এখানেই তিন বছর ছিলো ...আমাদের কাছে খবর আছে । "

" কি নাম বলুন ? "

বিতস্তা নাম বললে ইন চার্জ চমকে যান । "এতো হাই প্রোফাইল কেস । ...স্যরি এই ব্যাপারে সাহায্য করতে পারবো না ..."

" ছবিগুলোর আরো কপি কিন্তু রয়েছে আমাদের কাছে ..." বিতস্তার মুখ কঠিন হয়ে ওঠে ।

অফিসার ইন চার্জ একটু ভয় পেয়ে যান মনে হয় বিতস্তার । উনি কম্পিউটার ঘেটে সব তথ্য বার করেন ।

" দেখুন মাস ছয়েক আগে ওর রিলিজ হয়ে গেছে । তারপর কোথায় আছে আমাদের পক্ষে জানা সম্ভব নয় । "

" আচ্ছা ওর সাথে কেউ কি দেখা করতে আসতো ? "

" সেটা ম্যাডাম লগ বুক দেখে বলতে হবে । "

উনি একজনকে লগ বুক নিয়ে আনতে পাঠান ।

বুক চেক করে বলেন " দেখুন ...ছেলেটার দিদি দুবার এসেছিল দেখা করতে আর ওর হয়ে যাঁরা কেসটা লড়েছিল সেই স্বেচ্ছাসেবী সংগঠনের এক ম্যাডাম আসতেন মাঝে মাঝে কথা বলতে । "

" ম্যাডামের নামটা কি জানতে পারি ? আর ওনার সংগঠনের নাম ? "

" প্রতিষ্ঠা ব্যানার্জী ...সংগঠনের নামটা মনে হয় ..বিবেক ...ঠিক খেয়াল আসছে না ...কিন্তু প্লিজ ম্যাডাম ছবিগুলো ...আমার কোনো হাত নেই ম্যাডাম ...এদের জাল বিশাল বড় । প্লিজ ম্যাডাম ..."

" দেখছি কি করা যায় । ...ওর দিদির ঠিকানা কি পাওয়া যাবে ? "

অফিসার ইনচার্জ একটা কাগজে ঠিকানাটা লিখেদেন ।

বিতস্তা আর কিছু না বলে দরজা ঠেলে সোজা বেরিয়ে পড়ে । হোমের বাইরে এসে ব্যাগ থেকে বোতল বার করে জল খায় । ভয়ে এখনো ওর শরীর কাঁপছে । বাড়ি ফিরে বাথরুমে গিয়ে ভালো ভাবে স্নান করে । নোংরা লোকটার সঙ্গে এতক্ষন ভদ্র ভাবে কথা বলতে হয়েছে ভেবেও ওর ঘেন্না হয় । ও বারবার নিজের মুখ ধোয় ।

নিচে এসে ডিনার করে সোজা ওপরে উঠে যায় । অনেকক্ষণ নিজের সাথে লড়াই করে কি করবে । শেষ অবধি ঠিক করে সত্যের সাথে বাঁচায় উচিত । ও ছবিগুলোকে স্ক্যান করে ওর সিনিয়রকে মেইল করে দেয় । সাথে ঘটনার বিবরণ ও মেইলে লিখে পাঠায় ।

মেল পাঠিয়েও ওর শান্তি হয়না ।

" স্যার ...একটা মেইল করলাম একটু চেক করবেন ...ইট ইউল বি হিউজ ...বাট স্যার ...আই ডোন্ট ওয়ান্ট মাই নেম এসসিয়েটেড ইউথ দিজ ওয়ান..."

" ওকে ..লেট মি চেক ...আই ইউল গেট ব্যাক টু ইউ শর্টলি । "

বিতস্তা অপেক্ষা করতে থাকে । মিনিট দশেকের মধ্যে আবার ফোন আসে ।

" মাই গড ..ডিয়ার , ইউ হ্যাভ মেড মি প্রাউড ...ডু ইউ রিয়েলি ডোন্ট ওয়ান্ট ইউর নেম ফর দিস গ্রেট ওয়ার্ক ? "

" নো স্যার , আই ওয়ান্ট টু ওয়ার্ক মোর অন দিস সাবজেক্ট ..."

" গো এহেড মাই চাইল্ড ...ইউ ডোন্ট নো হোয়াট ইউ হ্যাভ জাস্ট ডান ..."

বিতস্তা অল্প হেসে গুড নাইট জানিয়ে ফোনটা রেখে দেয় ।

৭ই ডিসেম্বর , ২০১৮

খবরের কাগজের পাতা জুড়ে এক খবর বুঝলি , মা ... তোদের নিউওয়াল্ড পোর্টালের নামতো চারিদিকে সবার মুখে মুখে । এক অজ্ঞাত পরিচয় ব্যক্তির তোলা কিছু ফটোর জন্য একটা বড় চক্রের সন্ধান পেয়েছে পুলিশ । চক্রটি হোমের বাচ্চাদের খাবারে ড্রাগ মিশিয়ে শহরের নামী হোটেলে পাঠাতো । কয়েকজন বড় ব্যবসায়ীর নামও এই পিডোফিল চক্রের পিছনে আছে বলে জানা গেছে । পুলিশ খুব তৎপরতার সাথে অপরাধীদের এরেস্ট করেছে । হোমের অফিসার ইন চার্জকে সাসপেন্ড করা হয়েছে এবং তাঁর বিরুদ্ধে তদন্ত শুরু হয়েছে । মনে করা হচ্ছে হোমের অনেকেই জড়িত ... ভাবা যায় বল ...এইটুকু বাচ্চাগুলোর সাথে এভাবে ... "

বিতস্তার বাবা এক নিঃশ্বাসে কাগজ দেখতে দেখতে মেয়েকে কথাগুলো বলেন ।

বিতস্তা শুনে শুকনো হাসে ।

" হাসছিস কেন ?...বাই দা ওয়ে ...রিপোর্টারটা কে রে ? ...আর ঐ ব্যক্তিটি বা কে ? "

" জানিনা বাবা , আমি তো সবে ঢুকেছি ...এসব বড় ব্যাপার আমাদের হ্যান্ডেল করতে দেয়না । ...আচ্ছা আমি চললাম । ...মাকে বলে দিও ..আমি দুপুরে খাবো না "

বিতস্তা বেরিয়ে পড়ে শিয়ালদা স্টেশনের উদ্দেশ্যে । ট্রেন থেকে নেমে স্টেশন থেকে একটা অটো ধরে গ্রামটাতে পৌঁছায় । বাড়িটা খুঁজতে শুরু করে

ও । লোকাল লোকজনকে জিজ্ঞেস করে কিন্তু কেউ কিছু বলতে পারেনা । বিতস্তা হতাশ হয়ে যায় । হোমের অফিসার কি ভুল তথ্য দিলো ? ও ভাবে ফিরে আসবে । হঠাৎ রাস্তায় একজন বয়স্ক মানুষকে আসতে দেখে ।

বিতস্তা ওনাকে জিজ্ঞেস করলে উনি চিনতে পারেন ।

" হ্যাঁ ওরা তো পাঁচ ভাইবোন , একসাথেই থাকতো ...ওই নদীর ধারেই ওদের ঘর ছিলো ...দিদিটাই বড় ছিলো ...ওদের তো মা বাবা কেউ ছিলোনা ...মেয়েটাই সংসার চালাতো লোকের বাড়িতে কাজ করে ...ওই ঘটনার পর সবাই ওদের একঘরে করে দিলো । কিছুদিন ওরা এখানে ছিলো ...তারপর যে কোথায় চলে গেলো ...কেউ জানেনা বুঝলে , মা । "

বিতস্তা আরো একবার হতাশ হয়ে পড়ে । ও নদীর ধারে গিয়ে দেখে সত্যিই একটা ভাঙা মাটির বাড়ি । ভিতরে কেউ নেই । ও হতাশ মনে বাড়ি ফিরে আসে ।

ওর মুখ দেখে মায়ের খারাপ লাগে ।

" কি হয়েছে মা ? অফিসে কিছু গন্ডগোল ? "

" ধূর ...কিচ্ছু হয়নি ...খেতে দাও । "

খাবার মুখে রচেনা ওর । একটু খেয়েই উপরে চলে যায় নিজের ঘরে । এতো দূর এগিয়েও কিনা শেষে ও ব্যর্থ । হঠাৎ ওর স্বেচ্ছাসেবী সংগঠনটার কথা মনে হয় । ওরা কিছু জানলেও জানতে পারে । ওরা কেন যোগাযোগ রেখেছিল জুভেনাইল এর সাথে । নিশ্চয় কোনো ব্যাপার রয়েছে । প্রতিষ্ঠা ব্যানার্জী কে ? কি ওনার ইন্টারেস্ট ? বিতস্তার মাথায় হাজার প্রশ্ন কিলবিল করতে থাকে , কিন্তু এর কোনো উত্তর নেই ওর কাছে । বিতস্তা বুঝতে পারে ওদের থেকে খবর বার করা সহজ হবে না ।

ওর হঠাৎ কলেজের এক সিনিয়র দাদার কথা মনে পড়ে । কলেজে ওর পিছনে খুব পড়েছিল । ও তেমন পাত্তা দেয়নি । ফোন নাম্বারটা বোধয় আছে । ও কন্টাক্টস এ সৈকতদার নাম্বার খুঁজে পায় । তখন ওর ফাস্ট ইয়ার। নবীন বরনের দিন থেকেই সিনিয়রদের চাপ। ও বিষয় গুলো ক্যাজুয়ালি নিতো । আজ যে হঠাৎ দরকার পড়ে যাবে ভাবেনি ।

ও ইতস্তত ভাবে সৈকতদার নাম্বার এ ডায়াল করে । কি বলবে মনে মনে ভাবতে থাকে ।

" হ্যালো কে বলছেন ? "

" আমি কি সৈকত মিত্রর সাথে কথা বলছি ? ..."

" হ্যাঁ , কিন্তু আপনি কে ? "

" আমি বিতস্তা ...এক কলেজে পড়তাম ..."

অপর প্রান্তের গলাটা যে এক মুহূর্তে বদলে যায় সেটা টের পায় ও ।

" ও বলো কেমন আছো ? ...হঠাৎ ? "

" তোমার একটা হেল্প লাগতো ...সেই জন্যই ফোন করা ..."

" হ্যাঁ , অবশ্যই ...কি দরকার বলো ? "

" একদিন দেখা করি ? ...ফোনে কি পুরোটা বলা যাবে ? "

কিছুক্ষন কোনো উত্তর আসেনা । বিতস্তা দুবার হ্যালো বলে ।

" হ্যাঁ , বলো কবে দেখা করবে ? এই সামনের রবিবার করি ? ...আমিও ফ্রি থাকবো । "

" হ্যাঁ ঠিক আছে ...নন্দনের সামনে এসো ...আমিও ওদিকে যাবো ...আমার একটা কাজও আছে । "

" হ্যাঁ ঠিক আছে ওই কথায় তাহলে রইলো ... কলেজ লাইফের কথা মনে আছে ? "

" হ্যাঁ , সব ...আচ্ছা দেখা হলে সব কথা হবে ...আজ খুব পরিশ্রম হয়েছে , সৈকত দা ..."

" আচ্ছা , ঘুমাও ঘুমাও ...এই নম্বরটাই হোয়াটসআপ এ আছে তো ? ...গুড নাইট । "

" হ্যাঁ এটাই আছে ...গুড নাইট ...রোববার দেখা হচ্ছে তাহলে । "

বিতস্তা ফোন রেখে দেয় বিছানার পাশে । বালিশে মাথা রাখতেই ঘুম চলে আসে ওর চোখে । মাঝরাতে হঠাৎ ফোনের আওয়াজে ঘুম ভেঙে যায় । দেখে সৈকতদা হোয়াটসআপ এ পিং করেছে । ও মেসেজ সিন করে ফোনটা রেখে দেয় । আবার ঘুমে ওর চোখ বন্ধ হয়ে আসে ।

১০ই ডিসেম্বর , ২০১৮

সেদিন রাতে ফোনটা আসার পর থেকে ঘুম হয়নি সৈকতের । বিতস্তাকে প্রথম দেখেছিল নবীন বরনের দিন । সব মেয়েরা শাড়ি পড়ে এসেছিল , শুধু বিতস্তা সাধারণ নীল রঙের একটা সালোয়ার । চুপচাপ বসেছিল একধারে। ওর ডিপার্টমেন্ট আলাদা । প্রথমবার চোখ পড়তেই কেনো ভালো লেগে গেছিলো ওর জানা নেই । ও তখন সোশ্যাল ওয়ার্ক নিয়ে পড়ছে । মেয়েটাকে দেখার পর থেকে যে সপ্তাহে একদিনও কলেজ যেতো না , সেই ছেলেই রোজ কলেজ ছুটতো । কিন্তু বিতস্তা সবার থেকে আলাদা । অনেকবার ওকে বলার চেষ্টা করেছে , কিন্তু কিছুতেই চিড়ে ভেজেনি । জোর করেই এক প্রকার ফোন নাম্বারটা দিয়েছিল । কিন্তু বিতস্তার কোনো ফোন আসেনি। আস্তে আস্তে

বছর কেটে গেলো। থার্ড ইয়ারের এক্সাম শেষ। কলেজ যাওয়া ও হয়ে গেলো বন্ধ। তারপর আর বিতস্তার সাথে দেখা হয়নি। ইউনিভার্সিটিতে তেমন কাউকে কোনোদিন আর পছন্দ হয়নি ওর। এখন বছর খানেক বাড়িতে বসে আছে সৈকত। কিছু প্রাইভেট টিউশন ছাড়া আর কোনো গতি নেই। হঠাৎ বিতস্তার ফোন ওকে নাড়িয়ে দিয়েছিল। রাতে মেসেজ করেও কোনো উত্তর পাইনি। মনটা খারাপই লাগছিলো সেদিন। পরেরদিন সকালে উঠে হোয়াৎসাপ খুলে আবার এক রাশ স্বপ্ন।

ছোট্ট একটা গুড মর্নিং মেসেজ। স্টুডেন্টদের পড়াতে পড়াতেও ওর মুখটা মনে পড়ছিল।

" দাদা , কার কথা ভাবছো ? "

স্টুডেন্টদের কথায় হুঁশ ফেরে ওর।

" কারোর না ...উত্তরটা না পারলে তোদের কপালে কষ্ট আছে আজ। "

পড়ানো হয়ে গেছে ঘন্টা খানেক। সেলুনে গিয়ে চুল দাড়ি সুন্দর করে কেটে আসে ও। আজ বিকেলে দেখা হওয়ার কথা। পাঁচটা নাগাদ বিতস্তার ফোন করার কথা।

" মা, নীল রঙের পুজোর জামাটা দাও তো ..."

" ওটা তো দিদির বিয়েতে পরবি বললি ! "

" আরে দাও না, দিদির বিয়েতে অন্য একটা পরে নেবো। "

সৈকত দেরী না করে চারটে বাজতেই বাড়ি থেকে বেরিয়ে পড়ে। ময়দান এ নেমে হাঁটতে শুরু করে। নন্দনের সামনে আসতে আসতে পনে পাঁচটা বেজে যায়। ও দাঁড়িয়ে অপেক্ষা করতে থাকে। বিতস্তা পাঁচটা বাজার আগেই পৌঁছে যায়। অন্য কেউ হেল্প চাইলে ও হয়তো আসত না। কিন্তু বিতস্তার জন্য একটা অন্য রকম টান অনুভব করে ও।

" কেমন আছো সৈকতদা ? কি করছো এখন ? "

" চলে যাচ্ছে গো ...এই তেমন কিছু না ...প্রাইভেট পড়াচ্ছি কয়েকটা ...চাকরির যা বাজার ...জেনারেল লাইনে পড়ে পাপ করে ফেলেছি ...তোমার কি খবর বলো ? "

" আমি এই একটা নিউজ পোর্টালে ঢুকেছি কিছুদিন হলো ...তুমি তো একটা এনজিও এর সাথে যুক্ত ছিলে কলেজে থাকতে ...সেটার কি হলো ? "

" সেসব কি আর ...এনজিওতে কাজ করে পয়সা দেয়না ...শুধু খাটিয়ে নেওয়ার ধান্দা ...তাও ভালো কাজ ভেবে করছিলাম ...কিন্তু ..."

" কিন্তু কি ? "

" কি আর বলবো তোমায় ... খারাপের প্রতিবাদ করলেই তুমি খারাপ ...ব্যবসায়ীগুলোর থেকে কম পয়সা নিয়ে বেশী পয়সার রশিদ দেওয়া ...ট্যাক্স কনসেশনের বিষয় ...জানো বোধয় ...প্রতিবাদ করেছিলাম ...ছাড়িয়ে দিল ...যাক বাদ দাও ...তোমার কি দরকার বলো ? "

" আমি ভেবেছিলাম তুমি এখনো এনজিওর সাথে যুক্ত আছো ...তাই ভেবেছিলাম তোমার চেনাজানা কাউকে বলে ...কিন্তু তুমি তো ...আসলে আমাদের পোর্টাল থেকে একটা জুভেনাইল জাস্টিস নিয়ে স্টোরি করা হচ্ছে ...সেই জন্যই ..."

" হমম , বুঝলাম ...কোন এনজিও ? "

" বিবেক ফাউন্ডেশন ...নাম শুনেছো বোধয় ..."

" হমম বেশ বড়সড় নাম ...কিন্তু আমি কোনো সাহায্য করতে পারবো না গো ...এখন তো আর তেমন কেউ চেনাও নেই ...স্যরি ...প্লিজ ডোন্ট মাইন্ড । "

বিতস্তার মুখের দিকে তাকাতে পারেনা সৈকত ।

" আরে না না , ঠিক আছে গো ..কলেজে তোমাকে খুব খারাপ ভাবতাম ...আসলে তখন কোনো ছেলেকেই ভালো লাগতো না আমার ..."

" হমম ...ওই রকম ফেজ সবার জীবনে আসে ...ও কোনো ব্যাপার না ...হোয়াৎসাপ নাম্বার তো থেকেই গেলো ... কথা হবে ..."

" না না , আসলে ওই সময় একটা ..."

কিছু বলতে গিয়েও থেমে যায় বিতস্তা ।

" কি হয়েছিল ?"

" কিছু না গো ..."

গলাটা ভারী শোনায় বিতস্তার । সৈকত আর জোর করেনা ।

" আচ্ছা ...আজ চলি সৈকতদা ...আবার কোনো না কোনোদিন দেখা হবে ... স্বার্থপর ভেবো না কিন্তু ...আর হ্যাঁ চাকরী পেলে জানিও ...খাওয়া বাকি রইলো । "

সৈকত শুধু অল্প হাসে । " অবশ্যই জানাবো ... "

বিতস্তাকে আস্তে আস্তে মুখ ঘুরিয়ে চলে যেতে দেখে সে । মনটা ভার হয়ে আসে ওর । মনে হয় আর কোনদিন হয়তো ওর সাথে দেখা হবে না । একটু হেল্প অবধি করতে পারল না । কি ভাবলো ওকে । নিশ্চয় সেলফিশ ভাবলো । বাড়ি ফিরেও বিতস্তার কথা ভুলতে পারেনা সে ।

সন্ধ্যের ব্যাচ এ পড়াতে গিয়েও দুএকবার ভুল হয়ে যায় । বিতস্তার আগেও একজন এসেছিল জীবনে । কৈশরের বহু ভুলের মধ্যে ওটাও একটা ছিলো । কিন্তু এই মেয়েটা অন্য রকম । ওর হাত ধরে হাঁটতে ইচ্ছে করে , ওর ক্লান্ত চোখের মধ্যে লুকিয়ে থাকা সব সত্যি জানতে ইচ্ছে করে । পৃথিবীতে বোধয় একজনই থাকে যার জন্য সব করা যায় । হাজার ভাবনায় ডুবে থাকে সৈকত । শেষে গিয়ে ফোনটা করেই ফেলে । তখন রাত দশটা ।

" হ্যালো ... বিতস্তা ? "

" না , বাবা ,আমি বিতস্তার মা বলছি ...বিতস্তা খাচ্ছে ...দাড়াও ওকে দিচ্ছি । "

এই কয়েকটা মুহূর্ত কয়েক ঘন্টার মতো লাগে । নিস্বার্থ হয়ে কারোর জন্য কোনোদিন কিছু করবে সেটা ভাবেনি সৈকত ।

" হ্যাঁ , সৈকতদা বলো ...আমি একটু খাচ্ছিলাম । "

বিতস্তার গলাটা একটু স্মিত অন্যদিনের তুলনায় ।

" এই শোনো তুমি চিন্তা করো না ... বিবেক ফাউন্ডেশনের এর ব্যাপারটা আমি দেখেছি । "

" কিন্তু তুমি যে বললে ..."

" আরে দেখি না একবার চেষ্টা করে ...তুমি ভেবো না "

" থ্যাঙ্কস , সৈকতদা ..."

ফোন রেখে প্রচন্ড আনন্দ হয় সৈকতের । হয়তো এই জন্যই বেঁচে থাকা । ও ঠিক করে নেয় পরেরদিন কি করতে হবে ।

১১ই ডিসেম্বর ,২০১৮

" গুড মর্নিং দাদা...আমি সৈকত "

" হ্যাঁ , বলরে ...নাম্বার কার থেকে পেলি ? "

" দেবু দিলো ... বলছি দাদা , পিজি করে অনেকদিন বসে আছি বাড়িতে ...একটা ছোটো খাটো চাকরী যদি পেতাম ...বিবেক ফাউন্ডেশনে দেখো না আমার জন্য কিছু করা যায় কিনা ...তোমার তো চেনাজানা আছে শুনলাম ..."

" সিভিটা দিয়ে আয় । ওরা কাউকে নিলে তোর কথা বলবো । "

" থ্যাংকস দাদা , তোমার এই উপকার ভুলবো না । "

" তোরা নিজের পায়ে দাঁড়ালে আমি খুশিই হবো । "

ফোন রেখে দেয় ও । বিকাশদার নম্বর জোগাড় করতে বেশ খাটতেই হয়েছে । অনেকের সাথে কথা বলার পর জানতে পেরেছিল বিবেক

ফাউন্ডেশনের সাথে বিকাশদার লিঙ্ক আছে । বিকাশদা ওদের কলেজের সিনিয়র । একটু সাহস করেই ফোনটা করেছিল তাই ।

১২ই ডিসেম্বর

আজ গিয়ে সিভিটা জমা করে আসে সৈকত ।

" হ্যালো , বিতস্তা একটু এগিয়েছি বুঝলে ...কিন্তু সময় লাগবে ..."

" হমম সে একটু লাগুক ... "

" কি করছো ? "

" এই ছাদে বসে আছি ..."

" আমার পড়ানো আছে ...এক্ষুনি গাধাগুলো এসে যাবে । "

" হমম পড়াও পড়াও । "

পড়িয়ে উঠে খেয়ে একটু টিভি দেখতে বসে সে । হঠাৎ ফোনটা বেজে ওঠে । দেখে বিতস্তার নম্বর ।

" হ্যালো ...কি হলো ? "

" কিছু না গো ...থ্যাংকস ...তুমি হেল্প করবে ভাবিনি ...গুড নাইট "

ও কিছু বলার আগেই ফোন কেটে যায় ।

৭ই জানুয়ারী , ২০১৯

মাঝে দেখতে দেখতে প্রায় একমাস কেটে গেছে কখন খেয়াল হয়নি সৈকতের । বিবেক থেকে কোনো কল আসেনি এখনও । বিকাশদাকে অনেকবার ফোন করেও লাভ হয়নি । মাঝে দুবার বিতস্তার সাথে দেখা হয়েছিল । কোনো খুশির খবর শোনাতে পারেনি ওকে । রোজই ফোনে কথা হয় ওদের । ও বুঝতে পারে বিতস্তার মধ্যে অনেক যন্ত্রনা লুকিয়ে আছে । কিন্তু কিসের সেটা ধরতে পারেনা । খুবই চাপা স্বভাবের মেয়ে বিতস্তা । একদিন জিজ্ঞেস করেছিল ও ।

" তোমার নাম তো নদীর নামে ...কিন্তু সে নদীর স্রোত নেই কেনো ...একটু মাঝে মাঝে হাসাটা কি খুব কষ্টের ? হাসির উপর কিন্তু সরকার জিএসটি চাপায় নি । "

বিতস্তা কোনো উত্তর দেয়নি সেদিন । মরুভূমির মধ্যে হারিয়ে যাওয়া এক নদীর মতো ও । অনেক খুঁজেও যার দিশা পাওয়া যায়না । ও আর তাই চেষ্টা করেনা । ওকে এইভাবেই ভালোলাগে ওর ।

এই একমাস ওকে ছাড়া আর কিছু ভাবেনি সৈকত । ও পড়িয়ে উঠে স্নান করতে গেছিলো । তখনই ফোনটা এলো । মা ফোনটা ধরলো ।

" বাবু , বিবেক বলে একটা এনজিও থেকে ফোন করেছিল ...তোকে দেখা করতে বলেছে কাল দশটার সময় । " ও আনন্দে আত্মহারা হয়ে যায় ।

৮ই জানুয়ারী , ২০১৯

" মে আই কম ইন ? "

" আসুন ..."

ইন্টারভিউ টেবিলে তিনজন বসে , সামনে একটা চেয়ার রাখা । একজন ম্যাডাম , আর দুজন স্যার । সকলেই মাঝ বয়স্ক । ভিতরে ঢুকে সৈকত নমস্কার জানায় ।

"বসুন..."

" আপনার সিভি দেখলাম ...এর আগে যে এনজিওতে ছিলেন ...সেটা ছাড়লেন কেনো ? "

" ম্যাম , নতুন একটা এক্সপিরিয়েন্স চাইছিলাম । নিজের প্রতিভা দেখানোর সুযোগ পাচ্ছিলাম না । "

" আমরা এখানে মূলত জুভেনাইলদের নিয়ে কাজ করি , সাধারণত গরিব পরিবার থেকেই ওরা আসে । বয়ঃসন্ধির ভুলে কিছু খারাপ কাজ করে ফেলে । আমরা বিভিন্ন ভোকেশনাল ট্রেনিং প্রোভাইড করি ওদের , যাতে ওরা ভবিষ্যতে আর কোনো অপরাধ না করে সুস্থ ভাবে জীবন কাটাতে পারে । এই বিষয়ের সঙ্গে যুক্ত হওয়ার জন্য ডেডিকেশন প্রয়োজন । সেটা কি আপনার আছে ? "

" অবশ্যই আছে ...আমি চেষ্টা করবো যাতে ওদের সাহায্য করতে পারি । "

" আমরা এখন মূলত ডেস্ক জবের জন্য ইন্টার্ন নিচ্ছি ...আপনার কি কম্পিউটার নলেজ রয়েছে ? "

"আমি ডিপ্লোমা করেছি কম্পিউটার এপ্লিকেশনে । "

" আচ্ছা , বিকাশদা আপনার নাম বারবার বলেছেন ...কিন্তু দেখুন প্রথম কয়েকমাস আপনাকে অনারারী কাজ করতে হবে ...আপনার কাজ দেখে তবেই বেতন ঠিক করতে পারবো আমরা । "

" কোনো সমস্যা নেই , স্যার । আমি শুধু এই মহৎ উদ্দেশ্যের সাথে যুক্ত হতে চাই । "

" আচ্ছা আপনাকে এক সপ্তাহের মধ্যে ফোনে জানিয়ে দেওয়া হবে । আপনি আসতে পারেন । "

নমস্কার জানিয়ে ও ইন্টারভিউ রুম থেকে বেরিয়ে আসে। ইন্টারভিউ এর খবরটা ও বিতস্তাকে ইচ্ছে করেই আগে দেয়নি।

১০ই জানুয়ারী , ২০১৯

" আজ বিকালে দেখা করা যেতে পারে ?"

" কেনো ? "

" বলছি তো কারণ আছে ... "

" কিন্তু কোথায় ? "

" যেখানে দেখা হয়েছিল আগেরবার নন্দন এর সামনে ..."

" ঠিক আছে ...কিন্তু কি কারণ বলছো না ..."

" বেশি বকে মেয়েটা শুধু ...বড়দের কথা শুনতে হয় "

বিতস্তা হাসে।

ফোন রেখে দিয়ে সৈকত রেডি হয়ে নেয়। যাওয়ার পথে ক্যাডবেরি সেলিব্রেশন এর একটা প্যাকেট কেনে।

আজ বিতস্তাই আগে এসে দাঁড়িয়ে ছিলো।

" কি হয়েছে বলো তো ? হঠাৎ দেখা করতে চাইলে যে। "

" আগে এটা ধরো ..."

" ওমা এসব কি ? "

" চাকরিটা আমি পেয়ে গেছি ..বিতস্তা শুনছো ..."

ওর মুখে একগাল হাসি। বিতস্তার অবাক ভাব কাটেনি।

" কোথায় চাকরি ...কবে পেলে ? বলোও নি !"

" বিবেক ফাউন্ডেশনে ...সারপ্রাইজ ছিলো ...স্যরি বলিনি। "

খুশিতে বিতস্তা পাগল হয়ে যায়। সৈকতকে জড়িয়ে ধরতে গিয়েও কন্ট্রোল করে নেয় সেটা ও বুঝতে পারে।

" সেলিব্রেশন তো বনতা হেয় ...চলো সিনেমা দেখবে ..নন্দন এ কি সিনেমা এসেছে দেখি। "

সিনেমার নাম শুনে বিতস্তার মুখ শুকিয়ে যায়।

" সিনেমা না ...অন্য কোথাও চলো ...চলো ভিক্টরিয়ায় যায়। "

" ঠিক আছে। "

ভিক্টরিয়াতে একটা বেঞ্চে গিয়ে বসে দুজন। ও নিজের অজান্তেই বিতস্তার হাত ধরে। বিতস্তা বাঁধা দেয়নি।

" জুভেনাইল এর ব্যাপারটা ভুলে যেওনা কিন্তু ..."

" তাহলে কিসের জন্য বিবেকে ঢুকলাম ? ...তোমার জন্যই তো ..."

" হমম ..."

" ঐদিকে দেখো কি হচ্ছে ? "

" তুমি না ..."

বিতস্তা সৈকতের কাঁধে মাথা রাখে ।

" আচ্ছা , সব কি শরীরের জন্য ? ...মনের কি কোনো দাম নেই , সৈকতদা ? "

সৈকত কোনো উত্তর দেয়না । আস্তে আস্তে সন্ধ্যে হয়ে আসে । অনেক্ষন বসে থাকে দুজন । ও আলতো করে বিতস্তার ঠোঁঠে নিজের ঠোঁঠ ছোঁয়ায় । মেয়েটার চোখ বন্ধ । চোখের কোনে একফোটা জল । কতক্ষন এভাবে কেটে যায় , খেয়াল ছিলো না ওদের ।

রাতে বাড়ি ফিরে ও সাহস করে মেসেজে সব মনের কথা লিখে পাঠায় । কিন্তু বিতস্তার তরফে কোনো উত্তর আসেনা ।

১২ই ফেব্রুয়ারী , ২০১৯

গত মাসের পনেরো তারিখ বিবেক ফাইউন্ডেশনে জয়েন করেছে সৈকত । প্রথম কয়েকদিন সমস্ত কিছু বুঝতে কেটে গেছে । ওকে সাধারণ ডাটা এন্ট্রির কাজ দেওয়া হয়েছে । ফাইউন্ডেশনের দুটো ভাগ রয়েছে । একদিক অপারেশনাল , যারা ডিরেক্ট কেস হ্যান্ডেল করে । অপারেশনাল সেক্টর নাবালক অপরাধীদের মুক্তির পর কাউন্সিলিং এর ব্যবস্থা করে , তারপর ওদের ইচ্ছে অনুযায়ী কাজের ব্যবস্থা করে দেয় । ফাউন্ডেশনের আরেকদিক পাবলিক রিলেশন , কেস হিস্ট্রি তুলে রাখার জন্য রয়েছে । ওর চাকরী এডমিনিস্ট্রাটিভ সেকশনেই হয়েছে । অফিসের সবার সাথে মোটামুটি ভাব জমে গেছে কয়েক দিনেই । ওদের থেকেই জানতে পেরেছে যে অপারেশনাল দিকটা দেখেন প্রতিষ্ঠা ব্যানার্জী । আর ওদের দিকটা দেখেন ওনার বাবা ধৃতিমান ব্যানার্জী । অগাধ সম্পত্তি ওনার । ম্যাডামের ডিভোর্সের পরই এই ফাউন্ডেশন খোলার সিদ্ধান্ত । অফিসের বাতাসে যে গসিপ ঘুরে বেড়ায় , সেটা বুঝতে বাকী থাকে না ওর । ও সমস্ত ঘটনা রোজ রিপোর্ট করে বিতস্তাকে ।

" নামটা কি বলেছিলে জুভেনাইল এর ? "

বিতস্তার মুখে আরেকবার নামটা শুনে খুব চেনা চেনা লাগে ওর । কিন্তু মনে করতে পারেনা । আচ্ছা আমি দেখেছি ।

পরেরদিন গিয়ে জিজ্ঞেস করেছিল কলিগদের । নামটা শুনে ওরা ভীষণ অবাক ।

" আরে বাবা ...এতো বড় ব্যাপার। এটা শুধু ম্যাডাম আর ওনার ড্যাড হ্যান্ডেল করেন। এগুলো খুবই কনফিডেন্সিয়াল ম্যাটার। অনেক মিডিয়া এসেছে এই নিয়ে। কিন্তু ম্যাডামের মুখ থেকে কিচ্ছু বার করতে পারেনি। "

সৈকত দেখে ধৃতিমান স্যার প্রত্যেক শুক্রবার অফিসে আসেন। ওনার ল্যাপটপটি উনি কাছ ছাড়া করেন না কোনো মতেই। উনি সৈকত এর ডেস্ক এর সামনেই চেম্বারে বসেন। এর মধ্যে দুদিন ও সুযোগ পেয়ে ওনার চেম্বারে গিয়ে ওনার ল্যাপটপ খোলার চেষ্টা করে ব্যর্থ হয়েছে। পাসওয়ার্ড কোনো মতেই খুলতে পারেনি ও।

আজ শুক্রবার। স্যার এসে কাজ করছেন নিজের জায়গায়। ও বিতস্তাকে বুঝিয়ে দিয়েছিল কি করতে হবে। শুধু একটা ফোন করা ওর কাজ ছিলো। ও বুঝতে পেরেছিল ধৃতিমান বাবু মেয়ে অন্ত প্রাণ, তাই মেয়ের কিছু হয়েছে শুনলে উনি দাঁড়াবেন না। কিছুক্ষন পরেই সেটাই হলো। এই সুযোগেরই অপেক্ষা করছিলো সে। স্যার বেরিয়ে যেতেই ও সুযোগ বুঝে চেম্বারে ঢুকে গেলো। ল্যাপটপ সামনে খোলাই ছিলো। এই সুযোগের অপেক্ষা ও এতদিন করেছে। একটু ঘাটতেই সফ্টওয়ারটা খুঁজে পেলো। কিন্তু খুলতে গিয়েই আবার ধাক্কা। এখানেও পাসওয়ার্ড। ধৃতিমান বাবুর নাম, ওনার মেয়ের নাম দিয়েও ভুল পাসওয়ার্ড বলছে দেখে মাথা খারাপ হয়ে যায় সৈকতের। অফিসের বাকী স্টাফরা টিফিন থেকে এসে ওর খোঁজ করবেই। হঠাৎ টেবিলে একটা ছবি চোখে পড়ে ওর। একটা ছোট্ট লাব্রাডর। ছবিতে লেখা " টু ফিউরিওসা "। হঠাৎ কি মনে হয় ওর, ও ফিউরিওসা শব্দটা পাসওয়ার্ডের জায়গায় টাইপ করে। সঙ্গে সঙ্গে সফ্টওয়ার খুলে যায়।

এক্সেল বেসড সফ্টওয়ার হওয়ার নামটা খুঁজে পেতে বেশি অসুবিধা হয়না। নামটা পেতেই ও বিতস্তাকে ফোন করে।

" কি কি জানতে চাও বলো? ...পেয়ে গেছি ..."

ওর গলায় উত্তেজনার ছাপ স্পষ্ট।

" সব ডিটেলস বলো ..."

" ভিক্টিম এর জায়গায় নামটা লেখা আছে ...প্লেস অফ বার্থ ..কেস রেজিস্টার্ড ...প্রসিকিউটর নেম ... স্পেশাল হোম নেম ...আর কারেন্ট স্ট্যাটাস ..."

" তুমি শুধু কারেন্ট স্ট্যাটাসটা বলো ...কারেন্ট স্টেটাস এ লেখা আছে রিলিজড ফ্রম হোম ...ভোকেশনাল ট্রেনিং এন্ড কাউন্সিলিং কমপ্লিটেড ... প্রেসেন্টলি ওয়ার্কিং ...আর কিচ্ছু তো নেই। "

" ভালো করে দেখো ...প্লেস অফ ওয়ার্কিং অবশ্যই থাকবে । "

" তেমন কিছু নেই ...বিলিভ মি ..."

" আচ্ছা কোনো ছবি তো আছে ...প্লিজ সেন্ড দ্যাট টু মি । "

ভিক্টিম এর নামের পাশেই ওর ছবি দেওয়া একটা ঘর । ও ফোনে ছবিটা তুলে বিতস্তাকে সেন্ড করে দেয় । হঠাৎ বাইরে পায়ের শব্দ হয় । ওর কলিগরা খেয়ে ফিরে আসছে ।

" এই শোনো আর দেরী করা যাবে না ...কলিগরা চলে এসেছে ..."

" ছবিটা ভালো বোঝা যাচ্ছে না ...প্লিজ দেখোনা বড় করা যায় কিনা "

ভয়ে ওর গলা কাঁপছে । কোনো মতে কার্সরটা দিয়ে ছবির উপর ক্লিক করে । কিন্তু ছবি না খুলে অন্য একটা লিঙ্ক খুলে যায় । ও অবাক হয়ে যায় । দেখে একটা ম্যাপ দেওয়া । তাতে দুটো জায়গা মার্ক করা ।

" এই শোনো দুটো জায়গা দেখাচ্ছে ...কর্ণাটকের থ্রিসুর আর কেরালার থিরুনেল্লি বলে । কিছুই বুঝতে পারছি না । কলিগরা চলে এসেছে । "

" ছবিটা বড় হলো না ? ...দেখো কোন জায়গাটা আগে পরে আছে । "

" না ওটা হলো না ...থ্রিসুরটা আগে দেওয়া । "

ও বাইরে কলিগদের হাঁক ডাক শুনতে পায় । আর বেশি কিছু না দেখেই ও ল্যাপটপটা অফ করে দেয় । তারপর ঘর থেকে বেরিয়ে আসে ।

" স্যারের ঘরে কি করছিলে ? "

কলিগের প্রশ্নে প্রথমে ও একটু থতমত খেয়ে যায় । তারপর নিজেকে সামলে নিয়ে বলে ।

" স্যার , ঘরে ছিলেন না ...ল্যাপটপটা বারবার বিপ বিপ করছিলো ...তাই বন্ধ করে দিয়ে এলাম । "

" আচ্ছা ...ঠিক আছে ...এভাবে না বলে স্যারের ঘরে ঢুকবে না আর ...অফিসের ডেকোরামটা তো ফলো করবে ...যাক তুমি নতুন ...আর যেন না হয় । "

সৈকতের মুখ ছোটো হয়ে যায় ।

" স্যরি স্যার , আর এই ভুল হবে না । "

" আচ্ছা ঠিক আছে যাও , নিজের কাজ করো । "

কিছুক্ষন পরেই ধৃতিমান স্যার ফেরেন । রাগে ওনার মুখ লাল হয়ে গেছে ।

" দিস ইজ সিকেনিং ...হাউ কেন পিউপল মেক ফান ইউথ ইমোশন ? "

" হোয়াট হ্যাপেন্ড স্যার ? "

" সাম পিস অফ সিট ...টোল্ড মি দ্যাট মাই ডটার হ্যাড এন একসিডেন্ট ..."

" স্যার সেম থিং হ্যাঁপেন্ড উইথ মি টু ...দিস এফএম চ্যানেলস !" একজন স্টাফ বলে ওঠে ।

রাগে গজগজ করতে করতে ধৃতিমান চেম্বারে ঢুকে যান । সৈকত মনে মনে একটু হাসে ।

৪ঠা মার্চ , ২০১৯

মাঝে কদিন বিতস্তার সাথে কথা হয়নি ওর । শেষ কথা হয়েছিল পনেরো তারিখে । ও বলেছিল ওদের স্টোরি প্রায় কমপ্লিট হয়ে গেছে । ওর নামও নাকি থাকবে । ওর কথা খুবই স্বাভাবিক মনে হচ্ছিল । ও অনেক চেষ্টা করেছিল বিতস্তার থেকে ওর মনের কথাটা শুনতে । কিন্তু ও একবারও কোনো উত্তর দেয়নি । তারপর রাগ করেই ও দুদিন কথা বলেনি । শুধু কাজের সময় ওকে মনে পড়ে । কাজ মিটে গেলেই হয়ে গেলো । তারপর আস্তে আস্তে রাগ কমে এসেছে । তারপর থেকে ফোন করেও ওকে পাচ্ছে না । হোয়াৎসাপ , ফেসবুক সব ডিএক্টিভেট করে দিয়েছে । ওর উপর রাগ করেই কি করলো এসব । নিজের উপর রাগ হয় ওর । ঠিক করে বিতস্তার বাড়ি খুঁজে বের করতে হবে । অনেক কষ্টে বাড়ি খুঁজে তবে আজ আসতে পেরেছে । এসব ভাবতে ভাবতে দরজায় এসে বেল বাজায় ও । একজন বয়স্ক মহিলা দরজা খুলে দেন ।

" কাকিমা , বিতস্তা কি বাড়িতে আছে ? "

" না বাবা , ও তো অফিসের কাজে কদিন আগেই গেছে ...তোমার নাম কি ? "

" আমার নাম সৈকত ...কোথায় গেছে কিছু কি বলে গেছে ? "

" না সেইরকম তো কিছু বলেনি বাবা ...কেন কিছু কি হয়েছে ? এই মেয়েকে নিয়ে না "

ওর মায়ের গলা ধরে আসে ।

"কাকিমা কাঁদবেন না ...ওর অন্য কোনো নম্বর আছে ? "

" আছে একটা ...দাড়াও দেখি । "

উনি ডায়েরী নিয়ে এসে ওকে নাম্বারটা দেন ।

ও ফোন করে । ফোনটা অনেকবার রিং হয়ে কেটে যায় , কেউ ধরেনা । আবার ও রিং করে । এবার বিতস্তা ফোন ধরে ।

" হ্যাঁ বলো ...এই নম্বর কোথায় পেলে ? "

" আগে তুমি বলো তুমি কোথায় ? "

" আসলে , মার একটু শরীর খারাপ তো তাই ব্যাঙ্গালোর এসেছি দেখাতে ...স্যরি তোমাকে বলা হয়নি । "

পাশে একজন পুরুষ কন্ঠ পায় সৈকত ।

" একটু তো সত্যি বলতে , কাকিমা আমার পাশে দাঁড়িয়ে আছেন । সত্যি করে বলো তুমি কোথায় ? পাশে কে কথা বললো ? "

সৈকতের গলার স্বর কখন কঠিন হয়ে গেছে ও নিজেও বুঝতে পারেনি ।

ফোনটা হঠ করে কেটে যায় । ও আবার রিং ব্যাক করলে বার বার সুইচ অফ বলে । রাগে ওর মাথায় যন্ত্রনা করে ।

" কাকিমা আমি আসছি ..."

বলে ও বিতস্তার বাড়ি থেকে বেরিয়ে পড়ে । নিজেকে বোকা বোকা মনে হয় ওর । রাস্তায় উদ্ভ্রান্তের মতো এদিক ওদিক করতে থাকে সৈকত ।

৪ ঠা মার্চ , ২০১৯

এলার্মটা বেজে যাচ্ছে অনেক্ষন ধরে । বিতস্তার বিছানা ছেড়ে উঠতে ইচ্ছে করেনা । ব্রেকফাস্টের জন্য ডাইনিং এ যেতেই হবে । কিছুক্ষন পর ওকে বিছানা ছেড়ে উঠতেই হয় । প্রথমে গিয়ে ও জানলাটা খুলে দেয় । একরাশ ঠান্ডা বাতাস এসে ওর মুখে লাগে । দূরে পশ্চিমঘাট ঠিক আগের মতোই দাঁড়িয়ে , কোনো তাড়া নেই , কোনো ব্যস্ততা নেই কাজে যাওয়ার । তাড়া , ব্যস্ততা এই শব্দগুলো মানুষের নিজের আবিষ্কার । ইচ্ছে করেই জীবনকে জটিল করে তোলার ইচ্ছে । ও হয়তো একই পথের পথিক । অতীতকে ভুলে না গিয়ে ছুঁয়ে দেখার মধ্যে কি সত্যিই কোনো স্বার্থকতা আছে । নিজেকে প্রশ্ন করেও উত্তর পায়নি ও । কিন্তু একবার যে আসতেই হতো । একবার মৃত্যুকে প্রত্যক্ষ করার স্বাদ কজন পায় ? কিসের তাড়নায় সে এইরকম করেছিল ? একবার শুধু তাকে জিজ্ঞেস করবে । হয়তো উত্তর মিলবে না , কিন্তু প্রশ্নটা ওকে করতে হবেই । নাহলে নিজের কাছেই হেরে যাবে ও।

এইসব হাজার খেয়ালে ভাসতে ভাসতে বাথরুমে ঢোকে ও। শাওয়ারের তলায় দাঁড়িয়ে নিজের সব আবরণ খুলে ফেলে । জন্মের পর থেকে মানুষ তো আদিমই এই পোশাক আশাক শুধু মিথ্যের আড়াল । ওকে যদি কাউকে কখনো মারতে হয় , তাহলে কি ওর হাত কাঁপবে ? হয়তো হ্যাঁ , হয়তো না । বাস্তব আর পরাবাস্তবের মধ্যে দাঁড়িয়ে আজ ও । নিজের জীবনের দুটো ভাগ ওর কাছে । মাঝখানের যতিচিহ্নটা ভাঙার সময় এসেছে । ও আছে কি নেই ..সেই উত্তরের সমাধান পেতেই হবে ওকে । হঠাৎ পরিচিত এক যন্ত্রনা

অনুভব করে ও শরীরে।

বাথরুমের মেঝেতে বসে পড়ে ও। শরীর থেকে রক্তের ধারা জলের সঙ্গে পা বেয়ে নীচে এসে পড়ছে। এই রক্তের মধ্যে নিজের অস্তিত্ব দেখে ও। প্রত্যেক মাসে এই কষ্ট হয়তো বেঁচে থাকার রসদ জোগায় বারবার। শাওয়ারের জলে রক্ত ধুয়ে যায়। ও বাথরুমের মেঝেতে শুয়ে থাকে কিছুক্ষন। জলের ধারা এসে ওর নিম্নাঙ্গের যন্ত্রনা শিথিল করে।

নিজেকে শক্ত করে ও। এই লড়াই ওর একার। তাই কাউকে না জানিয়েই এখানে আসা। ও চাইনি ওর জন্য অন্য কেউ বিপদে পড়ুক। সৈকতদার থেকে যেটুকু তথ্য পেয়েছিল , তার উপর ভিত্তি করেই থিরুনেল্লিতে আসা। থ্রিসুর অনেকটা বড় জায়গা , তাই প্রথমে থিরুনেল্লিকে বাছা। জায়গাটা ওকে হতাশ করেনি। প্রথমদিন এসেই ভেবেছিল জায়গাটার সম্বন্ধে পরিচিত হওয়া দরকার। সমস্ত দোকানপাট , ঘোরার জায়গা দেখে ফেলে ও , কিন্তু হতাশ হতে হয় ওকে। কোনো বাঙালী যুবকে ও দেখতে পায়না। তাহলে কি এখানে নেই ? ওর সব আশা শেষ হয়ে আসতে থাকে। লোকাল লোকজনকে জিজ্ঞেস করে ও। তারাও কোনো ইতিবাচক উত্তর দিতে পারেনা।

সেদিন সারাদিন ঘোরাঘুরির জন্য প্রচন্ড খিদে পেয়ে গেছিলো ওর। হোটেলের খাবারের যা দাম ,আর তার উপর দক্ষিণ ভারতের সব কিছু ভালো লাগলেও ওদের খাবার রোজ রোজ খাওয়া একজন বাঙালির পক্ষে খুবই কঠিন। ওর মার হাতের মাছের ঝোল ভাতের কথা মনে পড়ে। মন খারাপ করে হোটেলে ঢুকতে যাচ্ছিলো , তখনই রেস্তোরাটা দেখতে পেয়েছিল। ওয়েস্টার্ন খাবার আইটেম রয়েছে দেখে ও রেস্তোরায় ঢুকেছিল। মালিক এগিয়ে এসেছিলেন হাসি মুখে।

" ম্যাডাম ..হোয়াট ফুড ? থাই ...কন্টিনেন্টাল ..ইন্ডিয়ান ..."

" ইন্ডিয়ান ? ..."

" ম্যাডাম নর্থ , সাউথ অল ...স্পেশাল বেঙ্গলি ফুড অলসো ..."

বেঙ্গলি ফুড শুনে মনে শান্তি পেয়েছিল ও।

" ওকে বেঙ্গলি ফুড প্লিজ ...ননভেজ প্লেট ..."

" ওকে ম্যাডাম ..."

মালিক অর্ডার নিয়ে ভিতরে চলে যায়। মিনিট পাঁচেক এর মধ্যেই গরম গরম ভাত আর চিকেন ওর টেবিলে এসে হাজির হয়। খাবার পেয়েই ওর উপর ঝাঁপিয়ে পড়ে বিতস্তা। খেতে খেতে বাড়ির রান্নার কথা মনে পড়ে যায়। খাওয়া হয়ে গেলে দাম মিটিয়ে হোটেলে ফেরত গেছিলো সেদিন। চিকেনটা

জাস্ট অসাধারন ...ঠিক মা এরকমই রাধতো । এটা ভাবতে ভাবতেই ওর বুকটা খুশিতে কেঁপে ওঠে ।

ও ঠিক করে পরেরদিন গিয়ে দোকানের মালিককে রাঁধুনির ব্যাপারে জিজ্ঞেস করবে। এতো ভালো বাঙালি রান্না বাঙালি কুক ছাড়া যে করা সম্ভব নয় সেটা ওর মনে ঘুরতে থাকে ।

ছেলেটিকে প্রথমে দেখে ও একটু হতাশই হয়েছিল । আদ্যপান্ত একটা মালিয়ালী ছেলে । পোশাক আশাক , সাজগোজের কোনো কিছুর সাথেই বাঙালিয়ানার চিহ্ন মাত্র নেই । ব্যর্থতা ছাড়া আর কিছুই কি পাওনা নেই ওর ? ...ওর খাবারের প্রশংসা করলেও উত্তর ইংরেজিতে দিয়েছিল ছেলেটা । সৈকতদার পাঠানো ছবিটা একেবারেই অস্পষ্ট । কিছুই বোঝার উপায় নেই । তাও ও ছেলেটার উপর লক্ষ্য রাখছিল কদিন ধরে ।

গত দু তারিখ ও খেয়েই ফিরছিল রেস্তোরা থেকে ...তখনই পিছনে একজনের ডাক শুনে ও অবাক । দেখে রাঁধুনী ছেলেটা দাঁড়িয়ে আছে। ওর মুখে স্পষ্ট বাংলা উচ্চারণ শুনে এক মুহুর্তের জন্য অবাক হয়ে গেছিলো ও । কিন্তু পরের মুহুর্তেই ও বুঝতে পারে ওর অনুমান সঠিক । ও নিজেকে সামলে নিয়েছিল তক্ষুনি ।

" ও তুমিও বাঙালি ...আমি ভাবলাম এখানে কোনো বাঙালির দেখা আর পাবো না ...বেড়াতে এসে সবার আগে আমি নিজের ভাষায় লোক খুঁজি ...কতদিন বাংলায় কথা হয়না...তবে এইরকম পোশাক আশাক কেনো ? "

" আসলে এখানকার লোক না হলে দোকানে কাজ দিতে চাইনা এরা ...তাই ...আপনি কি ওই হোটেলটাই আছেন ? "

" হ্যাঁ , ও বাহঃ ভালো ...তা কতোদিন এখানে কাজ করছো ? "

" এই মাস কয়েক ...আমার একটা চেনা গেস্ট হাউজ আছে ...কম খরচ থাকতেও পারেন । "

" হমম ..দেখছি ...এখানে থাকার আগে কোথায় ছিলে ? "

" কলকাতায় ছিলাম ম্যাডাম ..কাজ পাচ্ছিলাম না তাই এখানে আসা ...গেস্ট হাউজে সব বাঙালি রান্না ...একবার যদি দেখেন ..."

" আচ্ছা তুমি কাল সকালে এসো ..."

সেদিন আর কথা না বাড়িয়ে চলে এসেছিল বিতস্তা ।

সেই রাতে বিতস্তা উত্তেজনায় ঘুমাতে পারেনি ।

গতকাল ওর সাথে বিতস্তা গেস্ট হাউজটা দেখতে গেছিলো । লোকালয় থেকে কিছুটা দূরেই বলতে হবে । একতলা ঘর । জানলা গুলো ছোটো ছোটো

। পরিচর্যা নেই বললেই চলে একপ্রকার । গেস্ট হাউজের মালিকের ব্যবহার ভালো । ও বুঝতে পারে এখানে ছেলেটার কিছু কমিশন আছে । গেস্ট হাউজের জন্য টুরিস্ট ধরে দিলে বোধয় কিছু পয়সা পায় ছেলেটা ওখান থেকে । তাহলে কি সত্যিই ওর মধ্যে সৎ ভাবে বাঁচার ইচ্ছে হয়েছে । ওর বিশ্বাস করতে ইচ্ছে হয়না , কিন্তু চোখের সামনে যা ঘটছে সেটাকে অস্বীকারও করা যায় না ।

" ম্যাডাম ...পছন্দ কি হলো ? "

" আসলে জায়গাটা একটু নোংরা ..কিছু মনে করো না ...আচ্ছা ...এই জায়গাগুলো আমাকে ঘুরিয়ে দেখাতে পারবে তুমি ?..তাহলে খুবই উপকার হতো । "

" না না ঠিক আছে , ম্যাডাম ...আপনাকে জোর করবো না ...কেনো পারবো না ...অবশ্যই পারবো ... ।"

ওরা হাঁটতে হাঁটতে হোটেলে ফিরত এসেছিল তখন বিকেল প্রায় ।

" তোমার বাড়িতে কে কে আছে ? "

" বাড়িতে কেউ নেই ..."

ছেলেটার উত্তর শুনে ও একটু অবাক হয় । কিন্তু কিছু বলেনা ।

" আচ্ছা , রত্নাকরের গল্প শুনেছো ? ..."

" কি ম্যাডাম ...ঠিক বুঝলাম না ..."

" রত্নাকর একজন দস্যু ছিলো ...পরে সে ..."

বিতস্তা পুরোটা বলার সুযোগ পায়না । ও দেখে ছেলেটাকে একজন মহিলা ডাকছেন । ভদ্র মহিলাকে দেখে বেশ সম্ভ্রান্তই মনে হয় । মুখে আভিজাত্যের ছাপ স্পষ্ট । গাড়ি থেকে শুধু ওনার মুখই দেখা যাচ্ছে।

" ম্যাডাম একটু আসছি ..."

ছেলেটা দৌড়ে গাড়িটার কাছে যায় । কিছু কথা বার্তা হয় ওদের মধ্যে । মনে হয় ভদ্র মহিলা ওকে কোনো কারণে তিরস্কার করেন । ও ঠিক বুঝতে পারেনা । কিন্তু ছেলেটা আর বিতস্তার কাছে ফিরে না এসে সোজা রেস্তোরাঁতে ঢুকে যায় । ও আরো কিছুক্ষন দাঁড়িয়ে থাকে । গাড়িটা কিছুক্ষন পর বেরিয়ে যায় । ও আরো কিছুক্ষন দাঁড়িয়ে থেকে হোটেলে ঢুকে যায় । রাতের খাবার খাওয়ার জন্য রেস্তোরাঁতে এলেও ছেলেটাকে আর দেখতে পায়না ।

রেস্তোরার মালিক কাজে ফিরত এসেছে দেখে ওঁর সাথে কথা বলতে এগোয় বিতস্তা । ওনাকে দেখে একটু বিষণ্ণ মনে হয়।

" হোয়াট হাপেন্ড ইয়েস্টার্ডে ? ইউ ডিড নট কাম ..."

" নট দ্যাট সিরিয়াস ম্যাডাম , আই হ্যাড এ ডগ ..ইট ডায়েড ইয়েস্টার্ডে অল অফ সাডেন ...সো "

" হমম ... আই ক্যান আন্ডারস্ট্যান্ড ...ইটস ওকে ..."

ও আর কথা না বাড়িয়ে চলে এসেছিল রেঁস্তোরা থেকে ।

গতকাল সারারাত ও ভেবেছে এটা করার কি সত্যিই প্রয়োজন ছিলো ? সবাই সারাজীবন খারাপ থেকে যাবে সেটা তো নাও হতে পারে । হয়তো ও খুঁচিয়ে ঘাঁ করছে । কিন্তু ওর একবার জানার দরকার কেন ...এইটুকু ছেলেটার মধ্যে কি লুকিয়ে ছিলো সেদিন । ছেলেটার চোখ গুলো দেখে সত্যিই মায়া হয় । যদি পড়াশোনার সুযোগ পেতো ...তাহলে হয়তো । আবার ওই বীভৎস দিনটার কথা মনে পড়ে ওর । ওর সব চিন্তা এলোমেলো হয়ে যায় । কোনটা সত্যি আর কোনটা মিথ্যে তার মধ্যে পার্থক্য করতে পারেনা ও । নিজের চিন্তার কাছে বন্দী হয়ে পড়ে ও ।

বাথরুম থেকে বেরোতে বেরোতে দশটা বেজে যায় । ও কোনো মতে টাওয়েলটা জড়িয়ে বাইরে আসে । শরীরটা ভীষণ অবশ লাগে। বিছানায় গিয়ে শুয়ে পরে বালিশে মুখ গুঁজে। কিছুক্ষন পর হঠাৎ দরজায় টোকা।

" কে ? ..."

কোনো উত্তর আসেনা ।

বিতস্তা খুব কষ্টে একটা নাইটি পরে দরজার দিকে এগোয়। দরজা খুলতেই দেখে ছেলেটা দাঁড়িয়ে আছে ।

" ও তুমি ...ভিতর এসো ...আসলে আজকে আমার শরীরটা তেমন ভালো নয় । কাল কি হয়েছিল ? আর এলেনা ? ..."

" ও তেমন কিছুনা ম্যাডাম ...আপনি বলেছিলেন জায়গাটা ঘুরে দেখবেন তাই এসেছিলাম ...। "

" শরীরটা তেমন আজ ভালোনা বুঝলে ...অন্য একদিন যাবো ...। "

বিতস্তা দেখে ছেলেটা অদ্ভুত ভাবে ওর দিকে তাকিয়ে আছে । ও ওর চোখ ছেলেটার দিকে পড়তেই ও নজর ঘুরিয়ে নেয়।

" কাল কি বলছিলেন , ম্যাডাম ...পুরোটা শোনা হয়েছিল না ..."

" রত্নাকরের গল্প বলছিলাম ...যে পরে ভালো হয়ে গেছিলো ...শোনো নি ?... লেখা পড়া কদ্দুর করেছো ? "

" লেখা পড়া তো ক্লাস ফোর অবধি ...তারপর আর ..."

" ও এখন আর পড়তে ইচ্ছে করে ? "

ছেলেটা কোনো উত্তর দেয়না। বিতস্তা ভাবে হয়তো এইজন্যই ও স্কুলের বাচ্চা গুলোর দিকে তাকিয়ে থাকে।

হঠাৎ বিতস্তার ব্যাগে রাখা ফোনে রিং হতে থাকে। ও নাগাল পায়না। ফোনে রিং হতে হতে বন্ধ হয়ে যায়। ও ভাবে মা নিশ্চয় ফোন করছে।

" ফোনটা একটু দেবে ? ...আমার ব্যাগে আছে ..."

ও ইচ্ছে করেই একটা নতুন সিম নিয়ে এসেছে। যাতে কেউ ফোন না করতে পারে। বাড়ির লোকজন ছাড়া আর তেমন কেউ নাম্বারটা জানেও না। শুধু অফিসের সিনিয়রকে নাম্বারটা দিয়ে এসেছে , যদি প্রয়োজন হয়।

নাম্বারটা ওর খুব চেনা। দেখেও ও আর রিং ব্যাক করেনা।

কয়েক মুহূর্ত পরই আবার ঘুরিয়ে ফোনটা আসে। বিতস্তা এবার ফোনটা ধরে।

" হ্যালো ...হ্যাঁ বলো , সৈকতদা .."

কিছুক্ষন কেটে গেছে মাঝে। ছেলেটা চলে গেছে ওর রুম থেকে। আধঘন্টার মধ্যে কি কি ঘটে গেলো ভেবেই বিতস্তা ঘেমে উঠেছে। বিশাল বড় একটা ভুল বোধয় হয়ে গেলো। ও আসলে চাইছিলো না সৈকতদা জানুক ও কোথায় আছে। কিন্তু সৈকতদা বোধয় ওকে মিথ্যেবাদী ভাবলো। ভয়ে ও ফোনটা অফ করে দিয়েছিল তখন। ছেলেটা গেলে আবার ফোনটা ওন করে। অনেকগুলো মিসডকল। ও কি ঘুরিয়ে ফোন করবে ? দাদাকে বিপদে ফেলে কি লাভ। যতোটা সাহায্য ও করেছে হয়তো কেউই এই যুগে করবে না। এর বেশি কারোর থেকে চাওয়া উচিত না। ও নিজেকে শান্ত করে। সব ঠিক হয়ে যাবে। কিন্তু ছেলেটা বোধয় সবকিছু বুঝতে পেরে গেলো। ওর মুখ দেখে তাই মনে হচ্ছিলো। এতো বড় ভুলের কোনো জায়গা হয়তো ছিলো না। এরপর কি ছেলেটা আর আসবে ? ও যাওয়ার সময় ওকে পরশুদিন আসতে বললো কিন্তু মনে হয় সব শেষ হয়ে গেলো। বিতস্তা আর ভাবতে পারেনা। আসল সত্যিটা আর হয়তো জানা হলো না।

ও বালিশে মুখ ঢেকে শুয়ে পড়ে। সারা দুপুর কিছু না খেয়েই ঘুমিয়ে থাকে। বিকেল হলে হোটেলেই খেয়ে নেয়। বাইরে যেতে ওর আর ইচ্ছে করেনা। মাঝে দুবার বাথরুমে যেতে হয়েছে ওকে। শরীরের সাথে এই কদিন এক অদ্ভুত লড়াই চলে যেন।

৫ই মার্চ , ২০১৯

আজ সারাদিন আর হোটেল ছেড়ে বেরোয়নি বিতস্তা। ও ভাবছে ফিরে যাবে কিনা। ছেলেটা হয়তো বুঝে গেছে ওর উদ্দেশ্য। আজ আর আসেনি

ও। হোটেলের জানলা দিয়ে রেস্তোরাটা দেখার চেষ্টা করেছে বিতস্তা। কিন্তু ওকে দেখতে পায়নি আর। সৈকতদাকে যদি সত্যি বলে দিতো এখানে আছে, তাহলে হয়তো আর এই সমস্যা হতো না। ছেলেটা কিছু না বুঝতেও পারে। ও হয়তো বেশি বেশিই ভাবছে। নিজের মনকে শান্ত করে ও। আর একদিন চেষ্টা করবে বিতস্তা, তারপর আর রিস্ক নেওয়া যাবেনা। ছেলেটাকে দেখে মনে হয় ওর মধ্যে পরিবর্তন এসেছে। হয়তো সত্যিই ভালো হয়ে গেছে ছেলেটা। এইসব ভাবতে ভাবতে কখন বিকেল হয়ে গেছে খেয়াল ছিলো না ওর। হঠাৎ দরজায় আওয়াজ এ ওর দিবাস্বপ্ন ভেঙে যায়। ও গিয়ে দরজা খুলে অবাক হয়ে যায়।

কালি দাঁড়িয়ে আছে। কদিন কালির সাথে একবারও দেখাই হয়নি। ও ভুলেই গেছিলো একেবারে।

" হেই ..কাম ইন ... হাউ আর ইউ ?...স্যরি ডিড নট মিট ইউ ...আই ওয়াজ বিট ইল ...হাউ ডু ইউ গেট মাই এড্রেস ? "

" চেচি, মি ফাইন ...ডিড নট হার্ড ফ্রম ইউ ...সো আই হ্যাভ কেম টু সি ইউ ... "

" সিট ...সো সুইট অফ ইউ ...ওয়েট ..."

বিতস্তা ওর ব্যাগ থেকে একটা চকলেট বার করে ওর হাতে দেয়।

" নো প্লিজ, চেচি ..."

" ডোন্ট সে এ ওয়ার্ড ...টেক ইট ...হু ইজ এল্ডার ? ইউ ওর মি ? "

কালি আর কিছু না বলে চকলেটটা নিয়ে খেতে থাকে।

বিতস্তা কালিকে জিজ্ঞেস করে ও কোন স্কুলে পড়ে। কালির উত্তরে ও একটু অবাক হয়।

" দেন হোয়ায় আর ইউ এবসেন্ট ? আই ডোন্ট সি ইউ এমঙ্গ আদার স্টুডেন্টস এভরিডে .."

কালি চুপ করে থাকে। ওর নিস্তব্ধতা বিতস্তাকে আরো উদ্বিগ্ন করে তোলে।

" হোয়াট হাপেন্ড ? ইউ ক্যান টেল মি ...আই ইউল হেল্প ইউ, ডিয়ার। "

কালি চলে গেছে অনেক্ষন হলো। বিতস্তার এখনো বিশ্বাস হচ্ছে না। ওর মুখ শক্ত হয়ে গেছে রাগে, ঘৃনায়। ও কালিকে কথা দিয়েছে, ওর জন্য যতোটা পারবে করবে। জানলা দিয়ে বাইরের দিকে তাকায় ও। বাইরে মেঘ করেছে। আকাশে আজ আর চাঁদের দেখা নেয়। অন্ধকার যেন পাহাড়টাকে গ্রাস করেছে। ওর মনে হয় কেউ যেন ওর ঘরের সামনে দাঁড়িয়ে আছে। ও

ছুটে দরজার কাছে যায়। কিন্তু দরজা খুলে বাইরে গিয়ে ও কাউকে দেখতে পায়না। মনের ভুল ভেবে বিছানায় ফিরে আসে। সারারাত বিছানায় এপাশ ওপাশ করে। আর সময় নেই ওর হাতে। যা করার আগামীকালের মধ্যেই করতে হবে।

৬ই মার্চ, ২০১৯

আজ শরীরটা ওর একটু ভালো আছে। বিতস্তা সকাল সকাল স্নান সেরে নিয়ে নিজের ব্যাগটা গুছিয়ে নেয়। দরজায় তালা দিয়ে বেরিয়ে পড়ে। যাওয়ার সময় একবার রেস্তোরাঁয় ঢু মেরে যায়। কিন্তু জানতে পারে ছেলেটা আজ আসেনি। ওদের কাছ থেকে ও যেখানে থাকে তার ঠিকানা জোগাড় করে। মিনিট দশেক হাঁটতেই ও জায়গাটায় পৌঁছে যায়। ছোটো ছোটো ঘর অনেকগুলো। সব ঘরের উপর নম্বর দেওয়া। অনেক খোঁজার পর ওর ঘর দেখতে পায় বিতস্তা। কিন্তু একটু এগোতেই দেখে আগের দিনের দেখা সেই মহিলা দাঁড়িয়ে রয়েছেন ওর ঘরের সামনে। ওনাকে দেখে বিতস্তা আর দাঁড়ায় না। ও হোটেলে ফিরে আসে। ছেলেটার সকালে আসার কথা ছিলো তাহলে কি এই মহিলার জন্য আসতে পারলো না। কে এই মহিলা ? ওর সাথে সম্পর্কই বা কি ? বিতস্তা এই রহস্যের সমাধান করতে পারেনা।

বিকেল হয়ে গেছে। এরমধ্যে ও আরেকবার রেস্তোরায় গিয়ে খোঁজ নিয়ে এসেছে, কিন্তু ছেলেটা এখনো আসেনি।

ও ঠিক করে পুলিশকে গিয়ে পুরো বিষয়টা জানাবে। কিন্তু কোনো এভিডেন্সই নেই ওর হাতে। হয়তো বিশ্বাসই করতে চাইবে না ওকে। তারপর উপর ল্যাংগুয়েজ এর সমস্যা। ও কি করবে ঠিক করতে পারেনা। প্রথমবার মনে হয় সৈকতদা সাথে থাকলে নিশ্চয় কোনো উপায় বাতলে দিতো। বিষয়টা পুরুষ নারীর নয়। এইজন্যই হয়তো জীবনে একজন সঙ্গীর দরকার। প্রথমবার ওর নিজেকে অসহায় মনে হয়।

হঠাৎ দরজায় ধাক্কা দেওয়ার শব্দ পায়। ওর বুকটা কেঁপে ওঠে এক অজানা ভয়ে। ও দরজা খুলে দেখে ছেলেটা দাঁড়িয়ে আছে। অন্যদিনের মতো আজকে আর মালায়ালি পোশাক পরেনি। সাধারণ শার্ট, প্যান্ট। ওর ভাবতে কষ্ট হয় এতো সুন্দর একটা বাচ্চা ছেলে এইরকম। ওর সত্যি বিশ্বাস হয়না। নাকি ও স্বপ্নের মধ্যে রয়েছে।

" ম্যাডাম, আজ জায়গাটা ঘুরে দেখবেন বলেছিলেন ...আসতে একটু দেরী হয়ে গেলো ... । "

ও দেখে ঘড়িতে পনে চারটে বাজে। ও ছেলেটাকে বাইরে দাঁড়াতে বলে মিনিট পনেরোর মধ্যে রেডি হয়ে নেয়। যাওয়ার সময় নিজের ছোট ব্যাগটা কাঁধে নিয়ে নেয়।

" ম্যাডাম , পক্ষীপাঠলম ট্রেক এ যাবেন ? খুব সুন্দর ..."

" আসলে আমার শরীরটা খুব একটা ভালো নেই ...ট্রেকিং এই অবস্থায় করতে পারবো না ...তুমি বরং আমায় নদীর ধারে নিয়ে চলো ...শুনেছি নদীর তীরে অনেক ভার্জিন স্পট রয়েছে ...সেইরকম কোথাও চলো ..."

" আচ্ছা , ম্যাডাম ..."

বিতস্তা হোটেল থেকে বেরিয়ে আকাশের দিকে তাকায়। আকাশের মুখ ভারী। ঘন কালো মেঘের রাশি আকাশের বুক জুড়ে।

" বৃষ্টি না আসে ..."

" না না এই সময় বৃষ্টি হয়না তেমন ...এখুনি মেঘ কেটে যাবে , ম্যাডাম ...চিন্তা করবেন না ..."

ওরা যখন নদীর ধারে পৌঁছায় তখন টিপটিপ করে বৃষ্টি পড়ছে। বিতস্তা ব্যাগটা মাথার উপর ধরে। ছেলেটা পথ দেখিয়ে নিয়ে চলছে। নদীর ধারের রাস্তা পাথুরে এবড়ো খেবড়ো। বিতস্তার উঠতে কষ্ট হচ্ছে।

" ম্যাডাম , ধরবো আপনাকে ? "

" না , না ঠিক আছে ...চলো। "

ছেলেটা বিতস্তাকে নিয়ে নদীর পাড় ধরে হাঁটতে হাঁটতে অনেক দূর চলে যায়। চারিদিকে ঘন জঙ্গলের সারি। ও দেখে জায়গাটা বেশ নির্জন , জনমানুষের চিহ্ন মাত্র নেই। কলকল শব্দে পাপনাসিনি বয়ে চলেছে নিজের মতো। আকাশ মেঘে ঢাকা থাকায় পাঁচটা বাজার আগেই বেশ অন্ধকার। বিতস্তার গা ছমছম করে ওঠে। ও মনে সাহস আনে। এই মুহূর্তের জন্য এতদিন ও নিজেকে তৈরি করেছে। এখন দুর্বল হলে চলবে না।

" আচ্ছা এখানে তোমার নাম কি সেটাই তো জিজ্ঞেস করা হয়নি ..."

" চরিত , ম্যাডাম ..."

ছেলেটা ওর দিকে অদ্ভুত ভাবে তাকায়।

" চরিত নামের মানে জানো ? চরিত মানে ইতিহাস ... "

ছেলেটা কোনো কথা বলেনা , শুধু ওর দিকে তাকিয়ে থাকে। ওর চোখের মধ্যে কিছু আছে। বিতস্তা একটু থতমত খেয়ে যায়। নিজেকে ধাতস্থ করে বলে

" তোমার আসল নাম কি ...মানে কলকাতায় কি নামে চিনতো সবাই ? "

" সুজিত, ম্যাডাম ...কিন্তু হঠাৎ এসব প্রশ্ন কেনো "

" এমনিই জাস্ট ...কৌতূহল । "

ওরা দুজন একটা পাথরের ঢিবির উপর এসে বসে । আকাশে মেঘ আরো ঘন হয়ে উঠেছে। ও ছেলেটার দিকে তাকায় ।

" কলকাতায় কি হয়েছিল এমন যে এখানে চলে এলে ? "

ছেলেটা চুপ করে থাকে ।

টিপটিপ করে আবার বৃষ্টি পরা শুরু হয়েছে । ওর চোখ মুখ বৃষ্টিতে ভিজে যায় ।

" তোমার আসল নাম আমি জানি ...তোমার জন্যই এখানে আসা আমার ...কি হয়েছিল সেইদিন রাতে ট্রেনে ? "

বিতস্তার মুখ শক্ত হয়ে ওঠে ঘৃনায় ।

ছেলেটা কিচ্ছু বলেনা । মুখ নামিয়ে নদীর দিকে চেয়ে থাকে । বৃষ্টি আরো জোরে পড়া শুরু হয় । বিতস্তা ওর ব্যাগের মধ্যে হাত ঢোকায় ।

" এই নদীটার নাম কি জানো ? পাপনাসিনি ...কিন্তু তোমার..."

বিতস্তা ওর কথা শেষ করতে পারেনা । ওর মুখের উপর প্রচন্ড জোরে একটা আঘাত করে ছেলেটা পড়ে থাকা পাথরের টুকরো দিয়ে । কিছু বুঝে ওঠার আগেই ওর চোখের পাশ থেকে রক্ত বের হতে শুরু করে । ও টাল সামলাতে পারেনা । ঢিবি থেকে সশব্দে নীচে পড়ে যায় ও ।

ওর কানে কিছু অস্পষ্ট শব্দ ভেসে আসে ।

" মাগী ...কি ভেবেছিলি ...আমি বুঝতে পারবো না ..."

আরো অশ্রাব্য ভাষায় গালাগাল ওর কানে ভেসে আসে । বিতস্তা ওর হাতের ব্যাগটাকে ধরার চেষ্টা করে ।

কিন্তু ওর দুর্বল হাত থেকে ব্যাগটা পাশে পড়ে যায় । ওর শরীরের ওপর কাউকে অনুভব করে ও । ওর শরীরে প্রচন্ড যন্ত্রনা ...নখের আঘাত ওর সারা শরীর জুড়ে । ও বাঁধা দেওয়ার চেষ্টা করেও পারেনা । মিনিট পাঁচেক অসহ্য যন্ত্রণা ওর শরীর জুড়ে । ও সমস্ত শক্তি দিয়ে ওর উপর থেকে ভার সরিয়ে দেওয়ার চেষ্টা করে । আবার ওর মুখের উপর পাথর দিয়ে আঘাত করে ছেলেটা । ওর ঠোঁট ফেঁটে রক্ত বেরোতে থাকে । বিতস্তা সমস্ত শক্তি দিয়ে ছেলেটিকে সরিয়ে পাশে ফেলে দেয়। ও কোনো মতে হাতড়ে নিজের ব্যাগটাকে খুঁজে পায় । ও পাগলের মতো ব্যাগ হাতড়াতে শুরু করে ।

বৃষ্টি প্রচন্ড জোরে পড়ছে । বিতস্তা ওঠার চেষ্টা করে পারেনা । ওর মনে হয় আবার আরেকটা শরীর ওর উপর ওঠার চেষ্টা করছে । ও ব্যাগ থেকে

হাত বার করে। ওর হাতে একটা ছুরি। ও নিজের সমস্ত শক্তি দিয়ে ওর উপরে ওঠা শরীরটাকে আঘাত করে। ওর মুখে রক্তের ফোঁটা ছিটকে এসে পড়ে। ওর দেহের উপর থেকে শরীরটা পাশে পড়ে যায় সশব্দে।

এরপর আর ওর কিছু মনে নেই। যখন ওর জ্ঞান ফেরে শরীরে কোনো পোশাক অবশিষ্ট নেই। তখনও বৃষ্টি পড়ছে। চারিদিকে ভীষণ অন্ধকার। শরীরের প্রত্যেকটা অংশে আঘাতের চিহ্ন। রক্তে ভেসে যাচ্ছে ওর মুখ। পাশে প্রচন্ড জলের শব্দ। পাপনাসিনিতে বোধয় জোয়ার এসেছে। ও ওঠার চেষ্টা করেও পারেনা। পাপনাসিনির জল এসে ওর শরীরের উপর দিয়ে প্রচন্ড বেগে চলে যায়। পেটের নিচের দিকে প্রচন্ড যন্ত্রনা করছে ওর। পৃথাদির কথা মনে পরে ওর। দেখো দিদি ...আমি তোমার সমান হয়েছি। ওর চোখে জল বৃষ্টিতে ধুয়ে যায়। ওর নজর আশে পাশে যায়। কিন্তু ও কাউকে দেখতে পায়না। ওর মনে হয় যা কিছু হলো তা কি স্বপ্ন না বাস্তব। ও কি হেরে গেলো। ভাবনা গুলো আস্তে আস্তে হারিয়ে যায় ওর সামনে থেকে। চারিদিকে শুধু পাথর আর পাথর। মাঝখানে শুধু ওর বিধ্বস্ত শরীর। নদীর জোয়ারের জল নেমে গেছে। পাপনাসিনির তীরে পড়ে থাকে বিতস্তা। জলের কলকল শব্দ ওর কানে আসে। ও আর তাকাতে পারে না। ভীষণ যন্ত্রনা সারা শরীর জুড়ে। বিতস্তা তাকানোর চেষ্টা করে। বৃষ্টি তখনও পরেই চলেছে। ঠান্ডা হাওয়া বইছে সাথে। ঠান্ডায় বিতস্তার শরীর কেঁপে কেঁপে ওঠে। রক্তের নোনতা স্বাদ ওর মুখে। সমস্ত কিছু আস্তে আস্তে অন্ধকার হয়ে আসে ওর সামনে।

৭ ই ডিসেম্বর , ১৯৯৬

" তোর অম্লান কাকুর মেয়েকে বাড়িতে এনেছে আজ ..শুনেছিস ? "

" কখন মা ...আমাকে বলো নি কেনো ? "

" তুই তো স্কুলে ছিলি কিভাবে বলবো ? "

" যায় দেখে আসি বুনুটাকে..."

" আরে ভাত তো খেয়ে যা ...সেই সকালে খেয়েছিস ..."

" এসে খাবো ..."

স্কুল ব্যাগটা বিছানার উপর ছুঁড়ে দিয়ে পৃথা দৌড় লাগায় পাশের বাড়ি। কাকুর বাড়িতে বেশ ভিড়। পাড়ার সবাই এসেছে কাকুর মেয়েকে দেখতে। ও সবাই কে ঠেলে ভিতরে ঢোকে। কাকিমার কোলে ছোট্ট বাচ্চাটা। কি মিষ্টি হয়েছে , ও মনে মনে বলে।

" কাকিমা ...কাকিমা আমি কোলে নেবো ..."

" তুই ফেলে দিবি ,মা ..."

" কিচ্ছু হবে না ...দাওনা তুমি ..."

পৃথা বাচ্চাটাকে কোলে নিয়ে এঘর ওঘর করতে থাকে ।

" দেখো পুরো দুই বোন ..."

ও দেখে কখন ওর মা এসে দাঁড়িয়েছে পাশে ।

" বুনুকে কাকিমাকে দিয়ে দাও এখন ...চলো খেয়ে নেবে ..."

" না , এখন খাবো না ...তুমি চলে যাও ...আমি এখন বুনুর সাথে খেলবো ..."

" অসভ্য মেয়ে ..."

ওর মা কান ধরে ওকে বাড়ি নিয়ে আসেন ...।

পৃথা বাড়ি এসে কাঁদতে থাকে ।

" ভাতটা খেয়ে ...তারপর বুনুকে নিয়ে খেলো ...মানি আমার ..রাগ করেনা .."

পৃথার মা ওর চোখের জল মুছিয়ে দেন আঁচল দিয়ে ।

পৃথার এবার ক্লাস ফোর হবে । পড়াশোনায় ও ছোটবেলা থেকেই ভালো । হাফ ইয়ার্লি এক্সামেও ফাস্ট হয়েছে এবার । স্কুলের ম্যাডাম রাও ওকে খুবই ভালোবাসে ।

" মা , খাওয়া হয়ে গেছে ? এবার যাবো বুনুর কাছে ? ..."

" যা ... তাড়াতাড়ি চলে আসবি ...অঙ্ক স্যার আসবে ..."

" ঠিক আছে মা ..."

বুনুকে কোলে নিয়ে সারাটা বিকেল কেটে যায় ওর ।

" কাকিমা ও কিন্তু আমার বুনু ..."

" হ্যাঁ , মা তোর ...এবার বাড়ি যা দিদি চেঁচাবে একটু পরেই । "

১৪ই জুলাই , ১৯৯৭

" মেয়ের কি নাম ঠিক করলেন ? "

" পুরোহিত মশায় ...মেয়ের মা বলবে ..."

" আমরা ঠিক করেছি ওর নাম হবে বিতস্তা । "

" বাহঃ ...খুব সুন্দর নাম তো ..."

সবাই হাততালি দিয়ে ওঠে ।

" কৈ মেয়েকে নিয়ে আসুন এবার মুখে ভাত দিতে হবে যে ..."

" এখুনি আনছি ...ওই পৃথা ...বুনুকে নিয়ে আয় না , মা ..."

" আসছি কাকিমা ..."

পৃথার কোলে ছোট্ট একটা বাচ্চা । কপালে সুন্দর করে চন্দনের ফোঁটা দেওয়া । পরনে নতুন জামা ।

" মা , ওকে নামিয়ে ওর মায়ের কোলে দাও ..."

পুরোহিত মশায় পৃথাকে বলেন ।

" আই মা ..."

বাচ্চাটা পৃথাকে ছাড়তে চাই না ।

" দেখেছেন পুরুত মশায় ...দুই বোনকে কেউ আলাদা করতে পারবে না ..."

পুরোহিত দুজনকে দেখে হাসেন ।

" মঙ্গল হোক মা তোমাদের ..."

পৃথা বাচ্চাটাকে কাকিমার কোলে তুলে দেয় । চারিদিকে উলুধ্বনি , হাততালি । অনুষ্ঠান মিটতেই আবার পৃথা ওর বুনুকে পেয়ে যায় ।

" কি হয়েছে বিতু সোনা ...এই তো আমি ..."

বাচ্চাটা ওর কোলে এসে চুপ করে ।

২৮ শে মে , ২০০৫

" দিদি কতো পেয়েছে জানিস ? ..."

"কতো মা ? "

" সব কিছুতে লেটার পেয়েছে ...সারাদিন তো দিদির পিছন পিছন ঘুরিস ...ওর ভালো গুন গুলোতো নে ..."

" তুমি শুধু বকতেই থাকো ...দাড়াও আমি দিদির সাথে দেখা করে আসি । "

বিতস্তা লাফাতে লাফাতে পাশের বাড়ি যায় ।

" কাকিমা দিদি কোন ঘরে গো ? ..."

" ও তো একটু বেরোলো মা ...তুই বস ওর ঘরে গিয়ে একটু ...এক্ষুনি এসে যাবে । "

এই বাড়িতে ওর অবারিত দ্বার । যখন ইচ্ছে আসে যায় । ও দিদির ঘরে গিয়ে বসে । ঘরের দেওয়ালের একদিকে পিরিওডিক টেবিলের চার্ট । অন্য দিকে সৌরভ গাঙ্গুলীর ছবি । সৌরভ বলতে দিদি অজ্ঞান । ডায়েরির কতো পাতা জুড়ে সৌরভের জন্য প্রেমপত্র লিখেছে সেটা শুধু ওর জানা । সেই ছোটো বেলা থেকে একসাথে । পাড়ার সবাই ওদের মানিক জোড় বলে সেটা ও জানে । ওর ভালোই লাগে শুনতে । পড়াশোনায় কোনো অসুবিধা হলেও ও দিদির কাছেই প্রথমে আসে ।

প্রথমদিন স্কুলে যাওয়ার কথা মনে পড়ে । বাবা তো বকা দিয়ে স্কুলের গেটে নামিয়ে দিয়ে চলে গেলো । ওর খুব ভয় লাগছিলো । দিদিই সেদিন এগিয়ে এসেছিল । হাত ধরে নিয়ে গিয়ে ক্লাসে বসিয়ে দিয়েছিল । টিফিনে ওর বান্ধবীদের সাথে পরিচয় করিয়ে দিয়েছিল । এমনকি স্কুলের সবাই ভাবতো ওরা এক মায়ের সন্তান । টিফিন ভাগ করে খাওয়া থেকে শয়তানি , দুস্টুমি সব দিদির সাথে । ছুটি হলে রোজ একসাথে বাড়ি ফেরা । বৃষ্টির দিন ছাতা না বের করে ভিজতে ভিজতে ফিরে মায়ের কাছে বকা খাওয়া । এভাবেই বেশ চলছিল । কিন্তু টেস্ট এর পর থেকে দিদি আর স্কুলে যাচ্ছিল না । ওর মনটা খারাপ লাগতো । একা লাগতো স্কুলে । কিন্তু সামনে মাধ্যমিক । দিদি যে পড়ছিল এটুকু বোঝার বুদ্ধি ওর হয়েছিল । তাই এই কদিন তেমন জ্বালায় নি ওকে । এক্সাম হওয়ার পর থেকে আবার রোজ বিকেলে একসাথে বেরিয়েছে । ফুচকা ..মোমো খাওয়া চলছিলো কদিন বেশ ।

" কিরে বিতু ...কখন এলি ? "

" এইতো আধঘন্টা ...কোথায় গেছিলি ? "

" কোনো কথা বলবি না দাঁড়া ..."

পৃথা ওর মুখে বড় একটা রসগোল্লা ভরে দেয় ।

" দোকান থেকে তোদের বাড়ি গিয়েছিলাম ...দেখলাম তুই নেই ..."

" হমম ...আমিতো এখানে এসেছি ..."

" বিতু ...এবার কিন্তু তুই একা ...আমিতো আর ঐ স্কুলে পড়বো না ..."

বিতস্তার মন খারাপ হয়ে যায় এক মুহূর্তে । একা হয়ে যাওয়ার ভয় গ্রাস করে ওকে ।

" আরে পাগলী ...আমি বলে দেবো রিয়া , সুস্মিতাকে ...ওরা তো থাকলো ...চিন্তা করে না একদম ... এতটুকু মেয়ে মুখের ভাব দেখো পাকা বুড়ি । "

বিতস্তা কিছু না বলে চুপ করে থাকে ।

২৯ শে মে , ২০১২

" দিদি , কি করছিস ? ...যাবো একটু ? "

" চলে আয় ...রেজাল্টটা আনিস কিন্তু ..."

ফোন রেখে রেজাল্ট নিয়ে দৌড়ায় বিতস্তা ।

" আরে , বাস ...তুই তো ফাটিয়ে দিয়েছিস ...এই দেখো মা বিতু তো আমার থেকেও বেশি পেয়েছে ...লাইফ সায়েন্সে আটানব্বই ভাবা যায় ..."

পৃথা ওর মাকে বিতস্তার রেজাল্টটা দেখায় ।

" বেঁচে থাক মা ...দিদির মতো হতে হবে কিন্তু ..."

" ধূর মা , তুমি যে কি না ...ও নিজের মতো হবে ...আমার মতো হতে যাবে কেনো ..."

রেজাল্ট নিয়ে বিতস্তা বাড়ি এসেছে অনেক্ষন । এই কবছরে অনেক কিছু ঘটে গেছে। দিদি মাধ্যমিক এর পর সায়েন্স নিয়ে অন্য স্কুলে ভর্তি হলো । স্কুলে আর দেখা হতো না ওদের , কিন্তু তাই বলে ভালোবাসা চলে যায়নি । ছুটি হলেই দিদির বাড়ি ছুট লাগাতো ও । যেদিন দিদির পড়া থাকতো না সেদিন একসাথে বেরতো ঘুরতে । মাধ্যমিক এর সময়ও দিদি সায়েন্স গ্রুপটা দেখিয়ে না দিলে ওর এতো ভালো রেজাল্ট হতো কিনা সন্দেহ ।

দিদির উচ্চমাধ্যমিক এর রেজাল্ট এর কয়েক দিন পরের কথা ওর খুব মনে পড়ে । জয়েন্টে মেডিক্যাল এ ভালো র‍্যাঙ্ক হয়েছিল না দিদির । ফাস্ট টাইম কাঁদতে দেখেছিল ওকে । পৃথাদি সরাজীবনই ডেডিকেটেড পড়াশোনার ব্যাপারে । তারপর পরের বছর ও কলেজে ভর্তি না হয়ে কোচিং এ ভর্তি হলো । দেখা সাক্ষাৎ একটু কমেই গেছিলো । তখন বাড়িতে গেলেই দেখতো দিদি পড়ছে । ও আর বেশি জ্বালাতন করতো না ।

মা প্রত্যেকদিন বকতো ওকে ।

" দিদিকে দেখে কিছুতো শিখতে পারিস ...একটুও তো পড়ায় মন নেই । "

ওর একটু অভিমানই হতো দিদির উপর । দিদি না থাকলে ওকে বকা খেতে হতো না আর । তারপর আবার আদরগুলো মনে পড়তো । সব রাগ ভেঙে যেতো নিমেষে ।

পরের বছর জয়েন্টে দিদি এক হাজারের মধ্যে র‍্যাঙ্ক করলো । পাড়ায় তখন সবার মুখে পৃথাদির নাম । কলকাতার কাছেই একটা কলেজে চান্স পেয়েগেলো । সেদিন কি আনন্দ দিদির । পৃথাকে একটা ঘড়ি গিফ্ট করেছিল । এখনো সেটা রয়েছে ওর কাছে।

৭ই জুন , ২০১২

" হ্যালো , দিদি ... ফোন বিজি কেনো ? একটু আমাদের সাথেও তো কথা বলতে হয় । "

" বিতু রানী... খুব বড় বড় কথা না ...বল কি হয়েছে ? "

" তুই আগে বল কার সাথে গল্প করছিলি ? আধঘন্টা ধরে ফোন বিজি..."

" আরে আমাদের কলেজের এক বন্ধু ...ওসব ছাড় না ...কি বলবি বলছিলি বল ..."

" দাঁড়া আসছি ...তোর হচ্ছে ..."

ফোন রেখে ও দৌড়ায় দিদির বাড়ি ।

" বল কে ছিলো ফোনে ? ..."

" আরে বাবা ...তেমন কিছু না ...প্রীতম ...আমার সাথেই পড়ছে এক কলেজে ...তুই না ..."

" হমম বুঝি না বল ...ডুবে ডুবে জল খাওয়া ...প্রীতমদার ছবি দেখা ..."

" নেই কোনো ছবি ...বল তুই কি বলবি ? "

" আমি ঠিক খুঁজে বের করবোই ...বাই দা ওয়ে যেটা ইম্পরট্যান্ট না ...সেটা হলো আমিও সায়েন্স নিচ্ছি ...উৎরে দিবি কিন্তু ...মা বারবার বলছে তোর কাছে আসতে ..."

" হমম বুঝলাম বুঝলাম ...ঠিক আছে ...শনিবার রবিবার আসিস দেখিয়ে দেবো ...ডাক্তারি পড়তে গেলে কিন্তু খাটতে হবে ..."

" তুই আছিস তো ...আমার কোনো চিন্তা নেই । "

পৃথার গলা জড়িয়ে ধরে ও । তারপর টুক করে ও হাত থেকে ফোনটা নিয়ে পালায় । পৃথা ওকে তাড়া করে ।

" দিবি ফোনটা ? ..."

" আগে দেখা ..."

পৃথা ফোনটা নিয়ে ছবিটা দেখায় ওকে ।

" আরে জিজু তো খুবই হ্যান্ডসাম ..."

" চুপ কর ক্ষেপি ...শুধু বন্ধু হয় আমার ...কোনো জিজু টিজু না ...বকবি না একদম "

" এখন তো বলবিই ...এখনতো আমরা পর হয়ে যাবো । "

" শুধু উল্টোপাল্টা কথা ...জানিস যেদিন প্রথম তোকে কোলে নিয়েছিলাম ...সেদিন তুই আমাকে ছাড়তেই চাইছিলি না ...তোকে ছাড়া আমি থাকতেই পারবো না .."

১৩ ই ডিসেম্বর , ২০১৩

" খেয়ে যাবিনা মা ? ..."

" এসে খাবো মা ..."

বিতস্তা ব্যাগটা কাঁধে নিয়ে বেরিয়ে পরে । পাড়ার মোড়ে হঠাৎ দিদির সাথে দেখা ।

" আগের রোববার পড়তে এলিনা ? "

" আরে বাংলা স্যার ফিস্ট করতে নিয়ে গেছিলো ...এই সপ্তাহে যাবো কিন্তু ...তুই থাকবি তো ? "

" হ্যাঁ থাকবো । "

" এখন কোথায় যাচ্ছিস ? "

" সিনেমা দেখতে রে ...ফাইনাল ইয়ার কমপ্লিট হয়ে গেলো ...তাই একটু সেলিব্রেশন ..."

" এবার তাহলে তোকে ডক্টর পৃথা বলবো ...জিজু যাচ্ছে তো ? "

"

" হমম ..."

পৃথার মুখে লজ্জার হাসি ।

" চল্লাম রে ...পড়া আছে ..."

" আই ..."

পড়ে এসে বিতস্তা খেয়ে দেয়ে দুপুরে একটু ঘুমিয়েছিল । উঠে দেখে সন্ধ্যে হয়ে এসেছে । মা একটু পরই বকতে শুরু করবে । ও একটু টিভি খুলে বসে । নিউজ চ্যানেল গুলো দেখতে ইচ্ছে করেনা ওর । সারাদিন শুধু পলিটিক্স আর পলিটিক্স । এর থেকে কার্টুন চ্যানেল গুলো ভালো । সাতটা বাজলে টিভি বন্ধ করে পড়তে বসে ও ।

রাত তখন সাড়ে দশটা । বই বন্ধ করে খেতে যাবে ভাবছে , তখনই দরজায় ধাক্কা । বাবাকে কতদিন বলছে কলিং বেলটা সারানোর জন্য কিন্তু কে শোনে কার কথা ।

" মানি , দেখতো কে এসেছে ? "

বিতস্তা বই বন্ধ করে দরজা খোলে । দেখে পৃথা দিদির মা সামনে দাঁড়িয়ে ।

" কি হয়েছে জেঠিমা ? ..."

" দেখনা মা , তোর দিদি এখনো ফিরলো না ...বন্ধুরা মিলে সেই সকালে বেরিয়েছে ...বললো সিনেমা দেখবে ...দেখে খেয়ে দেয়ে ফিরবে ..."

" ও হ্যাঁ আমার সাথেও তো সকালে দেখা হয়েছিল ...কোথায় যাবে কিছু বলেছিল ? ..."

" বললো তো কলকাতার বাইরে ...সব বন্ধুদের নাকি ওদিকেই বাড়ি ...দেখনা মা একটু ফোন করে ...আমার খুব চিন্তা হচ্ছে ..."

" আচ্ছা দেখছি দাড়াও ..."

ও দিদিকে ফোন করার চেষ্টা করে কিন্তু ফোন বেজেই যাচ্ছে কেউ ধরছে না । ও আরো কয়েকবার ফোন করার চেষ্টা করেও ব্যর্থ হয় ।

" জেঠিমা ...ফোন ধরছে না তো ..."

জেঠিমার মুখ ভয়ে অস্থির হয়ে যায় । বিতস্তা মাকে বলে জেঠিমার বাড়ি যায় । জেঠু বাইরে অস্থির ভাবে পায়চারী করছিলেন ।

" আরেকবার চেষ্টা কর না মা ..."

ও আরেকবার ফোন করে কিন্তু এবার ফোন সুইচ অফ বলে ।

" জেঠিমা , দিদির কোনো বন্ধুর নম্বর আছে ? "

" দাঁড়া , দেখি ..."

উনি খুঁজে দুটো নাম্বার বার করেন । ও প্রথমে প্রীতমদার নম্বরে ফোন করে । কিন্তু ওর ফোনটাও সুইচ অফ বলে । তারপর ও অন্য নম্বরটাই ফোন করে ।

অনন্যা বলে একজন ফোন ধরে ।

" পৃথা তো সাড়ে নটার সময় বেরোলো ...সাথে তো প্রীতমও ছিলো ...দেখুন পৌঁছে যাবে । চিন্তা করবেন না । "

ধন্যবাদ জানিয়ে ফোন রেখে দেয় ও ।

" জেঠু দিদি চলে আসবে , একটু ধৈর্য ধরো । "

বিতস্তা দিদির বাড়ি থেকে বাড়ি ফিরে আসে । এসেও ওর মনটা কেমন খুঁতখুঁত করে । এতক্ষন দেরী হওয়ার তো কথা নয় । ঠিক করে ভাত খেতে পারে না ও । রাতে ঘুম আসেনা চিন্তায় । ও ঠিক করে পরেরদিন সকালে উঠেই প্রথমে দিদির খবর নেবে । ভোর রাতে চোখটা একটু বুজে আসে ওর ।

১৪ ই ডিসেম্বর , ২০১৩

সকাল বেলায় মায়ের কান্নায় ঘুম ভাঙে ওর ।

" কি হয়েছে মা ? "

" তোর দিদি হসপিটালে ভর্তি ...কাল রাতে ..."

বিতস্তার মাথাটা কেমন ঘুরে যায় । ও কোনো মতে নিজেকে সামলে নেয়।

" কি হয়েছে মা ? ..."

" কাল রাতে ফেরার সময়..."

ওর মায়ের গলা শুকিয়ে আসে । ও বাড়ি থেকে বেরিয়ে এসে দেখে দিদির বাড়ির সামনে প্রচুর লোকের ভিড় । ও ভয় পেয়ে যায় । কোনো মতে ভিড় কাটিয়ে ও ভিতরে ঢুকে দেখে জেঠিমা অজ্ঞান হয়ে গেছেন ।

" কি হয়েছে কেউ আমাকে বলবে ? "

কোনো উত্তর আসেনা । বিতস্তা হতভম্বের মতো দাঁড়িয়ে থাকে ।

" আমি দিদিকে দেখতে যাবো ...কেউ আমায় নিয়ে চলো । "

একজন এসে ওকে হাত ধরে টেনে ঘরের মধ্যে নিয়ে যায় ।

" মা , তোর দিদিকে কাল কিছুজন মিলে ..."

" তোমরা কি বলছো আমি বুঝতে পারছি না ...আমি দিদির কাছে যাবো ..."

" এখন যেতে দেবেনা মা ... দিদির খুব অবস্থা খারাপ ..."

বিতস্তার বুক ফেটে জল চলে আসে ।

কিছুক্ষণের মধ্যেই একগাদা গাড়ি এসে বাড়ির সামনে দাঁড়ায় । ও বুঝতে পারে এরা খবরের চ্যানেলের লোক । ভাসা ভাসা কথা ওর কানে আসে ।

" ছেলেটার লাশ পাওয়া গেছে রেল লাইনের উপর ..."

" ছেলেটা কি মেয়েটাকে চিনতো ? "

" কোথায় গিয়েছিল ওরা ? "

বিতস্তার আর ওই বাড়িতে বসে থাকতে পারেনা । ওর মনে হয় আগে দিদিকে দেখতে যাবে । ও ভিড় ঠেলে বেরিয়ে আসে । চারিদিক অন্ধকার লাগে ওর কাছে ।

" মা আমায় দিদির কাছে নিয়ে চলো ..."

" এখন ঢুকতে দেবেনা রে ...বিকেলে তোর বাবা নিয়ে যাবে ..."

বিতস্তা ঘরে বসে পাগলের মতো করতে থাকে । পাশের ঘরে খবরের চ্যানেল চলছে । ওর কানে কথা গুলো ফিরে ফিরে আসে ।

" গতকাল রাতে শহরের বুকে ঘটে গেল এক নারকীয় ঘটনা ...একজন মেডিক্যাল স্টুডেন্টকে ধর্ষণ করা হয়েছে ট্রেনের ভিতর বলে খবর ...তাঁর এক বন্ধুর মৃতদেহ ট্রেন লাইনের উপর থেকে পাওয়া গেছে ...পুলিশ এই ঘটনায় জড়িত সন্দেহে চারজনকে গ্রেফতার করেছে । "

বিতস্তা আর শুনতে পারেনা । ওর মাথা যন্ত্রনা করে ওঠে ।

" প্লিজ টিভিটা বন্ধ করো মা ...আমার ভালো লাগছে না । " ও বই খাতা সব ছুঁড়ে ফেলে দেয় । ও মা এসে ওকে চেপে ধরে ।

" কিচ্ছু হবেনা দিদির ...একটু শান্ত হো মা ..."

বিতস্তা মাকে জড়িয়ে ধরে পাগলের মতো কাঁদতে থাকে ।

বিকেলে বাবার সাথে দিদিকে দেখতে যায় ও । হসপিটালের চারিদিকে বড় বড় গাড়ির সারি । ওর সব কিছু অস্পষ্ট লাগে । বাবার হাত ধরে সিঁড়িতে উঠতে উঠতে মনে হয় ও নরকপুরীর মধ্যে দিয়ে যাচ্ছে। চারিদিকে শয়তানরা রক্তচক্ষু নিয়ে গিলে খাবার জন্য তৈরি । ভিতরে কাঁচের ঘরের

মধ্যে রয়েছে দিদি। জেঠিমা বসে রয়েছেন সামনের চেয়ারে উদ্ভ্রান্তের মতো। জেঠুকে ও দেখতে পায়না কোথাও। চারিদিকে খবরের কাগজের লোক। কয়েকজন সুটবুট পরা মানুষ আসেন। কথা বলেন ডাক্তারের সাথে, তারপর চলে যান। বিতস্তা কাঁচের মধ্যে দিয়ে দিদিকে দেখার চেষ্টা করে। ওর একবার বলতে ইচ্ছে করে "দিদি দেখ তোমার বিতু রানী এসেছে।" কিন্তু কাঁচের দেওয়াল ফুঁড়ে কোনো শব্দ পৌঁছায় না। ও আবছা দিদির মুখটা দেখতে পায়। এর থেকে নিষ্পাপ আর কিছু হতে পারেনা পৃথিবীতে। ওর গলা আটকে আসে কান্নায়। ওর বাবা ওকে টেনে বাইরে নিয়ে আসেন। বেরোতে বেরোতে ওর কানে আসে বিভিন্ন মানুষের কথা। " ইস বাচ্চা মেয়েটাকে ...এতো হিংস্র কেউ হতে পারে ... সব থেকে ছোট ছেলেটা ...ভাবা যায় ...ওর মা ওকে জন্ম দেওয়ার সময় মেরে ফেলেনি কেনো ..."

বিতস্তা কোনো শব্দের মানে করতে পারেনা।

বাড়ি ফিরে এসে ও ঘর অন্ধকার করে বসে থাকে। ছোটো বেলার স্মৃতি গুলো ওর মনের মধ্যে ভাসতে থাকে।

হঠাৎ একটা ফোন আসে।

" পৃথাদির জন্য আমরা একটা ক্যান্ডেল মার্চ করছি। তুই আসবি ...। "

বিতস্তা রাস্তায় নেমে দেখে গোটা শহর রাস্তায় নেমেছে দিদির জন্য। শহরের চারিদিকে মোমবাতির আলো। সমস্ত অন্ধকার দূর হয়ে যাবে মনে হয়। ও বুকে সাহস পায়। ও বন্ধুদের সাথে গিয়ে মিছিলে শামিল হয়। আলোর সমুদ্রে সব পাপ যেন মুছে যাবে। সবাই এসে এক জায়গায় জড়ো হয়। সবাই মঙ্গল কামনা করে পৃথার জন্য।

বিতস্তার বাড়ি ফিরতে অনেকটা রাত হয়ে যায়। কিন্তু ওর মনে আজ আর ভয় করছে না। একটু এগোতেই কতগুলো ছেলে গল্প করতে করতে যাচ্ছে। ও একটু আস্তে আস্তে যায় ওদের পিছন পিছন।

" ভাই দেখলি ...ক্যান্ডেল হাতে মেয়েটা ..উফফ খাসা পুরো ...সেই ..."

ওদের কথায় শুনে বিতস্তার সমস্ত সাহস এক মুহূর্তে নিঃশেষ হয়ে যায়। ও গা টা গুলিয়ে ওঠে। ও মনে হয় ওদের গায়ে থুতু দি। কিন্তু ওর সাহস হয়ে ওঠে না। হঠাৎ একটা ছেলে পিছন ফেরে। বিতস্তা একটু দূরে লুকিয়ে পড়ে। ওর বুক কেপে ওঠে। ও দেখে ওদের পাড়ারই একটা ছেলে। ছেলেগুলো গল্প করতে করতে চলে যায়। ওর ঘেন্না হয় এদের একদিন দাদা বলতো ভেবে। সব মোমবাতির আলো যেন এক মুহূর্তে নিভে যায় ওর কাছে।

১৬ ই ডিসেম্বর, ২০১৩

গত দুদিন এক টুকরো রুটিও মুখে কাটেনি বিতস্তা। ওর মা জোর করে ওকে খাইয়ে দিতে গিয়েছেন। ও ছুঁড়ে ফেলে দিয়েছে সব। ওর মার থেকে জানতে পেরেছে দিদিকে দিল্লিতে নিয়ে যাওয়া হয়েছে চিকিৎসার জন্য। সব কিছু অবাস্তব লাগে ওর কাছে। ও কি সত্যিই বেঁচে আছে? নিজের অস্তিত্ব নিয়ে সন্দেহ শুরু হয় ওর। কপালে হাত দিয়ে দেখে ভীষণ জ্বর।

" মা, কার্টুন দেখবি? ..."

বিতস্তা কিছু বলেনা। ওর মা জোর করেই ওকে টিভির ঘরে নিয়ে যান।

টিভিতে ডোরেমন হচ্ছে। ওর মনে হয় মানুষই খারাপ। এর থেকে যদি কুকুর বেড়াল হয়ে জন্মাত তাহলে হয়তো...।

" একটা রুটি খা মা ..."

বিতস্তার মুখে ওর মা এক টুকরো রুটি গুঁজে দেন। ওর চোখ গুলো কেঁদে কেঁদে ফুলে গেছে। একটু একটু করে ওকে ওর মা দুটো রুটি খাইয়ে দেন।

হঠাৎ কি মনে হয় ওর ও কার্টুন চ্যানেল ঘুরিয়ে খবরের চ্যানেলে দেয়।

" মেডিক্যাল স্টুডেন্ট মেয়েটিকে বাঁচাতে সক্ষম হলেন না ডক্টররা ...ওর গোটা শরীরে অস্ত্র প্রচার করেও কাজ হয়নি। প্রচুর রক্ত শরীর থেকে বের হয়ে যাওয়ায় ওর মৃত্যু হয়েছে বলে মনে মনে হচ্ছে। "

বিতস্তার মুখ থেকে সমস্ত খাবার উঠে আসে। ও অজ্ঞান হয়ে যায়।

১৮ ই ডিসেম্বর, ২০১৩

মাঝে দুদিন কি হয়েছে বিতস্তার জানা নেই। ও উঠে দেখে ও হসপিটাল বেড এ পাশে মা। বাড়ি ফিরে দিদির বাড়িতে গিয়ে দেখে জেঠিমা বাড়িতে নেই। এক ঘরে জেঠু বসে আছেন।

" জেঠু আমি বিতু ..."

" আই মা, এক মাত্র মেয়ে ছিল জানিস ...ডাক্তারি পড়ছিল ...কতো স্বপ্ন ছিলো জানিস ...একমাত্র মেয়ে ছিল আমার। "

তিন থেকে চারবার বলেন কথা গুলো। বিতস্তা কিছু না বলে ফিরে আসে নিজের ঘরে।

১৭ই জুলাই, ২০১৪

" মা ...আমি জার্নালিজম নিয়ে পড়বো ..."

" সায়েন্স নিয়ে পড়লি কেনো তাহলে ..."

" আমি পড়বোই ...নাহলে আর পড়াশোনা করবো না ..."

বিতস্তার বাবা পাশের ঘরেই ছিলেন।

" ও পড়তে চাইছে পড়ুক না ..."

বিতস্তা দুদিন হলো জার্নালিজম নিয়ে কলেজে ভর্তি হয়েছে দুদিন হলো । ওর এখনো সেদিনের কথা মনে পরে । জেঠুকে দেখার পর থেকে ওর গাঁ ঘিনঘিন করছিল । এমন কিছু করতে হবে যাতে ... । কি করবে ভেবে পাচ্ছিলো না । দিদির উপর প্রচন্ড রাগ হয়েছিল সেদিন । এইনা বল্লি কোনোদিন তোকে ছেড়ে যাব না । আর হুট করে চলে গেলি একা করে দিয়ে । ওর আর ডাক্তারি পড়ার ইচ্ছে চলে গেছিলো । কে বুঝিয়ে দেবে আগের মতো। পড়াশোনা করতে আর ইচ্ছে করতো না । খবরের চ্যানেল দেখতো রোজ ।

তিনজনের ফাঁসির আদেশ হলো যেদিন সেদিন ওর চোখে জল এসেছিল । দিদির আত্মা বোধয় শান্তি পাবে এবার ।

" বাবা ...পুলিশ যে চারজনকে ধরেছিল ...আরেকজনের কি হলো ? সে কি সাজা পেলো না ? "

" ওর বয়স ১৮ হয়নি মা ...ও ছাড়া পেয়ে যাবে ..."

" মানে ? ...কোনো শাস্তিই হবে না ওর । "

বিতস্তার চোখটা জ্বলে উঠেছিল একবার ।

" না , মা এটাই দেশের আইন ..."

" এ কেমন আইন বাবা ? ..."

" কিচ্ছুই করার নেই মা ..."

সেইদিন থেকে বিতস্তা প্রতিজ্ঞা করেছিল একবার হলেও ছেলেটার সামনে দাঁড়াবে ও ।জিজ্ঞেস করবে একবার ।

ডাক্তারি পড়ে যে ওর স্বপ্ন সফল হবেনা সেটা ও বুঝতে পারতো । দিদি ছাড়া কেই বা বুঝিয়ে দেবে পড়া । তাও ও পড়া চালিয়ে যাচ্ছিলো । ওর অভিস্টে যে ওকে পৌঁছাতেই হবে ।

মাঝে মাঝে জেঠিমার বাড়িতে যেতো ও ।

জেঠুকে দেখতো এক জায়গায় বসে আছেন । জেঠিমা রান্না ঘরে ।

" বিতু মা এসেছিস ? ...কাল তোর দিদির জন্মদিন ছিল ...পায়েস রেঁধেছিলাম খাবি ..."

বিতস্তাকে একটা বাটিতে পায়েস দেন জেঠিমা । খেতে খেতে দিদির মুখটা মনে পড়ে গেছিলো ওর । ওর বাটিটা রেখে ছুটে পালিয়ে এসেছিল সেদিন ।

আজ কলেজ যাওয়ার জন্য বেরিয়েছে ও । পাড়ার সেই ছেলেটা রকে বসে আড্ডা দিচ্ছে বন্ধুদের সাথে । বিতস্তার দিকে অদ্ভুত ভাবে তাকায় ছেলেটা একবার । বিতস্তা রাস্তায় থুথু ফেলে এগিয়ে যায় কলেজের দিকে

৯ই মার্চ , ২০১৯

" ইজ দেয়ার এনিওয়ান ফ্রম পেশেন্টস ফ্যামিলি ? "

" ইজ ইভরিথিং ওকে ?"

" পেশেন্ট ইজ আউট অফ ডেঞ্জার নাউ ...বাট ..."

" হোয়াট , ডক্টর ?"

" হু আর ইউ বাই দা ওয়ে ? ...ব্রাদার ? "

" স্যার , হার ফ্রেন্ড ..."

" ইজ নট এনিওয়ান এলস ফ্রম দা ফ্যামিলি প্রেজেন্ট হেয়ার ? ..."

" আই হ্যাভ ইনফর্মড দেম ...দে আর ওন দেয়ার ওয়ে ...ইউ ক্যান টেল মি ...প্লিজ ..."

" শি হ্যাড ফ্যাটাল ইঞ্জুরি হোয়েন শি ওয়াজ টেকেন হেয়ার টু ডেইজ এগো ...উই এডমিটেড হার জাস্ট বিকজ অফ এমার্জেন্সি , বাট ইট সিমড এ কেস অফ রেপ ...উই হ্যাড টু ইনফর্ম দা পুলিশ ...হার লোয়ার পার্ট এন্ড ফেস ওয়াজ হার্ট ব্রুটালি...হোয়াট ক্যান আই সে ...ইট ওয়াজ জাস্ট ...বাট হার কন্ডিশন ইজ ফাইন নাউ ...শি ইজ রিকভারিং ফাস্ট ..."

অপর প্রান্তে থাকা মানুষটি চুপ হয়ে যান ডাক্তার বাবুর কথা শুনে। চেয়ারে গিয়ে বসে পড়েন । এখনো বিশ্বাস হচ্ছে না ওনার কথা গুলো । এই কদিন আগেই কথা হয়েছিল ওদের । সেদিন ফোনে কথা হওয়ার পর সৈকতের ভীষণ কষ্ট হয়েছিল । কষ্টের থেকে রাগই হয়তো বেশি । বিট্রেয়েড ফিল করছিলো ভিতর ভিতর ।

ও সারাজীবন পালিয়ে বেরিয়েছে দায়বদ্ধতা থেকে । একটা এসকেপিজম কাজ করে সব সময় ওর মধ্যে । এনজিওতে কাজটা বেশীদিন এই কারণেই রাখতে পারেনি । হায়ার সেকেন্ডারি দেওয়ার পর যখন ইংরেজিতে অনার্স পেলো না তখন কি করবে ভাবছিলো । পাড়ার এক দাদাই বুদ্ধি দিয়েছিল সোশ্যাল ওয়ার্ক নিয়ে পড়ার ।

" এটলিস্ট ছোটো খাটো কিছু কাজ করতে পারবি ।...আর শোন একটা এনজিওতে ঢুকে যাস পারলে ...এসব ব্যাপারে এক্সপিরইন্সই শেষ কথা বলে । "

দাদার বুদ্ধিতেই এনজিওতে ঢোকা । বিনা পয়সায় কাজে যেতে ইচ্ছে করতো না। শুধু খাটিয়ে নিতো ওরা। এর থেকে বাড়িতে কিছু স্টুডেন্ট পড়ালে বেশি পয়সা । ও কলেজ পাশ করেই টিউশনি ধরেছিলো কয়েকটা । এনজিওর কাজ বন্ধ করে দিয়েছিল একেবারেই । তারপর ওরা ছাড়িয়ে

দিল । সেদিন বিতস্তাকে সত্যিটা বলতে পারেনি । মা কতবার বলেছে একটা চাকরির চেষ্টা করতে । ওর এতো ঝামেলা ভালো লাগতো না একেবারেই । স্টুডেন্ট পড়িয়ে হাত খরচটা উঠে আসছিল ঠিকঠাক । বিতস্তার জন্যই বোধয় প্রথম নিস্বার্থ ভাবে কিছু করেছিল। নিস্বার্থ বলাটা হয়তো ভুল , বিতস্তার সময় আরো কিছুটা সময় যদি কাটানো যায় সেই ইচ্ছেতেই হয়তো । ভেবে দেখেনি সেইভাবে তখন । কিন্তু ফোনে যখন ওর পাশে অন্য পুরুষের গলা শুনলো, তখন থেকে রাগটা কিছুতেই মাথা থেকে নামছিলো না । মনে হচ্ছিলো ওকে সামনে পেলে গালে দুটো থাপ্পড় লাগাতো । একটা জেদ চেপে গেছিলো সেদিন ভিতর ভিতর। নিজেকে ডাস্টবিন মনে হয়েছিল প্রথমবার । সব কিছু যেন থাপছাড়া মনে হচ্ছিলো । বাড়ি ফিরে অনেক্ষন ভেবেছিল সেদিন । হঠাৎ মনে হয়েছিল ও নির্দিষ্ট ভাবে একজন জুভেনাইল এর খোঁজ করছিলো কেনো ? তাহলে কি ও ... । ওর মনে পড়েছিল দুটো জায়গার কথা । থ্রিসুর আর থিরুনেল্লি । নিশ্চয় কোনো কলিগের সঙ্গে গেছে স্টোরি করার নামে । ভালোয় মজাই আছে ।

" শালি কুত্তি ...আমার হেল্প নিয়ে অন্যের সাথে ফূর্তি মাড়িয়ে বেড়াচ্ছে " মনে মনে বলেছিল সেদিন । রাগে গা ঘিন ঘিন করছিল তখন । হঠাৎ মনে হয়েছিল , একবার শিক্ষা দেওয়া দরকার ।

পরেরদিন আবার ও বিতস্তাদের বাড়ি গেছিলো।

" কাকিমা ও কি সত্যিই কিছু বলে যায়নি ? "

" না বাবা ..সত্যিই কিছু বলেনি ...শুধু বলেছিল অফিসের কাজে যাচ্ছে ...তবে সেদিন ওর বাবা ফোন করেছিল ...বললো ...কোনো এক বিষ্ণু মন্দিরে ঘুরে এসেছে । আরতো কিছু বলতে পারবো না বাবা । কিছু কি হয়েছে ? তুমি সত্যি কথা বলো বাবা ...একমাত্র মেয়ে আমার । "

" কিচ্ছু হয়নি কাকিমা ...চিন্তা করবেন না ...আমি আছি তো ..."

বিতস্তাদের বাড়ি থেকে বেরিয়েই গুগলে সার্চ । থিরুনেল্লির বিষ্ণু মন্দিরের ছবি সবার আগে সার্চ রেজাল্টে । এরপর আর বেশি সময় ও নষ্ট করেনি । অফিসে একটা লিভ এপ্লিকেশন দিয়ে এখানে পৌঁছেছে গতকাল । ছোট্ট জায়গা হলেও কেউ চিনতে পারছিল না প্রথমে । বিতস্তার ছবি ফোন থেকে দেখানোর পর একজন চিনতে পারলেন । উনিই হোটেলটা দেখিয়ে দিয়েছিলেন ।

" ডু ইউ নো দিজ পার্সন ? "

" হু আর ইউ ... "

" আই এম হার ফ্রেন্ড ...ইন হুইচ রুম শি ইজ স্টেয়িং ...আই নো শি ইজ স্টেয়িং হেয়ার .."

সৈকতের গলার স্বর দৃঢ় হয় ।

" স্যার ...শি ..."

" ইজ শি স্টেয়িং এলোন ? ...ওর উইথ সামওয়ান ?

" স্যার , শি ..."

" আনস্বার মাই কোশ্চেন ফাস্ট ...ইজ শি স্টেয়িং এলোন ... ? "

সৈকতের গলার স্বর তখন রাগে মধ্যগগনে পৌঁছে গেছে ।

" স্যার , শি ওয়াজ স্টেয়িং এলোন ... বাট শি ইজ ইন হসপিটাল নাও ..."

" এলোন ..ও গুড ..."

" স্যার , শি ইজ ইন হসপিটাল ..."

" হোয়াট !...হোয়ায় ডিড নট ইউ টেল মি দিজ বিফোর ?"

" স্যার , ট্রায়িং টু টেল ইউ দিজ ফ্রম ভেরি ফাস্ট ..."

" ওকে ওকে ...টেল মি দা এড্ড্রেস "

ওনার কাছ থেকে ঠিকানা নিয়ে গতকাল রাতে হসপিটালে পৌঁছানো । ম্যানেজার এর সাথে কথা বলার পর থেকে সৈকতের মনটা একটু নরম হয়েছে । ম্যানেজার বলতে পারলো না বিতস্তার কি হয়েছে । কিন্তু হয়তো মেয়েটাকে যতটা খারাপ ভাবছিলো ততটা না ।

একটু খোঁজাখুঁজির পর হসপিটালটা খুঁজে পেয়েছিল ও । কিন্তু ভিজিটিং আওয়ার পেরিয়ে যাওয়ায় গতকাল আর ঢুকতে পারেনি সে ।

ও কাল রাতেই হেড নার্সের কাছে পেশেন্ট এর কন্ডিশন কেমন জিজ্ঞেস করেছিল , কিন্তু কোনো উত্তর পায়নি । উনি ওকে ডাক্তারবাবু আসা অবধি অপেক্ষা করতে বলেছিলেন ।

ডাক্তার বাবুর মুখে রেপ শব্দটা শোনার পর থেকেই ওর সবকিছু গোলমাল হয়ে গেছে । হসপিটালের মধ্যে স্মোক করা বারণ । তাই ও হসপিটালের বাইরে আসে । এতো বড় ঘটনা যে ঘটে যাবে সেটা ও ভাবেনি । কর্তব্যের খাতিরে গতকাল রাতেই বিতস্তার বাড়িতে ও জানিয়েছে । ওরা নিশ্চয় এসে যাবেন তাড়াতাড়ি । একমাত্র মেয়ে বলে কথা । বিতস্তাকে এই অবস্থায় একা ফেলে চলে যাওয়া কি ঠিক হবে ? কিন্তু না গেলে হাজার প্রশ্নের সম্মুখীন হতে হবে ওকে । একটা পুলিশ কেসে জড়িয়ে গেলে গোটা ভবিষ্যৎ নষ্ট । বাড়িতে মা , বাবা , প্রতিবেশী , সবাই জিজ্ঞেস করবে মেয়েটার সাথে সম্পর্ক কি । কি উত্তর দেবে ও । কিন্তু এই অবস্থায় বিতস্তাকে ফেলে যাওয়া

কি উচিত হবে । সিগারেটটা কখন শেষ হয়ে গেছে খেয়াল হয়নি ওর । ও ঠিক করে ভিতরে যাবে । বিতস্তার বাড়ি থেকে কেউ আসা অবধি অপেক্ষা করবে । তারপর কি করবে ও নিজেও জানে না । এখনই চলে গেলে পুলিশের সন্দেহ ওর উপর এসেও পরতে পারে । ওর নিজের উপর রাগ হয় । ফালতু ঝামেলায় জড়িয়ে গেলো একটা । আর কাউকে পেলো না মেয়েটা । সত্যি মাইরি সব খারাপ কিছু কি ওর সাথেই হতে হবে ।

সিগারেটটা ফেলে দিয়ে হসপিটাল এর মধ্যে ঢোকে সৈকত । বিতস্তাকে ইমার্জেন্সি রুমে রাখা হয়েছে। বিতস্তার কেবিনের সামনে যেতে দেখে দরজা খোলা । ও সাহস করে কেবিনের ভিতরে ঢুকতে যায় । আগে দেখে নেয় যে , কেবিনের ভিতরে তখন নার্স বা ডাক্তার কেউই ভিতরে নেই । ভিতরে ঢুকতেই দেখে , বিতস্তার শরীরটা পরে আছে বেড এর উপর । দেখে মনে হচ্ছে একটা মৃতদেহ । ও একটু এগিয়ে যায় বিতস্তার দিকে । গোটা মুখ জুড়ে ব্যান্ডেজ । শরীরের বাকী অংশ ঢাকা । নিঃশ্বাস চলছে খুব আস্তে আস্তে । এই বিতস্তাকে ওর অচেনা লাগে। সাধারণ একটা চুড়িদার পরেও ওকে সবার মধ্যে আলাদা করা যেত । ওর জন্য মনটা একটু খারাপই হয়ে যায় সৈকতের । এরপর আর ওর সাথে হয়তো দেখা হবে না । ও কোনো গল্পের নায়ক নয় । নায়ক হওয়ার ইচ্ছে ওর এই কয়েক ঘন্টায় শেষ হয়ে গেছে । যদি ও বিতস্তাকে বিয়েও করে , প্রত্যেকদিন এই ক্ষত গুলো ওকে জানান দেবে । ও পারবে না । এটা কোনো সিনেমা নয় । এর থেকে বরং চলে যাওয়া ভালো ও ওঠার আগে । নাহলে হয়তো আরো কষ্ট পাবে মেয়েটা ।

সৈকত পিছন ফেরে কেবিন থেকে বেরিয়ে যাওয়ার জন্য । হঠাৎ দরজার বাইরে কয়েকজনের পায়ের আওয়াজ পায় । ও ভয় পেয়ে যায় । এক মুহূর্তের মধ্যে হেড নার্স একজন উর্দিধারীকে নিয়ে ভিতরে ঢোকেন ।

" হেই ...হোয়াট আর ইউ ডুয়িং হেয়ার ? ...ইটস নট ভিজিটিং টাইম । "

নার্স চিৎকার করে ওঠেন সৈকতকে দেখে ।

" স্যরি ম্যাডাম , আই এম জাস্ট ..."

" গেট আউট ...নাউ ..."

" ওকে ম্যাডাম .."

সৈকত বেরিয়েই যাচ্ছিল হঠাৎ পিছন থেকে উর্দিধারী অফিসার ডাকেন ।

" পিয়াকারুত ...এন্তান নিনরে পার ? "

সৈকত ভয়ে পিছন ফেরে ।

" কান্ট আন্ডারস্ট্যান্ড ...ফ্রম ওয়েস্ট বেঙ্গল , ..."

" স্টে হেয়ার ...হু আর ইউ ? "

" স্যার , আই এম হার ফ্রেন্ড ...হার প্যারেন্টস সেন্ট মি হেয়ার টু সি ইভরিথিং ইজ অলরাইট ওর নট ...শি ওয়াজ নট পিকিং আপ কলস ফর সাম ডেইজ ...সি মাই টিকিট ...আই অনলি কেম হেয়ার ইয়েস্টার্ডে ...প্লিজ স্যার ...হার প্যারেন্টস আর কামিং ...লেট মি গো ..."

" নো ইউ কান্ট গো ...ইউ হ্যাভ টু ওয়েট টিল হার প্যারেন্টস এড়াইভ হেয়ার ..."

" ইউ ক্যান ওয়েট আউটসাইড ...আই ইউল টক উইথ ইউ লেটার ...ওকে সিস্টার নাউ টেল মি হোয়াইট হ্যাপেন্ড ইন ডিটেইলস .."

সৈকত আস্তে আস্তে বাইরে এসে বসে । নিজের ভাগ্যের জন্য নিজেকে দোষ দিতে থাকে । বিতস্তার উপর সমস্ত রাগ গিয়ে পড়ে । ওর মনে হয় ওর জন্য আজ এই অবস্থা ।

কিছুক্ষন পর ইন্সপেক্টর বেরিয়ে যান সিস্টার এর সাথে । যাওয়ার সময় সৈকতকে বসে থাকতে ইশারা করেন ।

১০ই মার্চ , ২০১৯

" এই দিদি ...কোথায় যাচ্ছিস ? ... আস্তে হাঁট না ...ধূর ছাতা .."

" বিতু রানী জোরে হাঁটতে হবে ...নাহলে ভোর হয়ে যাবে কিন্তু ...সবাই ফুল তুলে নিয়ে চলে যাবে ..."

" বাজার থেকে কিনে নেবো যেতে হবে না ...চল না ...ভালো লাগছে না ...ওদের বাড়িতে ...ভয় লাগে ..."

" ধূর পাগলী ...কিচ্ছু হবে না ...আমি আছি না ..."

শিউলি গাছটা পাঁচিলের ধারেই । দুটো ডাল বাইরে বেরিয়ে আছে । ওরা গিয়ে দেখে একটা ফুলও ডালে নেই ।

" বললাম তোকে জোরে হাঁটতে ...দেখলি তো ...ধুর ... চল গেটের দিকে যায় "

" কেন ? বাড়ি চল ...কি হবে ঐদিকে গিয়ে ? "

" চল দেখিনা গেটটা খোলা আছে কিনা ? "

ওরা গিয়ে দেখে সত্যিই গেটটা খোলা । ওরা চুপিচুপি ভিতরে ঢোকে । চারদিকে ফুলের বাগান । রকমারী ফুল গাছ এদিক ওদিক জুড়ে । কয়েকটা ক্যাকটাসও রয়েছে টবে । ওরা ওইসব না দেখে সোজা শিউলি গাছ তলায় পৌঁছায় । ভিতরের দিকের ডালে অনেক ফুল রয়েছে এখনো ।

" তুই ফুলগুলো কুড়ো ...আমি ডালটা নাড়াচ্ছি ..."

বিতস্তা ওর আচঁলে ফুলগুলো কুড়োতে থাকে এক মনে । হঠাৎ দিদির চিৎকারে ওর হুঁশ ফেরে । দেখে কোথা থেকে কালো রঙের একটা কুকুর এসে ঝাঁপিয়ে পড়েছে দিদির উপর । দিদির মুখের উপর কামড়ে চলেছে বারবার । ওর শরীরে বারবার নিজের নখ বসিয়ে দিচ্ছে । রক্তে দিদির শরীর ভিজে গেছে । প্রচন্ড চিৎকার করছে দিদি । বিতস্তা ফুল গুলো ফেলে দিয়ে দিদিকে বাঁচাতে ঝাঁপিয়ে পড়ে কুকুরটার উপর । দিদিকে ছেড়ে কুকুরটা ওর উপর চেপে বসে । কুকুরটা ওর মুখে , সারা শরীর জুড়ে নিজের দাঁত বসিয়ে দিতে থাকে । কুকুরের লালা ওর সারা শরীর জুড়ে । রক্তে ওর শরীর ভিজে গেছে । বিতস্তা আর থাকতে পারেনা ।

কষ্টে ও দিদি বলে চিৎকার করে ওঠে । দেখে দিদির কোনো সাড়া নেই । ওর খুব একা মনে হয় । কুকুরের নখটা তখনও ওর শরীরকে আঁচড়ে চলেছে ।

" দিদি ..বাঁচা আমায় ..."

বিতস্তা পাগলের মতো কাঁদতে থাকে ।

" কি হয়েছে , মা ...এইতো আমি এখানে ...দেখো গা পুরো ঘেমে গেছে মেয়েটার ..."

বিতস্তা চোখ খুলে দেখে ও একটা বেডের উপর শুয়ে আছে । পাশে ওর মা , বাবা । মায়ের মুখে চিন্তার ছাপ স্পষ্ট । ওর আস্তে আস্তে মনে পড়ে সব কিছু ।

বিতস্তার জ্ঞান ফেরার পর আধ ঘন্টা কেটে গেছে । নিজের হাত অবধি নাড়াতে পারেনা ও । সমস্ত শরীরে ভীষণ যন্ত্রনা ।

" মা , তোমরা জানলে কিভাবে ? ..."

" তোর বন্ধু ...ওই সৈকত বলে ছেলেটা ওই তো ফোন করে জানালো । "

" কৈ সৈকতদা ?...দেখলাম না তো ...? "

বিতস্তার মৃত মুখে একটু আশার সঞ্চার হয় যেন ।

" কাল আমরা যখন এলাম সন্ধ্যের দিকে তখনতো এখানেই ছিলো ...নার্সের সঙ্গে পরিচয় করিয়ে দিল ...তারপর যে কোথায় গেলো ছেলেটা ...বললো কাকিমা ...সারাদিন এখানেই আছি ...আপনারা একটু থাকুন ...আমি একটু ফ্রেশ হয়ে আসবো আবার কাল ..."

" কিন্তু এখনও তো এলো না ...ভিজিটিং আওয়ার শেষ হয়ে যাবে তো একটু পরেই । "

" তোমরা কি কাল থেকে এখানেই ? ..."

" তুই বেশি কথা বলিস না মা তোর কষ্ট হবে । আমাদের জন্য চিন্তা করতে হবে না । "

" মা ... "

বিতস্তা নিজেকে ধরে রাখতে পারেনা । ওর মা ওর চোখের জল মুছিয়ে দেন ।

" শান্ত হো মা , আমরা সব সময় তোর পাশে আছি ...শোন মা , এটা বিদেশ বিভূঁই ...এখানে কি হয়েছে কেউ জানবে না ...আমরা শুনেছি সব ...কলকাতায় কেউ কিচ্ছু জানবে না ...শুধু পুলিশ এলে তুই কিচ্ছু বলবি না ..."

বিতস্তার ওর নিজের মায়ের উপর রাগ হয় ।

" এসব কি বলছো তুমি ... এতবড় অপরাধীকে ছেড়ে দিতে বলছো ... "

" তোর ভালোর জন্যই মা ... এসব জানলে পাড়ায় কি হবে বুঝতে পারছিস ? পৃথার মাকে এখনো কি শুনতে হয় জানিস ? মেয়েকে এত রাতে বাইরে যেতে দিয়েছিল কেন ? বাড়ির একটা সম্মান আছে মা ...তোর বিয়ে হবে ভাবিস এইসব শুনলে ? পুরো পরিবারটা শেষ হয়ে যাবে ...আমরা কি তোর ক্ষতি চাইবো বল..."

" মা তুমি মেয়ে হয়েও এই কথা বলছো কি করে ? "

" আমি তোর মা সবার আগে ...তোর ভালোটা আগে বুঝতে হবে আমায় ..."

" বাবা তুমি কিছু বলো... ওই জন্তুটা শাস্তি পাবেনা ...তোমার মেয়েকে ..."

বিতস্তার গলা ধরে আসে ।

ওর বাবা এতক্ষন চুপ ছিলেন ।

" দেখ মা , তোর মা ঠিক কথায় বলছে ...বাড়ির একটা সম্মান আছে ...আর তোর ভবিষ্যতের কথাতো ভাবতে হবে বল । "

" তুই আমাদের কথা শোন ... পুলিশকে যা বলার তোর বাবা বলবে ...তুই চুপচাপ থাকবি । "

বিতস্তা ওর নিজের বাবা মাকে চিনতে পারেনা । সত্যিই কি বাস্তব বলে কিছু হয়না । সবই একটা কল্পনা । মানুষ বলে কিছু নেই । সবই একটা মুখোশ । ও মনে মনে নিজেকে শক্ত করে ।

কিছুক্ষন পরেই ইন্সপেক্টর নার্সের সঙ্গে ভিতরে আসেন। ঢুকতেই ওর বাবা ইন্সপেক্টরের সাথে কথা বলার জন্য এগিয়ে যান। মিনিট পাঁচেক বাক্য বিনিময়ের মধ্যেই যে ইন্সপেক্টর উত্তেজিত হয়ে যান সেটা বিতস্তা অনুভব করে।

" ইটস আ কেস অফ রেপ ...ইটস কেরালা , স্যার ...ডোন্ট কম্পেয়ার ইউথ আদারস ...লেট মি টক উইথ ইয়োর ডটার ফাস্ট ..."

ইন্সপেক্টর ওর দিকে এগিয়ে আসেন আস্তে আস্তে।

" হাউ আর ইউ ,ম্যাডাম ? আই কেম হেয়ার ইয়েস্টার্ডে টু ...ইউ ওয়ের আনকন্সিয়াস দেন ... ইয়োর প্যারেন্টস ডোন্ট ওয়ান্ট টু রেজিস্টার এ কেস ম্যাডাম ...বাট ..."

বিতস্তার গলা দিয়ে শব্দ বেরোয় না প্রথমে। নিজেকে ধাতস্ত করতে একটু সময় লাগে ওর।

" স্যার , আই ওয়ান্ট টু টক উইথ ইউ ইন প্রাইভেট ...প্লিজ আস্ক মাই প্যারেন্টস টু গো ..."

কথাগুলো বিতস্তার মায়ের কানে যায়। উনি ওর দিকে একবার তাকান।

" বড় হয়েছিস ...নিজের ডিসিশন নিজেই নিলি যখন ...ওই বাড়িতে আর ফিরিস না ...বাড়ির নামটা ডোবাস না ...আমরা চলে যাচ্ছি ..."

বিতস্তার চুপ করে থাকে। ওর চোখ দিয়ে জলের ফোঁটা গড়িয়ে যায় নিঃশব্দে। ওর মা , বাবা ঘর ছেড়ে বেরিয়ে যান। ওর একবার ইচ্ছে করে মাকে ডাকতে। কিন্তু গলা দিয়ে আওয়াজ বের হয়না। ওর এখনও বিশ্বাস হয়না , ওর নিজের মা ...নাকি ও ঘোরের মধ্যে রয়েছে।

ইন্সপেক্টরের ডাকে সম্বিত ফেরে বিতস্তার।

" ম্যাডাম , ক্যান ইউ টেল মি দা হোল ইনসিডেন্ট ইন এ নাটসেল ?..."

" আই ওয়ার্ক ইন এ ওয়েব পোর্টাল এন্ড আই কেম হেয়ার টু ডু এ স্টোরি ওন জুভেনাইল জাস্টিস সিস্টেম ইন ইন্ডিয়া ...ফর দ্যাট আই নিডেড টু কনভার্স উইথ সামওয়ান হু ফেসড সিমিলার থিংস ...সো আই কেম হেয়ার আফটার নোয়িং দ্যাট হি ওয়াজ ওয়ার্কিং হেয়ার ... আই গট ইন টাচ উইথ হিম ...হি ওয়াজ ওয়ার্কিং ইন এ রেস্টুরেন্ট ... বাট ..."

" বাট হোয়েন দোজ ফিসারমেন ফাউন্ড ইউ বিসাইড দা রিভার ...ইউ সিমড টু হোল্ড এ নাইফ ইন ইয়োর হ্যান্ড...ইয়োর কন্ডিশন ওয়াজ ভেরি ক্রিটিকাল ...ইভেন লোকাল পিউপল নোটিশড ইউ উইথ দা কুক ...হোয়াট

এবাউট দ্যাট ? "

" আই হ্যাড দ্যা নাইফ টু প্রটেক্ট মাইসেলফ ...ইয়েস টু নো মোর এবাউট হিম ...আই ওয়াজ টকিং উইথ হিম ...বাট হোয়েন আই গেট টু নো এবাউট হিজ রিয়েল সাইড ...আই নিউ দ্যাট হি ওয়াজ নট চেঞ্জড এ বিট ...সো আই ডিসাইডেড টু টক উইথ হিম পার্সোনালি ...বাট হি এটাকড মি ..."

" ক্যান ইউ প্রুভ দ্যাট ? দ্যা ফিসারমেন অনলি ফাউন্ড ইউ ...দেয়ার ওয়াজ নো ওয়ান এলস বিসাইড দা রিভার ..."

" ইউ হ্যাভ টু আস্ক দা গার্ল ... হার নেম ইজ কালি ... হোয়েন শি ইউসড টু রিটার্ন ফ্রম হার স্কুল ... হি টুক এডভ্যান্টেজ অফ হার ...ওয়ান ডে হি হেল্ড হার হ্যান্ড এন্ড ট্রায়েড টু টেক হার টু এনাদার প্লেস ... শি ওয়াজ ভেরি আফ্রাইড এন্ড স্টপড গোইং টু স্কুল ..."

" হাউ কাম ইউ নো অল দিজ ? "

বিতস্তা ওর সাথে কিভাবে কালির দেখা হয়েছিল থেকে শুরু করে কিভাবে ওর মুখ থেকে এই ঘটনার কথা জানতে পেরেছিল , সমস্ত কিছু ইন্সপেক্টরকে বলে । ইন্সপেক্টর সমস্ত তথ্য একটা ডায়েরীতে লিখে নেন ।

" ক্যান ইউ গিভ মি দ্যা এড্ড্রেস অফ দ্যাট গার্ল , কালি ?"

বিতস্তা ওনাকে কালির এড্ড্রেস দেন । ইন্সপেক্টর বিতস্তার কাছ থেকে ওর অফিসের ফোন নাম্বারও চেয়ে নেন ।

" ইন্সপেক্টর , ক্যান ইউ প্লিজ গিভ মি এ গ্লাস অফ ওয়াটার ? ...মাই .... "

বিতস্তা আর কথা বলতে পারেনা ।

" স্যরি ম্যাডাম , এক্সট্রিমলি স্যরি ...পার্ট অফ মাই জব ... এই ক্যান আন্ডারস্ট্যান্ড ইয়োর কন্ডিশন । প্লিজ টেক রেস্ট ..."

১১ই মার্চ , ২০১৯

বিতস্তার কাছে গতকাল আর যাওয়া হয়নি । সারাদিন থানাতেই কেটে গেছে । হাজার প্রশ্ন সামলে ক্লান্ত লাগছিল । প্রত্যেকটা মুহূর্ত নিজের পদক্ষেপ কে দোষ দেওয়া ছাড়া আর কিছুই করার ছিল না সৈকতের কাছে । হাতে আর বেশি টাকাও অবশিষ্ট নেই । ও ঠিক করে আজই কলকাতার উদ্দেশ্যে রওনা দেবে । জেনেরাল সিটে যেতে হলেও যাবে । এখানে যতদিন থাকবে ততই বেশি বিপদ বাড়বে ।

একবার বিতস্তাকে শেষবার দেখে যেতে ইচ্ছে করে ওর । হসপিটালের সামনে গিয়ে দুবার পায়চারী করে মনে সাহস নিয়ে ভিতরে ঢুকেই পড়ে । ভিজিটিং আওয়ার একটু আগেই শুরু হয়েছে । ও বিতস্তার কেবিনের সামনে

গিয়ে একটু অবাকই হয় । দেখে ওর মা , বাবা নেই । নার্সদের জিজ্ঞেস করলেও তারা ঠিকঠাক বলতে পারেনা । ও অনুমতি নিয়ে কেবিনে প্রবেশ করে ।

ভিতরে ঢুকে দেখে বিতস্তা বেডে ঘুমিয়ে আছে । মুখে এখনও ব্যান্ডেজ বাঁধা । ঘুমিয়ে আছে দেখে ও মনে মনে একটু খুশিই হয় । ওকে ফেস করা এই মুহূর্তে সম্ভব নয় । কিন্তু এটা করা ছাড়া আর কোনো উপায় ওর কাছে নেই । বিতস্তার বেডের সামনে গিয়ে দাঁড়ায় । নিজেকে কিছুটা নিষ্ঠুর মনে হয় ওর । কিন্তু আর কোনো উপায় নেই ।

" পারলে আমায় ক্ষমা কোরো ... কিছু করার নেই আর । "

সৈকত পিছন ফিরে কেবিন থেকে বেরিয়ে আসতে যাবে । তখন বিতস্তার ঘুম ভেঙে যায় ।

" কে ... সৈকতদা ? "

সৈকত পিছন ফিরে আর তাকায় না । কেবিন থেকে সোজা বেরিয়ে যায় ।

কেবিন থেকে বেরিয়ে সোজা করিডর দিয়ে বেরোলেই সমস্ত বিপদ থেকে মুক্তি । বেশি কিছু ভাবলেই বিপদ । ছাপোষা মানুষের কাছে এর থেকে বেশি কিছু আশা করা বৃথা । হাসপাতালের সামনে বেরোতেই একটা পুলিশ ভ্যান গেটের সামনে এসে দাঁড়ায় । সৈকত ভয়ে মুখ নামিয়ে নেয় । ও দেখে একটা বাচ্চা মেয়েকে নিয়ে দুজন অফিসার হসপিটালের গেট দিয়ে ঢোকেন । অফিসারদের মধ্যে একজন ওর চেনা । একবার ভাবে গিয়ে দেখবে কি ব্যাপারটা কিন্তু পরের মুহূর্তেই নিজের বাড়ির কথা মনে পরে । বিতস্তার মা বাবা তো রয়েছেই , ওর আর দরকার নেই । ও রাস্তা ধরে হাঁটতে থাকে । হঠাৎ ওর চোখ একটা মেডিসিন স্টোরের দিকে যায় । স্টোরের সামনে একটা গাড়ি দাঁড়িয়ে । একজন মহিলা কিছু কিনছেন স্টোরে । খুব চেনা মনে হয় মহিলাকে । কোথায় যেন দেখেছে ও । কিন্তু এই মুহূর্তে কিছুতেই মনে আসেনা ওর । তাও কৌতূহল দমিয়ে রাখতে পারেনা । ও মেডিসিন স্টোরের দিকে এগিয়ে যায় ভালোভাবে দেখার জন্য ।

" ম্যাডাম , আর ইউ ফাইন ? ..."

" এ লিটল বিট ওয়েল টুডে..."

" ক্যান উই টক ফর সামটাইম ? "

" ইয়েস ...ডিড ইউ ফাইন্ড হিম ? "

" উই সার্চড এভরি প্লেস ...বাট কুড নট ফাইন্ড হিম ...ডোন্ট ওরি ম্যাডাম ...বাট ..."

" হোয়াট হাপেন্ড ? "

" দ্যা গার্ল ইউ মেন্সন্ড , ইজ নট সেয়িং এনিথিং ..."

" বাট ..."

" উই হ্যাভ টেকেন হার উইথ আস ...ইউ ক্যান ট্রাই ..."

পুলিশ অফিসার অন্য অফিসারকে মেয়েটিকে কেবিনে পাঠাতে নির্দেশ দেন । কালি ধীর পায়ে ভিতরে আসে । ওর সারা মুখে ভয়ের ছাপ স্পষ্ট । ব্যান্ডেজ বাঁধা অবস্থায় ও প্রথমে বিতস্তাকে দেখে চিনতে পারে না । বিতস্তাওর নাম ধরে ডাকলে ও বুঝতে পারে । ছুটে যায় ওর বেড এর কাছে । বিতস্তার অবস্থা দেখে ওর চোখে জল ।

" চেচি ...স্যরি ..ফর মি ..."

" ম্যাডাম ...হার ফ্যামিলি ইজ নট লেটিং হার স্পিক ...দে হ্যাভ দেয়ার রিচুয়ালস ..."

" ইজ নট মাই কন্ডিশন এনাফ ফর এভিডেন্স ...?"

" ইট ইজ বাট ...ইফ ইটস এ কেস অফ পকসো ...দেন দ্যা মিডিয়া এন্ড এডমিনিস্টরাটিভ গিভস মোর ইম্পোর্টান্স ...উই নিড টু ক্যাচ হিম বিফর হি ক্যান স্লেড...ইফ হি এস্কেপস টু কর্ণাটক ...উই উইল বি হেল্পলেশ দেন ..."

বিতস্তা কালিকে সমস্ত বিষয়টা বোঝালে কালি সব ঘটনা খুলে বলে ।

" শি ইভেন স্টপড এটেন্ডিং স্কুল ...ইন ফেয়ার অফ দ্যাট ম্যান ..."

" কালি ...ইউ ডোন্ট নিড টু টেল এনিওয়ান এবাউট দিস ...ডোন্ট ওরি ..উই উইল হ্যাভ হিম আরেস্টেড ...ইউ উইল গো টু স্কুল এগাইন ... ডু ইউ মিস ইয়োর ফ্রেন্ডস ইন স্কুল ? "

ইন্সপেক্টরের মুখে বন্ধুদের কথা শুনে কালি কেঁদে ফেলে । ইন্সপেক্টর ওকে কিছু কিনে দেওয়ার জন্য ওনার এক অধস্তন স্টাফের সঙ্গে বাইরে পাঠান ।

" ম্যাডাম , থ্যাংকস এগাইন .. টেক রেস্ট .. । "

ইন্সপেক্টর চলে গেছেন ঘন্টা খানেক হবে । নার্স এসে স্যালাইনের বোতল চেঞ্জ করে দিয়ে গেছে । বিতস্তার আর এখানে থাকতে ইচ্ছে করছে না । চার দেওয়ালের মধ্যে এভাবে আবদ্ধ হয়ে ও কোনোদিন থাকেনি । কাটা জায়গাগুলো বোধয় শুকাচ্ছে । যন্ত্রনায় বিতস্তা ছটফট করে ওঠে । মা বলে ডাকতে গিয়েও গলা আটকে আসে । জানলা দরজা গুলো সব বন্ধ । ওষুধের গন্ধ চারিদিকে । নার্সদের ডেকেও কোনো সাড়া পায়না ও । হঠাৎ ওর কেমন

ভয় করতে লাগে। মনে হয় কেউ যেন সব সময় ওর উপর নজর রেখে চলেছে। একটা অস্বস্তি অনুভব করে ও সারা শরীর জুড়ে। উল্টোপিঠ হয়ে শোবার চেষ্টা করেও ব্যর্থ হয়। হঠাৎ দরজায় খট করে একটা শব্দ হয়। একজনের পায়ের শব্দ ওর কানে আসে। বিতস্তা মুখ তুলে দেখার চেষ্টা করে কিন্তু পারেনা। ও নিজের ভবিতব্য চোখের সামনে দেখতে পায়। ও পাগলের মতো চিৎকার করতে থাকে। কিন্তু কেউ সাড়া দেয়না। বিতস্তা বুঝতে পারে পায়ের শব্দটা ক্রমশ এগিয়ে আসছে দরজার দিকে। ওর শরীর ঘামে ভিজে যায়। প্রত্যেকটা মুহূর্ত ওর কাছে একেকটা যুগের মতো লাগে।

১৫ই মে, ২০১৭

" আপনার সাক্ষাৎকার পাওয়া আর ভগবানের দেখা পাওয়া একই বিষয় ..."

" সেইরকম কিছু নয়, আসলে বিভিন্ন কাজে এদিক ওদিক ঘুরে বেড়াতে হয় ...আমাদের পিআর টিমের সাথে তো সবসময় যোগাযোগ করা যায়। "

" আসলে আমরা সরাসরি আপনার সঙ্গে কথা বলতে চেয়েছিলাম ..."

" আচ্ছা ঠিক আছে বলুন ..."

" আপনি তো বিদেশে ভালোই ছিলেন, ছেলে, হাসব্যান্ড নিয়ে ...হঠাৎ এদেশে এসে এনজিওর ভাবনা ..."

" প্রশ্নটা একটু কি পার্সোনাল হয়ে গেলো না? ...তবে এনজিওর ভাবনাটা মনে ছিল অনেকদিন থেকেই ...সময় আর সুযোগ হয়ে ওঠেনি ..."

" জুভেনাইলদের নিয়ে কাজ করার ইচ্ছে কেন হয়েছিল? ..."

" দেখুন সবাই একটা সেকেন্ড চান্স ডিসার্ভ করে... কেউ একবার ভুল করলে তাকে সেটা সারাজীবন বয়ে বেড়াতে হবে এমন ভাবাটা অন্যায়। "

" আপনার সংস্থা তো বেশ বড় কিছু কেস হ্যান্ডেল করছে বর্তমানে ...আপনার কি মনে হয় তিন বছরে একজনের চরিত্রগত পরিবর্তন সম্ভব? "

" দেখুন এই বিষয়ে কিছু বলতে পারবো না ..."

" ভার্মা কমিশনের রিপোর্ট সম্বন্ধে আপনার কি মতামত? ছোটো খাটো চুরি ছিনতাই আর রেপ কেসকে কি একভাবে দেখা সম্ভব? যে এডোলেসেন্স এ এতো খারাপ হতে পারে ...সে তো সুযোগ পেলে আরো খারাপ কাজ করবে ..."

" সে ভালো হবে না এটা আপনি গ্যারান্টি দিতে পারেন? আমাদের সংস্থা জুভেনাইল এর উপর কড়া নজর রাখে ...এমনকি সে ছাড়া পেয়ে গেলেও তার উপর নজর রাখা হয়। আর রেপ কেন হয় জানেন? সেক্সুয়ালিটি আমার

মতে দুরকম । একটা কনট্রোল্ড আর একটা উদ্দাম । যেখানে একজনের জীবনে কেরিয়ার আছে লক্ষ্য আছে , সে যৌনতাকে কন্ট্রোল করতে পারে । প্রত্যেকের মধ্যেই একটা বেসিক ক্ষিদে রয়েছে । কিন্তু কেউ কেউ সেই ক্ষিদেটাকে নিয়ন্ত্রণ করতে পারে । আর যাদের জীবনে কোনো লক্ষ্য নেই । তাঁদের ক্ষেত্রে এই নিয়ন্ত্রণটা আসেনা । আর্থ সামাজিক দিক এর পিছনে রয়েছে । "

" আপনার কথাটা পুরোটা সমর্থন যোগ্য নয় । অনেক উষ্চ শিক্ষিত ব্যক্তির নামেও অভিযোগ রয়েছে । "

" দেখুন এটা পারসেপশন এর ব্যাপার । আমরা দ্বিতীয়বার সুযোগ দেওয়াতে বিশ্বাসী । "

" এই নিয়ে আর তর্ক বাড়িয়ে লাভ নেই । ...তবে আমাদের কাছে খবর আছে আপনারা বিশেষ একজনকে নিয়ে কাজ করছেন । সেটা কি সত্যি ? "

" দেখুন সব কিছুই ইনিশিয়াল স্টেজে আছে । এভাবে কিছু বলা সম্ভব নয় । অন্য বিষয়ে প্রশ্ন থাকলে অবশ্যই করতে পারেন । "

" একটা পার্সোনাল প্রশ্ন করতে পারি ? আপনার স্বামীর সাথে বিবাহ বিচ্ছেদ হলো কেনো ? .... আপনার অফিসে গিয়ে যা শুনলাম ..."

" কি শুনলেন ? ....শুনলেন তো প্রতিষ্ঠা ব্যানার্জীর পুরুষ মানুষ ছাড়া চলে না ...আর কি কি শুনলেন বলুন ? ...ডিভোর্স এর সঙ্গে এনজিওর কি সম্পর্ক বুঝলাম না ...এতক্ষন কি সুন্দর কথা বলছিলেন ...হঠাৎ কি হলো বলুন তো ?

প্রতিষ্ঠার গলার স্বর এক পারদ চড়েছে তখন ।

" আসলে ম্যাডাম , বোঝেনই তো ...পাঠককে পড়ানোর জন্য কিছু গসিপ চায় ...নাহলে ...এডিটর রাগ করবেন । "

" দেখুন , এইভাবে কাগজটাকে ট্যাবলয়েড বানাবেন না ...আর আপনার এডিটর ছেলে না মেয়ে ? ...তার যদি আমার পার্সোনাল লাইফ নিয়ে এতোই জানার শখ থাকে আমার ফ্লাটে চলে আসতে বলবেন ...আমি এই বিষয়ে ছেলে মেয়ের মধ্যে পার্থক্য করিনা । ...আপনি এবার আসুন । আমার একটা কাজ আছে । "

প্রতিষ্ঠা উঠে পড়ে । নমস্কার জানিয়ে বিদায় নেয় । রিপোর্টারের মুখটা মনে পরলে ওর গাড়িতে বসেও হাসি পায় । বেচারী এই ধরনের উত্তরের আশা নিশ্চয় করেনি বোধয় । অফিসে যে ওর নামে এইসব কেচ্ছা ভেসে বেড়ায় , সেটা ওর অজানা নয় । কিন্তু কোনোদিনই এইসব বিষয় ও আমল

দেয়নি । কিন্তু আজ গাড়িতে যেতে যেতে পুরনো সব স্মৃতি এসে ভিড় করে ওর মন জুড়ে । বিয়েটা বাবার ইচ্ছেতেই করা । ছেলে ইঞ্জিনিয়ার , সুদর্শন , বাইরে সেটেল্ড । প্রথমবার কথা বার্তা বলে ওর ভালোই লেগেছিল । এর আগেও ওর পুরুষ বন্ধু কম হয়নি । কিন্তু তারা ঠিক হাসব্যান্ড ম্যাটেরিয়াল ছিলো না । ছোটোবেলা থেকেই ও একটু অন্য স্বভাবের । তাই ওর পছন্দের ছেলেগুলোও একটু ভিন্ন ছিলো । কলেজ লাইফে শারীরিক সম্পর্ক ও হয়েছে তাদের সাথে । কিন্তু ওই অবধি । কমিটমেন্ট জিনিসটা ওর করতে ভালো লাগতো না কোনোদিনই । আবদ্ধতার মধ্যে কোনও সুখ নেই । তাই সম্পর্কগুলো কোনোদিন বছর খানেকের বেশী গড়ায় নি । ভাস্কর এর সাথে স্কাইপকে কথা যখন হলো , তখন বেশ ভালোই লেগেছিল ওকে । এইরকম লিবারাল মানসিকতার ছেলেই ও খুঁজছিল তখন , যে ওর সব কিছুর মধ্যে নাক গলাবে না । তাই ও হ্যাঁ বলতে বেশী দেরী করেনি । বিয়ে হয়ে যেতেই নিউ জার্সিতে সেটেল্ড হয়ে গেলো । প্রথম প্রথম বেশ ভালোই লাগছিলো । বছর খানেক কাটতে না কাটতেই সব কিছু বড্ড এক ঘেঁয়ে লাগতে শুরু করলো । সারাদিন বাড়িতে থাকা । ভাস্করের জন্য অপেক্ষা করা । ভাস্কর এমনিতে খুবই ভালো মানুষ । কিন্তু কাজই ওর কাছে সব । মাঝে মাঝে বাড়ি ফিরতে অনেক রাত করতো । ওর আর ভালো লাগতো না । মনে হতো জিওগ্রাফি চেঞ্জ হয়েছে কিন্তু মেন্টালিটি সেই এক । শহর জুড়ে এদিক ওদিক অনেক বাঙালী ছড়িয়ে । পরিচয় সবার সাথেই হচ্ছিলো । কিন্তু ওদের সাথে ওর ভাব জমছিল না । ওদের কথা বলার কমন টপিক কার হাসবেন্ড কোন পোস্টে আছে । এই সমাজে ও নিজেকে খাপ খাওয়াতে পারছিল না । প্রত্যেক মুহূর্ত নিজেকে মূল্যহীন মনে হতো ওর । ভাস্করের জন্যই কি সবকিছু । ও যেন ভাস্করের একটা ছায়া । ওর নিজের বলে কিছু কি নেই ? প্রশ্ন করেও উত্তর পেতো না ও । এই ভাবেই জীবন চলছিল । ছেলে হলো বছর দুয়েক পর । ছেলেকে নিয়েই কেটে যাচ্ছিল সময় । কিন্তু তাও একটা একাকীত্ব কাজ করতো ওর মধ্যে । মনে হতো ওর নিজের স্বকীয়তা বোধয় সব হারিয়ে যাচ্ছে ।

সে বছর বেঙ্গলি ফোরাম এর তরফ থেকে দুর্গা পুজোর আয়োজন করা হয়েছিল । ভাস্কর এর নিমন্ত্রণ ছিলো , কিন্তু ওর কাজ পড়ে যাওয়াতে ওকেই এটেন্ড করতে হয়েছিল । এই অনুষ্ঠানেই সেলভাম এর সাথে দেখা হয়েছিল । সেলভাম সেকেন্ড জেনারেশন তামিল আমেরিকান । এক কোনায় বসেছিল ও , সেলভামই প্রথম আলাপ জমিয়েছিল বলতে গেলে । অল্প বয়সী একটা

ছেলে যেচে কথা বলছে দেখে , ওর মনে সেদিন একটু আনন্দ হয়েছিল বইকি । সারাজীবন নিজের রূপ নিয়ে একটা হীনমন্যতা ওর মধ্যে ছিলো , ছেলে হওয়ার পর থেকে ধারনাটা বদ্ধমূল হয়ে দাঁড়িয়েছিল । তাই যখন ছফুট হাইটের কোঁকড়ানো চুল , শ্যামবর্ণ সেলভাম এগিয়ে এসে কথা জুড়েছিল , ওর সব হীনমন্যতা হারিয়ে গেছিলো এক নিমেষে । ওর সাথে কথা বলতে বলতে নিজেকে আবার ভালো বাসতে শিখেছিল ও । সেদিন অনেক্ষন কথা হয়েছিল ওদের । কথায় কথায় জেনেছিল সেলভাম একটা প্রজেক্ট করছে । সেলভাম ওকে কফি খেতে ওর ফ্লাটে আমন্ত্রণ জানিয়েছিল সেদিন । প্রথমে আপত্তি জানিয়েও পরে রাজী হয়ে গেছিলো প্রতিষ্ঠা ।

" ব্যানার্জি ...আর ইউ রেডি টু গেট দ্য শক অফ ইউর লাইফ ? ..."

কফিতে চুমুক দিতে দিতে বলেছিল সেলভাম ।

" ইয়েস হোয়ায় নট ..."

" দেন কাম ইউথ মি ওয়ানডে । "

পরেরদিন ওর সাথে গিয়ে পরিচয় হয়েছিল মিস আমান্দা ফ্রিম্যান এর সাথে । ওনার কৃষাঙ্গ ছেলেকে পুলিশ বিনা অপরাধে ধরে নিয়ে গেছিলো বছর খানেক আগে । তারপর আর সে ফেরেনি । ওনার চোখের জল সেদিন নাড়িয়ে দিয়েছিল ওকে । পরে সেলভাম এর মুখে আরো এই রকম কতো ঘটনার কথা শুনেছিল ও । সেলভাম এর কাজে মাঝে মধ্যেই সাহায্য করতে যেতো ও । ছেলেকে গ্রানির কাছে রেখে যেতো । ভাস্কর যে এই বিষয়ে কিছুই জানত না সেটা ও বুঝেছিল । নিজের কাজ ছাড়া মানুষটা কিছুই যে বোঝেনা সেটা ওর এতোদিন লাগেনি বুঝতে । যখন ও সেলভাম এর সঙ্গে থাকত তখন ও নিজের সত্তাটাকে খুঁজে পেতো । মনে হতো ও নিজে কিছু করছে । এইভাবে দেখা সাক্ষাৎ হতে হতে সম্পর্কটা যে কবে শরীর অবধি গড়িয়ে ছিলো খেয়াল হয়নি ওর । ছেলেকে গ্রানির কাছে রেখে আসার সময় একটু খারাপ লাগতো , কিন্তু সেলভাম এর সঙ্গ ওকে যেন নতুন বাঁচার সাধ দিতো ।

" ব্যানার্জি উড ইউ গো উইথ মি ? ...আই এম মুভিং ওয়েস্ট ...নিউ মেক্সিকো ..উড ইউ ? "

ও সেদিন থেমে গেছিলো কি বলবে ভেবে পায়নি । তারপর ছেলের মুখটা মনে পড়েছিল ।

" আই ক্যান্ট ..."

যেদিন সেলভাম চলে গেলো সেদিন ওরা একসাথে অনেক সময় কাটিয়েছিল । কতবার ওদের শরীর মিলেছিল ইয়ত্তা নেই । যাওয়ার আগে

শুধু সেলভাম বলেছিল

" ডোন্ট লুজ ইউ , ব্যানার্জি ..."

সেলভাম যাওয়ার পর থেকে জীবনটাকে ধ্বংস করে দিতেই ইচ্ছে করছিল ওর । এরপর এক পুরুষ থেকে আরেক পুরুষ । শুধু শরীর নিয়ে খেলা । ভাস্কর যে সন্দেহ করছে ও বুজতে পারতো । তাও একটা জিদ চেপে গিয়েছিল ।

বছর খানেকের মধ্যেই ডিভোর্স হয়ে গেল ওদের মধ্যে । ও তখন দেশে ফিরে এসেছে ছেলেকে নিয়ে । দেশে এসেও কি করবে বুঝতে পারছিল না । অনেকবার ভেবেছিল নিউ মেক্সিকোতে চলে যাবে । কিন্তু মাঝে অনেকটা দিন কেটে গেছে । নিজের দেশে ফেরাই ঠিক ভেবেছিল ও । ছেলেকে মানুষ করাই জীবনে একমাত্র লক্ষ্য ভেবে নিয়েছিল ও ।

বাবার অগাধ পয়সা । ধৃতিমান ব্যানার্জীর মেয়ে বলে কোনোদিন গর্ব ওর ছিলো না । কিন্তু বাড়ি ফেরার পর থেকেই কিছু করার ইচ্ছে হচ্ছিলো ওর মনে । ওর মাঝে মধ্যেই সেলভমের সঙ্গে কাটানো মুহূর্ত গুলো মনে পড়তো ।

" আই কান্ট লুজ মাইসেলফ ..." নিজেকে বলেছিল ও । তখন থেকেই বিবেক ফাউন্ডেশন এর সূচনা । পয়সার অভাব কোনোদিনই হয়নি । বাবার সাহায্য ছাড়া এতো বড় কাজ যে সম্ভব হতো না সেটা ও মানে । ছোটবেলা থেকেই উনি ওর কোনো কাজেই বাঁধা দেননি । তাই ও যখন এনজিও খোলার পরিকল্পনার কথা বাবাকে বলেছিল , উনি ওকে উৎসাহই শুধু দেননি । ওর সাথে প্রতিষ্ঠানের সমস্ত কাজের সাথে যুক্ত হয়েছেন । শুরুতে বেশ কিছু সমস্যা এলেও এর মধ্যেই বেশ কিছু গুরুত্বপূর্ণ কাজ ওদের ফাউন্ডেশন করেছে । তবে বতর্মানে প্রজেক্টটার মতো গুরুত্বপূর্ন কিছু এর আগে ওরা হ্যান্ডেল করেছে বলে ওর মনে হয়নি ।

ঘটনাটি টিভিতে দেখে ও শিউরে উঠেছিল । গোটা শহর জুড়ে প্রতিবাদ হয়েছিল তখন । কিন্তু ওর কেন জানি মনে হতো মিডিয়া বাড়িয়ে বাড়িয়ে ছেলেটার বিরুদ্ধে প্রচার করছে টিআরপি এর জন্য । এতো অল্প বয়সে কেউ এতো হিংস্র হতে পারেনা । ও তাই নিজেই খোঁজ নিয়ে ছেলেটার ফ্যামিলির সাথে যোগাযোগ করেছিল । আইনি সহায়তা থেকে শুরু করে হোমের দেখভাল ওর সংস্থাই করছে । পুরোটাই মিডিয়াকে এড়িয়ে । এধরনের কনফিডেন্ডিয়াল ম্যাটার হ্যান্ডেল করার মধ্যে এক অদ্ভুত উত্তেজনা আছে যা ওর প্রত্যেক রাতের বদলে যাওয়া সঙ্গীরা দিতে ব্যর্থ ।

এর আগে কয়েক বার সাক্ষাৎ হয়েছে ছেলেটার সাথে । অদ্ভুত শান্ত স্বভাবের ছেলেটা । ওর সামনে এসে চুপচাপ বসে থাকে , কিচ্ছু বলেনা । অদ্ভুত এক দৃষ্টি । সে রাতে কি হয়েছিল জানার চেষ্টা ও অনেকবার করেছে কিন্তু ব্যর্থ হয়েছে । তবে এই সময়ের মধ্যে ওর মধ্যে কিছু পরিবর্তন অবশ্যই এসেছে । প্রথমে কেমন একটা গুম মেরে থাকতো । এখন একটু স্বাভাবিক । ও জানে সঠিক ভাবে কাউন্সিলিং করলে অবশ্যই মনের পরিবর্তন সম্ভব । কিন্তু ওদের হাতে সময় খুব কম । এক বছরের মধ্যেই যা করার করতে হবে । এই একটা প্রজেক্ট ওর বিবেক ফাউন্ডেশনকে কোথায় পৌঁছে দিতে পারে সেটা ওর ভালো মতন জানা রয়েছে । তখন কেউ আর ওকে ধৃতিমান ব্যানার্জীর মেয়ে বলে চিনবে না ।

" ম্যাডাম ...চলে এসেছি আমরা "

হাজার চিন্তা খেলা করছিল প্রতিষ্ঠার মধ্যে । হঠাৎ ড্রাইভারের ডাকে হুঁশ ফেরে ওর । গাড়ি থেকে বেরিয়ে সোজা হোমের দরজা দিয়ে ভিতরে ঢোকে । হোমের বেশিরভাগ স্টাফ ওর পূর্ব পরিচিত , তাও তেমন কোনো অসুবিধার সম্মুখীন ওকে হতে হয়না ।

ইন্টারেকশন রুমে মিনিট পনেরো বসে থাকার পর ছেলেটা ধীর পায়ে ঘরে ঢোকে । এসে বসে ওর সামনে ।

" কেমন আছো ? ...খাওয়া দাওয়া ঠিকঠাক হচ্ছে তো ? "

কোনো উত্তর আসেনা অন্য প্রান্ত থেকে । ছেলেটার চোখ গুলো অদ্ভুত রকমের সুন্দর ।

" তোমার তো ছাড়া পাওয়ার সময় হয়ে এলো কি করবে কিছু ভেবেছো ? ..."

ছেলেটা একবার মুখ তুলে ওর দিকে তাঁকিয়ে নামিয়ে নেয় । ও জানে কোনো প্রশ্নের উত্তর ও পাবে না । তাও ও ছেলেটার মুখের ভাব দেখে বোঝার চেষ্টা করে সবকিছু ।

" তুমি কি জানো তোমার বাকী তিন সঙ্গীরা কেমন আছে ? "

ছেলেটার মুখ ভাবলেশহীন ।

" সরকার ওদের ফাঁসী দিয়েছে ...তোমাকে ছেড়ে দিয়েছে কেন জানো ? ...এখনো তোমার শোধরানোর সুযোগ আছে ...কোনো একটা কাজের সাথে যুক্ত তো হতে হবে ..."

ছেলেটা চুপ করে বসে থাকে । প্রতিষ্ঠা আর বেশী কিছু প্রশ্ন না করেই চলে আসছিল , হোমের এক স্টাফ ওকে ডাকে ।

" ম্যাডাম , আপনার সাথে কিছু কথা ছিল ..."

" হ্যাঁ , বলুন ..."

" যদি কিছু সিগারেট খাওয়ার ..."

" হমম বুঝেছি বুঝেছি ..."

প্রতিষ্ঠা ওর ব্যাগ থেকে পাঁচশো টাকার একটা নোট স্টাফটির হাতে দেয় ।

" ওই ছেলেটার ব্যাপারে একটা খবর আছে । "

" হ্যাঁ , বলুন ..."

" ওর দিদি এসেছিল কদিন আগে ...খুব চিৎকার চেঁচামেচি ...যতোটা শান্ত ভাবেন ওকে ততোটা কিন্তু নয় ...তবে হ্যাঁ ও খুব ভালো রান্না করতে পারে ...হোমে কোনো খাওয়া দাওয়া হলে এখন ওই রাঁধে । "

" ধন্যবাদ ..."

প্রতিষ্ঠা হোমের থেকে বেরিয়ে এসে গাড়িতে ওঠে । উঠে একটু নিশ্চিন্ত বোধ করে । ছেলেটাকে তাহলে একটা পথে পরিচালনা করার রাস্তা পাওয়া গেলো । তবে একবার ওর বাড়ির লোকের সাথে কথা বলা দরকার । ও ড্রাইভারকে গাড়ি ঘুরিয়ে নিতে বলে ।

যখন ছেলেটার বাড়ির সামনে পৌঁছায় তখন সন্ধ্যে গড়িয়ে রাত হয়েছে । কিন্তু গিয়ে কিছুটা অবাক হতে হয় ওকে । কাউকে দেখতে পায় না বাড়ির ভিতর । আশেপাশে জিজ্ঞেস করেও কোনো হদিশ পায়না ওদের । ও ভেবে পায়না হঠাৎ কি এমন হলো যে ওদের উঠে যেতে হলো । কি কথা হয়েছিল ছেলেটির ওর দিদির সাথে । ভাবতে ভাবতে বাড়ি ফেরে ও ।

সারাদিন বেশ পরিশ্রম গেছে ওর । ফ্ল্যাটের দরজা খুলে ঢুকে দেখে ছেলে ঘুমিয়ে গেছে ।আয়াকে ছুটি দিয়ে বাথরুমে ঢোকে ও । আজ আবার হটাৎ সেলভাম এর কথা মনে পরে গেলো হটাৎ করে । এখনো ওর মুখটা ভেসে ওঠে বারবার । সেদিন যদি নিউ মেক্সিকো চলে যেতো সব ছেড়ে দিয়ে । খুব কি ভুল হতো । হয়তো না । একটা দীর্ঘশ্বাস বেরিয়ে আসে ওর মুখ দিয়ে ।

৮ ই আগস্ট , ২০১৮

" ম্যাডাম , হি ইজ রেস্পন্ডিং কুইকলি ..."

" ভেরি গুড ...হোয়াট এবাউট হিজ ল্যাংগুয়েজ আকুইজিশন ? "

" ইটস গুড ...আই থিঙ্ক উই উইল নীড এনাদার মানথ ওর টু ..."

" ইটস ওকে ...টেক ইউর টাইম ..."

প্রতিষ্ঠা আর বেশী সময় না নিয়ে বেরিয়ে পরে ।

হোম থেকে ছাড়া পাওয়ার পর থেকে মাস দুয়েক কেটে গেছে এভাবেই । প্রথমে কাউন্সিলিং চলেছে মনোবিদদের দিয়ে । এতো তাড়াতাড়ি রেসপন্স করবে ছেলেটা ও ভাবতে পারেনি । এখন ওর সাথেও দু একটা কথা বলেছে । প্রজেক্ট এর ফ্রেম ওয়ার্ক অনেক আগে থেকেই তৈরি করা হয়ে গেছিলো ওদের । বিবেক ফাউন্ডেশন এর শুধু মাত্র কোর মেম্বারদের এই বিষয়ে ইনভলভ করা হয়েছিল । ঠিক করা হয়েছিল ছেলেটার ইন্টারেস্ট অনুযায়ী ওকে কাজে লাগানো হবে । ওর কুকিং এর ট্রেনিং করানোর জন্য আলাদা করে লোক রাখার ব্যবস্থা করা হয়েছিল । ঠিক করা হয়েছিল পশ্চিমবঙ্গের বাইরে কোনো জায়গায় ওকে প্লেসড করা হবে । মিডিয়া আর জনতার রোষ থেকে ওকে বাঁচানোর জন্য ওর নাম পরিবর্তন এর ভাবনা প্রথম ওর বাবাই দিয়েছিল । শেষ অবধি আলোচনা করে ঠিক করা হয়েছিল ওকে দক্ষিণ ভারতের বিভিন্ন জায়গায় প্লেসড করা হবে । কিছু সময় পরপর ওর অবস্থানের পরিবর্তন করা হবে । এভাবে পরবর্তী পাঁচ বছরের সময়কাল ঠিক করা হয়েছিল । প্রত্যেক মুহূর্ত ওর উপর নজর রাখার ব্যবস্থা করা হয়েছে । এখন মালায়লাম শেখার জন্য ওর ট্রেনিং চলছে । কাজ অনেকটাই এগিয়েছে দেখে প্রতিষ্ঠার মন ভরে ওঠে । ওর মনে হয় এতো পরিশ্রম সার্থক ।

সেলভাম থাকলে হয়তো পিঠ চাপড়ে দিয়ে বলতো ওয়েল ডান ব্যানার্জি । আজ বারবার ওর কথা মনে পড়ছে প্রতিষ্ঠার । অনেকবার ভেবেছে ফোন করবে , কিন্তু করা হয়ে ওঠেনি । এখনো আগের নম্বর আছে কিনা ওর জানা নেই , কিন্তু একবার চেষ্টা করে দেখতে ক্ষতি কি । ভাবে রাতেই ফোনটা করবে ।

ও একটা অফ শপ দেখে গাড়িটা দাঁড় করায় । অন্যদিন ও ড্রাইভারকে পাঠায় , কিন্তু আজ ইচ্ছে করে নিজেই গাড়ি থেকে নামে । দোকানের সামনে ভিড় বেশ । ওকে যে সবাই দেখছে , সেটা দেখে ও মজায় পায় । সাঁইত্রিশ বছরের প্রতিষ্ঠা ব্যানার্জি এখনো তাহলে ফুরিয়ে যায়নি ।

ছেলেকে ঘুম পাড়িয়ে শরীরটাকে সোফায় এলিয়ে দেয় । সেলভামের নাম্বারে দুবার ফোন করে , কিন্তু কেউ ফোন ধরে না। রাগে হাতের গ্লাসটা মেঝেতে ছুঁড়ে ফেলে দেয় ও । হঠাৎ ফোনটা বেজে ওঠে । সেলভাম ভেবে ফোনটা ধরতে গিয়ে দেখে অফিস থেকে ফোন ।

" হ্যালো ...ম্যাডাম ...স্যরি ফর কলিং ইউ সো লেট ..."

" ইটস ওকে টেল মি হোয়াট হাপেন্ড ? "

" ম্যাম , দ্যাট বয় ইজ মিসিং ফ্রম আওয়ার ফেসিলিটি ..."

" হোয়াট দ্য ফাক ...ওয়েট দেয়ার ...ডোন্ট ইনফর্ম দা পুলিস ...ওয়েট ফর মি ..."

গ্যারেজ থেকে গাড়ি বের করে নিজেই ছোটে অফিসের পথে। গিয়ে দেখে সবাই আতঙ্কিত। প্রতিষ্ঠার ও ভয় করতে শুরু করে। বিষয়টা ভীষণ রিস্কের জেনেই কাজে হাত দিয়েছিল ওরা , কিন্তু এই প্রথম ভয় করছে ওর।

" আপনারা চারপাশটা খুঁজে দেখেছিলেন ? "

" হ্যাঁ ম্যাম কোথাও নেই ..."

" কখন বিষয়টা নজরে এলো আপনাদের ? "

" ম্যাম রাতে ডিনার দিতে গিয়ে দেখি ও ঘরে নেই ...চারপাশে কোথাও দেখতে পাওয়া যায়না ...তখনই আপনাকে ফোন করতে বাধ্য হয়। "

" আচ্ছা ঠিক আছে আজকে রাতে আর কিছু করার দরকার নেই ...কাল সকালে আশেপাশে দেখতে হবে ...নাহলে পুলিশকে তো জানাতেই হবে। "

তাহলে কি সত্যিই কাউকে পরিবর্তন করা যায়না ? সত্যিই কি এই দু মাসের কাউন্সিলিং যথেষ্ট। ওর মনে সন্দেহ ডানা বাঁধে। ও বাড়ি ফিরেও ঘুমাতে পারেনা। এতো বড় একটা বিপদে ওকে পড়তে হবে ও ভাবেনি। ও বাবাকে ফোন করে। উনি ওকে রাত্তির বেলাটা অপেক্ষা করতে বলেন।

৯ই আগস্ট , ২০১৮

ভোর হতেই উঠে পড়তে হয় প্রতিষ্ঠাকে। ছেলেকে স্কুলে পাঠানোর জন্য রেডি করে তবে একটু হাফ ছাড়ার সময় পায়। আয়া আসতে আসতে ওর সমস্ত কাজ হয়ে যায়। ছেলেকে পাড়ার মোড় থেকে বাসে তুলে দিয়ে আসে প্রতিষ্ঠা। এসে সকালের কাপড় ছেড়ে বার্থরুমে ঢুকতে যাবে ঠিক তখনই ফোনটা আসে। পড়িমরি করে দৌড়ে গিয়ে ফোনটা ধরে প্রতিষ্ঠা।

" ম্যাডাম ...পাওয়া গেছে ছেলেটাকে ..."

" স্টে দেয়ার ...আমি আসছি ..."

গাড়ি নিয়ে পৌঁছাতে ওর ঘন্টা খানেক লেগে যায়। ছেলেটার চোখ ঘোলাটে। ওকে অনেক জিজ্ঞেস করেও কিছু উত্তর পাওয়া যায়না গতকাল রাতে ও কোথায় গেছিলো। ও প্রতিষ্ঠার দিকে অদ্ভুত ভাবে তাকায়। ওর চাহনি দেখে প্রতিষ্ঠার ভয় লাগে যায়। ও ঠিক করে সিকিউরিটি আরো কিছু বাড়িয়ে দেবে। কিন্তু বাড়ি ফিরতে ফিরতে ও ছেলেটার চাহনিটা ভুলতে পারেনা। ও ভেবে পায়না কোথায় গেছিলো ছেলেটা , আর ফিরেই বা এলো কেনো।

৪ ঠা মার্চ , ২০১৯

থিরুনেল্লিতে পৌঁছাতে পৌঁছাতে সকাল দশটা বেজে যাবে ও ভাবতে পারেনি । রাস্তায় গাড়িটা যে এতো বিপদে ফেলবে সেটা স্বপ্নেও ভাবেনি প্রতিষ্ঠা । মাস তিনেক হলো ছেলেটাকে এখানেই একটা রেস্তোরায় প্লেসড করা হয়েছে । সেইরাতের পর থেকে ছেলেটা আর কখনও পালানোর চেষ্টাও করেনি । অনেকটা বাধ্য ছেলের মতোই যা শেখানো হয়েছে সব শিখেছে । ভাষাটা রপ্ত করতেও খুব একটা অসুবিধা হয়নি । প্রত্যেক মাসে প্রতিষ্ঠা নিজে এসে ওকে দেখে যায় , সব ব্যবস্থা ঠিকঠাক চলছে কিনা । প্রথমে ঠিক হয়েছিল ওকে থ্রিসুর এ প্লেসড করা হবে । কিন্তু জায়গাটা খুব জনবহুল হওয়ার শেষ অবধি থিরুনেল্লির নাম ঠিক করা হয় । ওর নাম থেকে ঠিক করে ওর পরিধান অবধি সমস্ত কিছুর জোগাড় প্রতিষ্ঠাকে করতে হয়েছে । এখন ছেলেটা ওর কাছে একটা চ্যালেঞ্জ । ওকে কোনো মতেই ও হারতে দেবে না । ও হারলে প্রতিষ্ঠা নিজেই হেরে যাবে ।

থিরুনেল্লিতে নিজের জন্য একটা আলাদা বাড়ি বুক করেছিল আগেরবার ও । ওর হোটেলে থাকা একেবারে পছন্দ হয়না । নিজের মতো সমস্ত কিছু না হলে ওর পোশায় না । এবার পৌঁছে ও সেই বাড়ির মালিকের খোঁজ করে । অনেক খোঁজাখুঁজির পর তার দেখা পায় সে ।

বাড়িতে এসে নিজের মতো করে গুছিয়ে নিতে কিছুটা সময় লেগে যায় ওর । বিকেলে বেরিয়ে ঠিক করে ছেলেটার সাথে দেখা করবে । জানবে সব ঠিকঠাক চলছে কিনা । ও বাড়ির মালিককে ফোন করে একটা অন্য গাড়ির ব্যবস্থা করে । রেস্তোরার সামনে গিয়ে খোঁজ নিয়ে জানতে পারে ছেলেটা রেঁস্তোরাতে নেই । ও বুঝতে পারেনা বিকেলবেলা কোথায় গেছে ছেলেটা । ও ঠিক করে সন্ধ্যের দিকে আবার একবার আসবে ।

সন্ধ্যে হয়ে গেলে ও গাড়ি নিয়ে রেস্তোরার দিকে এগোয় । হঠাৎ দেখে ছেলেটা অচেনা কোনো একটা মেয়ের সঙ্গে গল্পে মশগুল । ও গাড়ির জানলা খুলে ছেলেটাকে ডাক দেয় । ছেলেটা দৌড়ে ওর গাড়ির সামনে আসে ।

" তোমাকে কি শেখানো হয়েছে ? অচেনা কারোর সাথে কথা না বলতে ...সবাই তোমার আসল পরিচয় জানতে পেরে গেলে কি হতে পারে জানো ? "

প্রতিষ্ঠার গলার স্বর চড়ে ওঠে ।

ছেলেটা কিছু না বলে চুপ করে দাঁড়িয়ে থাকে ।

" তুমি কি কিছু শুনতে পারছো ? ..."

" ম্যাডাম ...উনি একজন টুরিস্ট ...বাঙালী ...তাই ..."

" শাট আপ ...এরপর এইরকম কিছু দেখলে তোমার কোনো দায়িত্ব আমরা আর নিতে পারবো না । "

ছেলেটা কোনো উত্তর না দিয়ে দৌঁড়ে রেস্তোরার ভিতরে চলে যায় । প্রতিষ্ঠা কিছুক্ষন দাঁড়িয়ে থেকে গাড়ি নিয়ে ওখান থেকে চলে যায় ।

৫ ই মার্চ , ২০১৯

সকাল হতেই ছেলেটার জন্য খারাপ লাগতে শুরু করে প্রতিষ্ঠার হয়তো একটু বেশিই বকে ফেলেছে । এই বয়সে নারীসঙ্গ ইচ্ছে ভুল নয়। হয়তো এটাই ওর স্বাভাবিক হওয়ার একটা প্রমান । ও ঠিক করে ছেলেটার সাথে আরেকবার কথা বলে ওকে বোঝানোর চেষ্টা করবে । তাই ও গাড়ি নিয়ে ওর বাড়িতে পৌঁছায়। ছেলেটার সাথে কথা বলেও লাভ হয়না । ওর মধ্যে উগ্রতা যে আবার বাড়ছে , সেটা প্রতিষ্ঠা অনুভব করতে পারে । হয়তো বেশি শাসন ভালো নয় । ও ঠিক করে দূর থেকে ছেলেটার উপর লক্ষ্য রাখতে হবে ।

১১ ই মার্চ , ২০১৯

এই কদিনে যা ধকল গেছে ওর উপর দিয়ে সেটা ও ছাড়া অন্য কারোর পক্ষে বোঝা সম্ভব নয় । হয়তো ও যে সিদ্ধান্তটা নিয়েছে সেটা ঠিক নয় । লোকাল নিউজ চ্যানেলে গতকাল খবরটা দেখার পর থেকেই ও এই দোলাচলে পড়েছে । সমাজ হয়তো ওর এই কাজকে খারাপ চোখে দেখবে , কিন্তু প্রতিষ্ঠা ব্যানার্জি হেরে যেতে আসেনি । এর উপর বিবেক ফাউন্ডেশনের ভবিষ্যৎ নির্ভর করছে । সেলভাম যদি জানতো , তাহলে নিশ্চয় ও ওকেই সাপোর্ট করতো । ও নিজেকে বোঝানোর চেষ্টা করছে কাল থেকে কিন্তু হয়তো নিজের জন্য যেটা সঠিক সেটা সবার জন্য নাও হতে পারে । এই দ্বন্দের শেষ নেই । কিন্তু জিততে ওকে হবেই । সেই জন্য যতোটা নিচে নামতে হয় নামতে ও রাজী । কিছুক্ষণের জন্য ভাবনাগুলোকে সরিয়ে রাখা খুব দরকার ।

প্রতিষ্ঠা ফোন করে কলকাতায় নিজের ফ্যামিলি ডক্টরকে । কিছু ওষুধের নাম লিখে নেয় ডায়েরীতে । ওষুধগুলো এক্ষুনি দরকার । ও গাড়ী নিয়ে বাড়ি থেকে বের হয় । ওষুধ কিনে দোকান থেকে বেরিয়ে গাড়িটা ঘোরাতে যাবে , হঠাৎ কোথা থেকে একজন ওর গাড়ির সামনে এসে পড়ে । কোনো মতে ব্রেক কোষে গাড়িটা দাঁড় করায় । আশেপাশের লোকজন ছুটে এসেছে । প্রতিষ্ঠা বুঝতে পারে ওর হাতে বেশি সময় নেই । ও গাড়ি থেকে নেমে দেখে লোকটার হাত পা কেটে গেছে । রক্ত বেরোচ্ছে গলগল করে । ঘটনার উত্তেজনায় বোধয় সেন্সলেস হয়ে গেছে । লোকজনের চিৎকার শুনে বুঝতে পারে সবাই ওকেই অপরাধী ভাবছে । ও বুঝতে পারে যেকোনো মুহূর্তে ও

এক্সপোজ হয়ে যেতে পারে । সেই রিস্ক নেওয়ার সময় ওর হাতে নেই । ও আহত লোকটিকে নিজের গাড়িতে তুলে দিতে বলে সবাইকে । ও বোঝানোর চেষ্টা করে ও লোকটিকে হসপিটালে নিয়ে যেতে চাই । অনেক চেষ্টার পর ভিড়ের মধ্যে কয়েকজন ওর কথা বুঝতে সমর্থ হয় । সবাইমিলে লোকটিকে প্রতিষ্ঠার গাড়ির ব্যাকসিটে তুলে দেয় ।

প্রতিষ্ঠা ঠিক করে লোকটিকে নিয়ে সোজা হসপিটালে যাবে । কিন্তু পরমুহূর্তেই ওর বাড়ির কথা মনে পড়ে । ও গাড়ি সোজা বাড়ির দিকে ছোটায় ।

১৩ ই মার্চ , ২০১৯

পুরুষ শরীর ছোঁয়া প্রতিষ্ঠার কাছে নতুন কিছুনা । কিন্তু অসুস্থ শরীরও যে জেগে ওঠে সেটা হয়তো ওর অজানাই থেকে যেতো । অচেনা মানুষটির পোশাক পরিবর্তনের সময় ওর পুরুষাঙ্গ এ দু একবার হাত ছুঁয়ে গেছে ওর । ঠিক ওই মুহূর্তে লোকটির শরীর যে জেগে উঠেছে সেটা বুজতে পারে ও । কিন্তু এখন আর পুরুষ শরীর ওকে টানেনা । এখন শুধু নিজের অস্তিত্ব কে টিকিয়ে রাখার লড়াই । বিবেক ফাউন্ডেশনের গায়ে কোনো কালি লাগতে দেওয়া যাবে না । তারজন্য যা করা দরকার ও করবে । সেদিন একবার ইচ্ছে হয়েছিল অজ্ঞান লোকটিকে গাড়ি থেকে ফেলে দিতে , উটকো ঝামেলা যতো । কিন্তু যদি পুলিশ কেস হয়ে যায় । অনেকেই ওকে দেখেছে লোকটির সাথে । তাই ঠিক করেছিল লোকটাকে বাড়িতে নিয়ে আসবে । একটা ঘরে এনে রেখেছিল অনেক কষ্টে । ফাস্ট এইড করে দিয়েই অন্য ঘরে যেতে হয়েছিল ওকে । দুদিনে লোকটির বার দুই হুঁশ ফিরেছে । কোনো কথা বলতে পারেনি সে । আজ সকাল থেকে লোকটার ঘরে যাওয়ার সুযোগ হয়নি একবারও । বিকেলে এসে দেখে লোকটি বিছানায় উঠে বসেছে । প্রতিষ্ঠা মনে মনে একটু খুশিই হয় ।

" হাও আর ইউ টুডে ... ? "

" ফাইন ...বাট হোয়ের এম আই ...? "

" ডোন্ট ওরি ...ইউ কেম ইনফ্রন্ট অফ মাই কার টু ডেইজ বিফোর ...সো আই টুক ইউ টু মাই হোম ..."

লোকটি কিছু মনে করার চেষ্টা করে ।

" থ্যাংকস আ লট ...আই উড লাইক টু গো হোম ..."

" ওকে ...ইউ ক্যান গো হোম টুমোরো ...আই উইল টেক ইউ ইন মাই কার ... নাউ টেক রেস্ট ..."

লোকটি যেন কিছু বলতে গিয়েও থেমে যায় । প্রতিষ্ঠা আর বেশিক্ষন ওই ঘরে দাঁড়ায় না । ও সোজা বারান্দা দিয়ে ধীর পায়ে হাঁটতে থাকে । বাড়িটাই অনেকগুলো ঘর । ও একদম শেষ ঘরের সামনে এসে দাঁড়ায় । চাবি দিয়ে দরজা খুলে ভিতরে ঢোকে । চারিদিকে ভীষণ অন্ধকার । প্রতিষ্ঠা কোনো শব্দ না করে ঘরের ভিতর এগোতে থাকে ।

১৫ই মে , ২০১৭

" আপনার সাক্ষাৎকার পাওয়া আর ভগবানের দেখা পাওয়া একই বিষয় ..."

" সেইরকম কিছু নয় , আসলে বিভিন্ন কাজে এদিক ওদিক ঘুরে বেড়াতে হয় ...আমাদের পিআর টিমের সাথে তো সবসময় যোগাযোগ করা যায় । "

" আসলে আমরা সরাসরি আপনার সঙ্গে কথা বলতে চেয়েছিলাম ..."

" আচ্ছা ঠিক আছে বলুন ..."

" আপনি তো বিদেশে ভালোই ছিলেন , ছেলে , হাসব্যান্ড নিয়ে ...হঠাৎ এদেশে এসে এনজিওর ভাবনা ..."

" প্রশ্নটা একটু কি পার্সোনাল হয়ে গেলো না ? ...তবে এনজিওর ভাবনাটা মনে ছিল অনেকদিন থেকেই ...সময় আর সুযোগ হয়ে ওঠেনি ..."

" জুভেনাইলদের নিয়ে কাজ করার ইচ্ছে কেন হয়েছিল ? ..."

" দেখুন সবাই একটা সেকেন্ড চান্স ডিসার্ভ করে... কেউ একবার ভুল করলে তাকে সেটা সারাজীবন বয়ে বেড়াতে হবে এমন ভাবাটা অন্যায় । "

" আপনার সংস্থা তো বেশ বড় কিছু কেস হ্যান্ডেল করছে বর্তমানে ...আপনার কি মনে হয় তিন বছরে একজনের চরিত্রগত পরিবর্তন সম্ভব ? "

" দেখুন এই বিষয়ে কিছু বলতে পারবো না ..."

" ভার্মা কমিশনের রিপোর্ট সম্বন্ধে আপনার কি মতামত ? ছোটো খাটো চুরি ছিনতাই আর রেপ কেসকে কি একভাবে দেখা সম্ভব ? যে এডোলেসেন্স এ এতো খারাপ হতে পারে ...সে তো সুযোগ পেলে আরো খারাপ কাজ করবে ..."

" সে ভালো হবে না এটা আপনি গ্যারান্টি দিতে পারেন ? আমাদের সংস্থা জুভেনাইল এর উপর কড়া নজর রাখে ...এমনকি সে ছাড়া পেয়ে গেলেও তার উপর নজর রাখা হয় । আর রেপ কেন হয় জানেন ? সেক্সুয়ালিটি আমার মতে দুরকম । একটা কনট্রোল্ড আর একটা উদ্দাম । যেখানে একজনের জীবনে কেরিয়ার আছে লক্ষ্য আছে , সে যৌনতাকে কন্ট্রোল করতে পারে । প্রত্যেকের মধ্যেই একটা বেসিক ক্ষিদে রয়েছে । কিন্তু কেউ কেউ সেই

ক্ষিদেটাকে নিয়ন্ত্রণ করতে পারে। আর যাদের জীবনে কোনো লক্ষ্য নেই। তাঁদের ক্ষেত্রে এই নিয়ন্ত্রণটা আসেনা। আর্থ সামাজিক দিক এর পিছনে রয়েছে।"

" আপনার কথাটা পুরোটা সমর্থন যোগ্য নয়। অনেক উচ্চ শিক্ষিত ব্যক্তির নামেও অভিযোগ রয়েছে। "

" দেখুন এটা পারসেপশন এর ব্যাপার। আমরা দ্বিতীয়বার সুযোগ দেওয়াতে বিশ্বাসী। "

" এই নিয়ে আর তর্ক বাড়িয়ে লাভ নেই। ...তবে আমাদের কাছে খবর আছে আপনারা বিশেষ একজনকে নিয়ে কাজ করছেন। সেটা কি সত্যি ? "

" দেখুন সব কিছুই ইনিশিয়াল স্টেজে আছে। এভাবে কিছু বলা সম্ভব নয়। অন্য বিষয়ে প্রশ্ন থাকলে অবশ্যই করতে পারেন। "

" একটা পার্সোনাল প্রশ্ন করতে পারি ? আপনার স্বামীর সাথে বিবাহ বিচ্ছেদ হলো কেনো ? .... আপনার অফিসে গিয়ে যা শুনলাম ..."

" কি শুনলেন ? ....শুনলেন তো প্রতিষ্ঠা ব্যানার্জীর পুরুষ মানুষ ছাড়া চলে না ...আর কি কি শুনলেন বলুন ? ...ডিভোর্স এর সঙ্গে এনজিওর কি সম্পর্ক বুঝলাম না ...এতক্ষন কি সুন্দর কথা বলছিলেন ...হঠাৎ কি হলো বলুন তো ?

প্রতিষ্ঠার গলার স্বর এক পারদ চড়েছে তখন।

" আসলে ম্যাডাম , বোঝেনই তো ... পাঠককে পড়ানোর জন্য কিছু গসিপ চায় ...নাহলে ...এডিটর রাগ করবেন। "

" দেখুন , এইভাবে কাগজটাকে ট্যাবলয়েড বানাবেন না ...আর আপনার এডিটর ছেলে না মেয়ে ? ...তার যদি আমার পার্সোনাল লাইফ নিয়ে এতোই জানার শখ থাকে আমার ফ্লাটে চলে আসতে বলবেন ...আমি এই বিষয়ে ছেলে মেয়ের মধ্যে পার্থক্য করিনা। ...আপনি এবার আসুন। আমার একটা কাজ আছে। "

প্রতিষ্ঠা উঠে পড়ে। নমস্কার জানিয়ে বিদায় নেয়। রিপোর্টারের মুখটা মনে পরলে ওর গাড়িতে বসেও হাসি পায়। বেচারী এই ধরনের উত্তরের আশা নিশ্চয় করেনি বোধয়। অফিসে যে ওর নামে এইসব কেচ্ছা ভেসে বেড়ায় , সেটা ওর অজানা নয়। কিন্তু কোনোদিনই এইসব বিষয় ও আমল দেয়নি। কিন্তু আজ গাড়িতে যেতে যেতে পুরনো সব স্মৃতি এসে ভিড় করে ওর মন জুড়ে। বিয়েটা বাবার ইচ্ছেতেই করা। ছেলে ইঞ্জিনিয়ার , সুদর্শন , বাইরে সেটেল্ড। প্রথমবার কথা বার্তা বলে ওর ভালোই লেগেছিল

। এর আগেও ওর পুরুষ বন্ধু কম হয়নি । কিন্তু তারা ঠিক হাসব্যান্ড ম্যাটেরিয়াল ছিলো না । ছোটোবেলা থেকেই ও একটু অন্য স্বভাবের । তাই ওর পছন্দের ছেলেগুলোও একটু ভিন্ন ছিলো । কলেজ লাইফে শারীরিক সম্পর্ক ও হয়েছে তাদের সাথে । কিন্তু ওই অবধি । কমিটমেন্ট জিনিসটা ওর করতে ভালো লাগতো না কোনোদিনই । আবদ্ধতার মধ্যে কোনও সুখ নেই । তাই সম্পর্কগুলো কোনোদিন বছর খানেকের বেশী গড়ায় নি । ভাস্কর এর সাথে স্কাইপকে কথা যখন হলো , তখন বেশ ভালোই লেগেছিল ওকে । এইরকম লিবারাল মানসিকতার ছেলেই ও খুঁজছিল তখন , যে ওর সব কিছুর মধ্যে নাক গলাবে না । তাই ও হ্যাঁ বলতে বেশী দেরী করেনি । বিয়ে হয়ে যেতেই নিউ জার্সিতে সেটেল্ড হয়ে গেলো । প্রথম প্রথম বেশ ভালোই লাগছিলো । বছর খানেক কাটতে না কাটতেই সব কিছু বড্ড এক ঘেঁয়ে লাগতে শুরু করলো । সারাদিন বাড়িতে থাকা । ভাস্করের জন্য অপেক্ষা করা । ভাস্কর এমনিতে খুবই ভালো মানুষ । কিন্তু কাজই ওর কাছে সব । মাঝে মাঝে বাড়ি ফিরতে অনেক রাত করতো । ওর আর ভালো লাগতো না । মনে হতো জিওগ্রাফি চেঞ্জ হয়েছে কিন্তু মেন্টালিটি সেই এক । শহর জুড়ে এদিক ওদিক অনেক বাঙালী ছড়িয়ে । পরিচয় সবার সাথেই হচ্ছিলো । কিন্তু ওদের সাথে ওর ভাব জমছিল না । ওদের কথা বলার কমন টপিক কার হাসবেন্ড কোন পোস্টে আছে । এই সমাজে ও নিজেকে খাপ খাওয়াতে পারছিল না । প্রত্যেক মুহূর্ত নিজেকে মূল্যহীন মনে হতো ওর । ভাস্করের জন্যই কি সবকিছু । ও যেন ভাস্করের একটা ছায়া । ওর নিজের বলে কিছু কি নেই ? প্রশ্ন করেও উত্তর পেতো না ও । এই ভাবেই জীবন চলছিল । ছেলে হলো বছর দুয়েক পর । ছেলেকে নিয়েই কেটে যাচ্ছিল সময় । কিন্তু তাও একটা একাকীত্ব কাজ করতো ওর মধ্যে । মনে হতো ওর নিজের স্বকীয়তা বোধয় সব হারিয়ে যাচ্ছে ।

সে বছর বেঙ্গলি ফোরাম এর তরফ থেকে দুর্গা পুজোর আয়োজন করা হয়েছিল । ভাস্কর এর নিমন্ত্রণ ছিলো , কিন্তু ওর কাজ পড়ে যাওয়াতে ওকেই এটেন্ড করতে হয়েছিল । এই অনুষ্টানেই সেলভাম এর সাথে দেখা হয়েছিল । সেলভাম সেকেন্ড জেনারেশন তামিল আমেরিকান । এক কোনায় বসেছিল ও , সেলভামই প্রথম আলাপ জমিয়েছিল বলতে গেলে । অল্প বয়সী একটা ছেলে যেচে কথা বলছে দেখে , ওর মনে সেদিন একটু আনন্দ হয়েছিল বইকি । সারাজীবন নিজের রূপ নিয়ে একটা হীনমন্যতা ওর মধ্যে ছিলো , ছেলে হওয়ার পর থেকে ধারনাটা বদ্ধমূল হয়ে দাঁড়িয়েছিল । তাই যখন ছফুট

হাইটের কোঁকড়ানো চুল , শ্যামবর্ণ সেলভাম এগিয়ে এসে কথা জুড়েছিল , ওর সব হীনমন্যতা হারিয়ে গেছিলো এক নিমেষে । ওর সাথে কথা বলতে বলতে নিজেকে আবার ভালো বাসতে শিখেছিল ও । সেদিন অনেক্ষন কথা হয়েছিল ওদের । কথায় কথায় জেনেছিল সেলভাম একটা প্রজেক্ট করছে । সেলভাম ওকে কফি খেতে ওর ফ্লাটে আমন্ত্রণ জানিয়েছিল সেদিন । প্রথমে আপত্তি জানিয়েও পরে রাজী হয়ে গেছিলো প্রতিষ্ঠা ।

" ব্যানার্জি ...আর ইউ রেডি টু গেট দ্য শক অফ ইউর লাইফ ? ..."

কফিতে চুমুক দিতে দিতে বলেছিল সেলভাম ।

" ইয়েস হোয়ায় নট ..."

" দেন কাম ইউথ মি ওয়ানডে । "

পরেরদিন ওর সাথে গিয়ে পরিচয় হয়েছিল মিস আমান্দা ফ্রিম্যান এর সাথে । ওনার কৃষাঙ্গ ছেলেকে পুলিশ বিনা অপরাধে ধরে নিয়ে গেছিলো বছর খানেক আগে । তারপর আর সে ফেরেনি । ওনার চোখের জল সেদিন নাড়িয়ে দিয়েছিল ওকে । পরে সেলভাম এর মুখে আরো এই রকম কতো ঘটনার কথা শুনেছিল ও । সেলভাম এর কাজে মাঝে মধ্যেই সাহায্য করতে যেতো ও । ছেলেকে গ্রানির কাছে রেখে যেতো । ভাস্কর যে এই বিষয়ে কিছুই জানত না সেটা ও বুঝেছিল । নিজের কাজ ছাড়া মানুষটা কিছুই যে বোঝেনা সেটা ওর এতোদিন লাগেনি বুঝতে । যখন ও সেলভাম এর সঙ্গে থাকত তখন ও নিজের সত্তাটাকে খুঁজে পেতো । মনে হতো ও নিজে কিছু করছে । এইভাবে দেখা সাক্ষাৎ হতে হতে সম্পর্কটা যে কবে শরীর অবধি গড়িয়ে ছিলো খেয়াল হয়নি ওর । ছেলেকে গ্রানির কাছে রেখে আসার সময় একটু খারাপ লাগতো , কিন্তু সেলভাম এর সঙ্গ ওকে যেন নতুন বাঁচার সাধ দিতো ।

" ব্যানার্জি উড ইউ গো উইথ মি ? ...আই এম মুভিং ওয়েস্ট ...নিউ মেক্সিকো ..উড ইউ ? "

ও সেদিন থেমে গেছিলো কি বলবে ভেবে পায়নি । তারপর ছেলের মুখটা মনে পড়েছিল ।

" আই ক্যান্ট ..."

যেদিন সেলভাম চলে গেলো সেদিন ওরা একসাথে অনেক সময় কাটিয়েছিল । কতবার ওদের শরীর মিলেছিল ইয়ত্তা নেই । যাওয়ার আগে শুধু সেলভাম বলেছিল

" ডোন্ট লুজ ইউ , ব্যানার্জি ..."

সেলভাম যাওয়ার পর থেকে জীবনটাকে ধ্বংস করে দিতেই ইচ্ছে করছিল ওর । এরপর এক পুরুষ থেকে আরেক পুরুষ । শুধু শরীর নিয়ে খেলা । ভাস্কর যে সন্দেহ করছে ও বুজতে পারতো । তাও একটা জিদ চেপে গিয়েছিল ।

বছর খানেকের মধ্যেই ডিভোর্স হয়ে গেল ওদের মধ্যে । ও তখন দেশে ফিরে এসেছে ছেলেকে নিয়ে । দেশে এসেও কি করবে বুঝতে পারছিল না । অনেকবার ভেবেছিল নিউ মেক্সিকোতে চলে যাবে । কিন্তু মাঝে অনেকটা দিন কেটে গেছে । নিজের দেশে ফেরাই ঠিক ভেবেছিল ও । ছেলেকে মানুষ করাই জীবনে একমাত্র লক্ষ্য ভেবে নিয়েছিল ও ।

বাবার অগাধ পয়সা । ধৃতিমান ব্যানার্জীর মেয়ে বলে কোনোদিন গর্ব ওর ছিলো না । কিন্তু বাড়ি ফেরার পর থেকেই কিছু করার ইচ্ছে হচ্ছিলো ওর মনে । ওর মাঝে মধ্যেই সেলভমের সঙ্গে কাটানো মুহূর্ত গুলো মনে পড়তো ।

" আই কান্ট লুজ মাইসেলফ ..." নিজেকে বলেছিল ও । তখন থেকেই বিবেক ফাউন্ডেশন এর সূচনা । পয়সার অভাব কোনোদিনই হয়নি । বাবার সাহায্য ছাড়া এতো বড় কাজ যে সম্ভব হতো না সেটা ও মানে । ছোটবেলা থেকেই উনি ওর কোনো কাজেই বাঁধা দেননি । তাই ও যখন এনজিও খোলার পরিকল্পনার কথা বাবাকে বলেছিল , উনি ওকে উৎসাহই শুধু দেননি । ওর সাথে প্রতিষ্ঠানের সমস্ত কাজের সাথে যুক্ত হয়েছেন । শুরুতে বেশ কিছু সমস্যা এলেও এর মধ্যেই বেশ কিছু গুরুত্বপূর্ণ কাজ ওদের ফাউন্ডেশন করেছে । তবে বতর্মানে প্রজেক্টটার মতো গুরুত্বপূর্ন কিছু এর আগে ওরা হ্যান্ডেল করেছে বলে ওর মনে হয়নি ।

ঘটনাটি টিভিতে দেখে ও শিউরে উঠেছিল । গোটা শহর জুড়ে প্রতিবাদ হয়েছিল তখন । কিন্তু ওর কেন জানি মনে হতো মিডিয়া বাড়িয়ে বাড়িয়ে ছেলেটার বিরুদ্ধে প্রচার করছে টিআরপি এর জন্য । এতো অল্প বয়সে কেউ এতো হিংস্র হতে পারেনা । ও তাই নিজেই খোঁজ নিয়ে ছেলেটার ফ্যামিলির সাথে যোগাযোগ করেছিল । আইনি সহায়তা থেকে শুরু করে হোমের দেখভাল ওর সংস্থাই করছে । পুরোটাই মিডিয়াকে এড়িয়ে । এধরনের কনফিডেন্ডিয়াল ম্যাটার হ্যান্ডেল করার মধ্যে এক অদ্ভুত উত্তেজনা আছে যা ওর প্রত্যেক রাতের বদলে যাওয়া সঙ্গীরা দিতে ব্যর্থ ।

এর আগে কয়েক বার সাক্ষাৎ হয়েছে ছেলেটার সাথে । অদ্ভুত শান্ত স্বভাবের ছেলেটা । ওর সামনে এসে চুপচাপ বসে থাকে , কিচ্ছু বলেনা । অদ্ভুত এক দৃষ্টি । সে রাতে কি হয়েছিল জানার চেষ্টা ও অনেকবার করেছে

কিন্তু ব্যর্থ হয়েছে । তবে এই সময়ের মধ্যে ওর মধ্যে কিছু পরিবর্তন অবশ্যই এসেছে । প্রথমে কেমন একটা গুম মেরে থাকতো । এখন একটু স্বাভাবিক । ও জানে সঠিক ভাবে কাউন্সিলিং করলে অবশ্যই মনের পরিবর্তন সম্ভব । কিন্তু ওদের হাতে সময় খুব কম । এক বছরের মধ্যেই যা করার করতে হবে । এই একটা প্রজেক্ট ওর বিবেক ফাউন্ডেশনকে কোথায় পৌঁছে দিতে পারে সেটা ওর ভালো মতন জানা রয়েছে । তখন কেউ আর ওকে ধৃতিমান ব্যানার্জীর মেয়ে বলে চিনবে না ।

" ম্যাডাম ...চলে এসেছি আমরা "

হাজার চিন্তা খেলা করছিল প্রতিষ্ঠার মধ্যে । হঠাৎ ড্রাইভারের ডাকে হুঁশ ফেরে ওর । গাড়ি থেকে বেরিয়ে সোজা হোমের দরজা দিয়ে ভিতরে ঢোকে । হোমের বেশিরভাগ স্টাফ ওর পূর্ব পরিচিত , তাও তেমন কোনো অসুবিধার সম্মুখীন ওকে হতে হয়না ।

ইন্টারেকশন রুমে মিনিট পনেরো বসে থাকার পর ছেলেটা ধীর পায়ে ঘরে ঢোকে । এসে বসে ওর সামনে ।

" কেমন আছো ? ...খাওয়া দাওয়া ঠিকঠাক হচ্ছে তো ? "

কোনো উত্তর আসেনা অন্য প্রান্ত থেকে । ছেলেটার চোখ গুলো অদ্ভুত রকমের সুন্দর ।

" তোমার তো ছাড়া পাওয়ার সময় হয়ে এলো কি করবে কিছু ভেবেছো ? ..."

ছেলেটা একবার মুখ তুলে ওর দিকে তাঁকিয়ে নামিয়ে নেয় । ও জানে কোনো প্রশ্নের উত্তর ও পাবে না । তাও ও ছেলেটার মুখের ভাব দেখে বোঝার চেষ্টা করে সবকিছু ।

" তুমি কি জানো তোমার বাকী তিন সঙ্গীরা কেমন আছে ? "

ছেলেটার মুখ ভাবলেশহীন ।

" সরকার ওদের ফাঁসী দিয়েছে ...তোমাকে ছেড়ে দিয়েছে কেন জানো ? ...এখনো তোমার শোধরানোর সুযোগ আছে ...কোনো একটা কাজের সাথে যুক্ত তো হতে হবে ..."

ছেলেটা চুপ করে বসে থাকে । প্রতিষ্ঠা আর বেশী কিছু প্রশ্ন না করেই চলে আসছিল , হোমের এক স্টাফ ওকে ডাকে ।

" ম্যাডাম , আপনার সাথে কিছু কথা ছিল ..."

" হ্যাঁ , বলুন ..."

" যদি কিছু সিগারেট খাওয়ার ..."

" হমম বুঝেছি বুঝেছি ..."

প্রতিষ্ঠা ওর ব্যাগ থেকে পাঁচশো টাকার একটা নোট স্টাফটির হাতে দেয় ।

" ওই ছেলেটার ব্যাপারে একটা খবর আছে । "

" হ্যাঁ , বলুন ..."

" ওর দিদি এসেছিল কদিন আগে ...খুব চিৎকার চেঁচামেচি ...যতোটা শান্ত ভাবেন ওকে ততোটা কিন্তু নয় ...তবে হ্যাঁ ও খুব ভালো রান্না করতে পারে ...হোমে কোনো খাওয়া দাওয়া হলে এখন ওই রাঁধে । "

" ধন্যবাদ ..."

প্রতিষ্ঠা হোমের থেকে বেরিয়ে এসে গাড়িতে ওঠে । উঠে একটু নিশ্চিন্ত বোধ করে । ছেলেটাকে তাহলে একটা পথে পরিচালনা করার রাস্তা পাওয়া গেলো । তবে একবার ওর বাড়ির লোকের সাথে কথা বলা দরকার । ও ড্রাইভারকে গাড়ি ঘুরিয়ে নিতে বলে ।

যখন ছেলেটার বাড়ির সামনে পৌঁছায় তখন সন্ধ্যে গড়িয়ে রাত হয়েছে । কিন্তু গিয়ে কিছুটা অবাক হতে হয় ওকে । কাউকে দেখতে পায় না বাড়ির ভিতর । আশেপাশে জিজ্ঞেস করেও কোনো হদিশ পায়না ওদের । ও ভেবে পায়না হঠাৎ কি এমন হলো যে ওদের উঠে যেতে হলো । কি কথা হয়েছিল ছেলেটির ওর দিদির সাথে । ভাবতে ভাবতে বাড়ি ফেরে ও ।

সারাদিন বেশ পরিশ্রম গেছে ওর । ফ্ল্যাটের দরজা খুলে ঢুকে দেখে ছেলে ঘুমিয়ে গেছে ।আয়াকে ছুটি দিয়ে বাথরুমে ঢোকে ও । আজ আবার হটাৎ সেলভাম এর কথা মনে পরে গেলো হটাৎ করে । এখনো ওর মুখটা ভেসে ওঠে বারবার । সেদিন যদি নিউ মেক্সিকো চলে যেতো সব ছেড়ে দিয়ে । খুব কি ভুল হতো । হয়তো না । একটা দীর্ঘশ্বাস বেরিয়ে আসে ওর মুখ দিয়ে ।

৮ ই আগস্ট , ২০১৮

" ম্যাডাম , হি ইজ রেস্পন্ডিং কুইকলি ..."

" ভেরি গুড ...হোয়াট এবাউট হিজ ল্যাংগুয়েজ আকুইজিশন ? "

" ইটস গুড ...আই থিঙ্ক উই উইল নীড এনাদার মানথ ওর টু ..."

" ইটস ওকে ...টেক ইউর টাইম ..."

প্রতিষ্ঠা আর বেশী সময় না নিয়ে বেরিয়ে পরে ।

হোম থেকে ছাড়া পাওয়ার পর থেকে মাস দুয়েক কেটে গেছে এভাবেই । প্রথমে কাউন্সিলিং চলেছে মনোবিদদের দিয়ে । এতো তাড়াতাড়ি রেসপন্স করবে ছেলেটা ও ভাবতে পারেনি । এখন ওর সাথেও দু একটা কথা বলেছে

। প্রজেক্ট এর ফ্রেম ওয়ার্ক অনেক আগে থেকেই তৈরি করা হয়ে গেছিলো ওদের । বিবেক ফাউন্ডেশন এর শুধু মাত্র কোর মেম্বারদের এই বিষয়ে ইনভলভ করা হয়েছিল । ঠিক করা হয়েছিল ছেলেটার ইন্টারেস্ট অনুযায়ী ওকে কাজে লাগানো হবে । ওর কুকিং এর ট্রেনিং করানোর জন্য আলাদা করে লোক রাখার ব্যবস্থা করা হয়েছিল । ঠিক করা হয়েছিল পশ্চিমবঙ্গের বাইরে কোনো জায়গায় ওকে প্লেসড করা হবে । মিডিয়া আর জনতার রোষ থেকে ওকে বাঁচানোর জন্য ওর নাম পরিবর্তন এর ভাবনা প্রথম ওর বাবাই দিয়েছিল । শেষ অবধি আলোচনা করে ঠিক করা হয়েছিল ওকে দক্ষিণ ভারতের বিভিন্ন জায়গায় প্লেসড করা হবে । কিছু সময় পরপর ওর অবস্থানের পরিবর্তন করা হবে । এভাবে পরবর্তী পাঁচ বছরের সময়কাল ঠিক করা হয়েছিল । প্রত্যেক মুহূর্ত ওর উপর নজর রাখার ব্যবস্থা করা হয়েছে । এখন মালায়লাম শেখার জন্য ওর ট্রেনিং চলছে । কাজ অনেকটাই এগিয়েছে দেখে প্রতিষ্ঠার মন ভরে ওঠে । ওর মনে হয় এতো পরিশ্রম সার্থক ।

সেলভাম থাকলে হয়তো পিঠ চাপড়ে দিয়ে বলতো ওয়েল ডান ব্যানার্জি । আজ বারবার ওর কথা মনে পড়ছে প্রতিষ্ঠার । অনেকবার ভেবেছে ফোন করবে , কিন্তু করা হয়ে ওঠেনি । এখনো আগের নম্বর আছে কিনা ওর জানা নেই , কিন্তু একবার চেষ্টা করে দেখতে ক্ষতি কি । ভাবে রাতেই ফোনটা করবে ।

ও একটা অফ শপ দেখে গাড়িটা দাঁড় করায় । অন্যদিন ও ড্রাইভারকে পাঠায় , কিন্তু আজ ইচ্ছে করে নিজেই গাড়ি থেকে নামে । দোকানের সামনে ভিড় বেশ । ওকে যে সবাই দেখছে , সেটা দেখে ও মজায় পায় । সাঁইত্রিশ বছরের প্রতিষ্ঠা ব্যানার্জি এখনো তাহলে ফুরিয়ে যায়নি ।

ছেলেকে ঘুম পাড়িয়ে শরীরটাকে সোফায় এলিয়ে দেয় । সেলভামের নাম্বারে দুবার ফোন করে , কিন্তু কেউ ফোন ধরে না। রাগে হাতের গ্লাসটা মেঝেতে ছুঁড়ে ফেলে দেয় ও । হঠাৎ ফোনটা বেজে ওঠে । সেলভাম ভেবে ফোনটা ধরতে গিয়ে দেখে অফিস থেকে ফোন ।

" হ্যালো ...ম্যাডাম ...স্যরি ফর কলিং ইউ সো লেট ..."

" ইটস ওকে টেল মি হোয়াট হাপেন্ড ? "

" ম্যাম , দ্যাট বয় ইজ মিসিং ফ্রম আওয়ার ফেসিলিটি ..."

" হোয়াট দ্য ফাক ...ওয়েট দেয়ার ...ডোন্ট ইনফর্ম দা পুলিস ...ওয়েট ফর মি ..."

গ্যারেজ থেকে গাড়ি বের করে নিজেই ছোটে অফিসের পথে। গিয়ে দেখে সবাই আতঙ্কিত। প্রতিষ্ঠার ও ভয় করতে শুরু করে। বিষয়টা ভীষণ রিস্কের জেনেই কাজে হাত দিয়েছিল ওরা, কিন্তু এই প্রথম ভয় করছে ওর।

" আপনারা চারপাশটা খুঁজে দেখেছিলেন ? "

" হ্যাঁ ম্যাম কোথাও নেই ..."

" কখন বিষয়টা নজরে এলো আপনাদের ? "

" ম্যাম রাতে ডিনার দিতে গিয়ে দেখি ও ঘরে নেই ...চারপাশে কোথাও দেখতে পাওয়া যায়না ...তখনই আপনাকে ফোন করতে বাধ্য হয়। "

" আচ্ছা ঠিক আছে আজকে রাতে আর কিছু করার দরকার নেই ...কাল সকালে আশেপাশে দেখতে হবে ...নাহলে পুলিশকে তো জানাতেই হবে। "

তাহলে কি সত্যিই কাউকে পরিবর্তন করা যায়না ? সত্যিই কি এই দু মাসের কাউন্সিলিং যথেষ্ট। ওর মনে সন্দেহ ডানা বাঁধে। ও বাড়ি ফিরেও ঘুমাতে পারেনা। এতো বড় একটা বিপদে ওকে পড়তে হবে ও ভাবেনি। ও বাবাকে ফোন করে। উনি ওকে রাত্তির বেলাটা অপেক্ষা করতে বলেন।

৯ই আগস্ট , ২০১৮

ভোর হতেই উঠে পড়তে হয় প্রতিষ্ঠাকে। ছেলেকে স্কুলে পাঠানোর জন্য রেডি করে তবে একটু হাফ ছাড়ার সময় পায়। আয়া আসতে আসতে ওর সমস্ত কাজ হয়ে যায়। ছেলেকে পাড়ার মোড় থেকে বাসে তুলে দিয়ে আসে প্রতিষ্ঠা। এসে সকালের কাপড় ছেড়ে বার্থরুমে ঢুকতে যাবে ঠিক তখনই ফোনটা আসে। পড়িমরি করে দৌড়ে গিয়ে ফোনটা ধরে প্রতিষ্ঠা।

" ম্যাডাম ...পাওয়া গেছে ছেলেটাকে ..."

" স্টে দেয়ার ...আমি আসছি ..."

গাড়ি নিয়ে পৌঁছাতে ওর ঘন্টা খানেক লেগে যায়। ছেলেটার চোখ ঘোলাটে। ওকে অনেক জিজ্ঞেস করেও কিছু উত্তর পাওয়া যায়না গতকাল রাতে ও কোথায় গেছিলো। ও প্রতিষ্ঠার দিকে অদ্ভুত ভাবে তাকায়। ওর চাহনি দেখে প্রতিষ্ঠার ভয় লাগে যায়। ও ঠিক করে সিকিউরিটি আরো কিছু বাড়িয়ে দেবে। কিন্তু বাড়ি ফিরতে ফিরতে ও ছেলেটার চাহনিটা ভুলতে পারেনা। ও ভেবে পায়না কোথায় গেছিলো ছেলেটা , আর ফিরেই বা এলো কেনো।

৪ ঠা মার্চ , ২০১৯

থিরুনেল্লিতে পৌঁছাতে পৌঁছাতে সকাল দশটা বেজে যাবে ও ভাবতে পারেনি। রাস্তায় গাড়িটা যে এতো বিপদে ফেলবে সেটা স্বপ্নেও ভাবেনি

প্রতিষ্ঠা। মাস তিনেক হলো ছেলেটাকে এখানেই একটা রেস্তোরায় প্লেসড করা হয়েছে। সেইরাতের পর থেকে ছেলেটা আর কখনও পালানোর চেষ্টাও করেনি। অনেকটা বাধ্য ছেলের মতোই যা শেখানো হয়েছে সব শিখেছে। ভাষাটা রপ্ত করতেও খুব একটা অসুবিধা হয়নি। প্রত্যেক মাসে প্রতিষ্ঠা নিজে এসে ওকে দেখে যায়, সব ব্যবস্থা ঠিকঠাক চলছে কিনা। প্রথমে ঠিক হয়েছিল ওকে থ্রিসুর এ প্লেসড করা হবে। কিন্তু জায়গাটা খুব জনবহুল হওয়ার শেষ অবধি থিরুনেল্লির নাম ঠিক করা হয়। ওর নাম থেকে ঠিক করে ওর পরিধান অবধি সমস্ত কিছুর জোগাড় প্রতিষ্ঠাকে করতে হয়েছে। এখন ছেলেটা ওর কাছে একটা চ্যালেঞ্জ। ওকে কোনো মতেই ও হারতে দেবে না। ও হারলে প্রতিষ্ঠা নিজেই হেরে যাবে।

থিরুনেল্লিতে নিজের জন্য একটা আলাদা বাড়ি বুক করেছিল আগেরবার ও। ওর হোটেলে থাকা একেবারে পছন্দ হয়না। নিজের মতো সমস্ত কিছু না হলে ওর পোশায় না। এবার পৌঁছে ও সেই বাড়ির মালিকের খোঁজ করে। অনেক খোঁজাখুঁজির পর তার দেখা পায় সে।

বাড়িতে এসে নিজের মতো করে গুছিয়ে নিতে কিছুটা সময় লেগে যায় ওর। বিকেলে বেরিয়ে ঠিক করে ছেলেটার সাথে দেখা করবে। জানবে সব ঠিকঠাক চলছে কিনা। ও বাড়ির মালিককে ফোন করে একটা অন্য গাড়ির ব্যবস্থা করে। রেস্তোরার সামনে গিয়ে খোঁজ নিয়ে জানতে পারে ছেলেটা রেঁস্তোরাতে নেই। ও বুঝতে পারেনা বিকেলবেলা কোথায় গেছে ছেলেটা। ও ঠিক করে সন্ধ্যের দিকে আবার একবার আসবে।

সন্ধ্যে হয়ে গেলে ও গাড়ি নিয়ে রেস্তোরার দিকে এগোয়। হঠাৎ দেখে ছেলেটা অচেনা কোনো একটা মেয়ের সঙ্গে গল্পে মশগুল। ও গাড়ির জানলা খুলে ছেলেটাকে ডাক দেয়। ছেলেটা দৌড়ে ওর গাড়ির সামনে আসে।

" তোমাকে কি শেখানো হয়েছে ? অচেনা কারোর সাথে কথা না বলতে ...সবাই তোমার আসল পরিচয় জানতে পেরে গেলে কি হতে পারে জানো ? "

প্রতিষ্ঠার গলার স্বর চড়ে ওঠে।

ছেলেটা কিছু না বলে চুপ করে দাঁড়িয়ে থাকে।

" তুমি কি কিছু শুনতে পারছো ? ..."

" ম্যাডাম ...উনি একজন টুরিস্ট ...বাঙালী ...তাই ..."

" শাট আপ ...এরপর এইরকম কিছু দেখলে তোমার কোনো দায়িত্ব আমরা আর নিতে পারবো না। "

ছেলেটা কোনো উত্তর না দিয়ে দৌঁড়ে রেস্তোরার ভিতরে চলে যায়। প্রতিষ্ঠা কিছুক্ষন দাঁড়িয়ে থেকে গাড়ি নিয়ে ওখান থেকে চলে যায়।

৫ ই মার্চ, ২০১৯

সকাল হতেই ছেলেটার জন্য খারাপ লাগতে শুরু করে প্রতিষ্ঠার হয়তো একটু বেশিই বকে ফেলেছে। এই বয়সে নারীসঙ্গ ইচ্ছে ভুল নয়। হয়তো এটাই ওর স্বাভাবিক হওয়ার একটা প্রমান। ও ঠিক করে ছেলেটার সাথে আরেকবার কথা বলে ওকে বোঝানোর চেষ্টা করবে। তাই ও গাড়ি নিয়ে ওর বাড়িতে পৌঁছায়। ছেলেটার সাথে কথা বলেও লাভ হয়না। ওর মধ্যে উগ্রতা যে আবার বাড়ছে, সেটা প্রতিষ্ঠা অনুভব করতে পারে। হয়তো বেশি শাসন ভালো নয়। ও ঠিক করে দূর থেকে ছেলেটার উপর লক্ষ্য রাখতে হবে।

১১ ই মার্চ, ২০১৯

এই কদিনে যা ধকল গেছে ওর উপর দিয়ে সেটা ও ছাড়া অন্য কারোর পক্ষে বোঝা সম্ভব নয়। হয়তো ও যে সিদ্ধান্তটা নিয়েছে সেটা ঠিক নয়। লোকাল নিউজ চ্যানেলে গতকাল খবরটা দেখার পর থেকেই ও এই দোলাচলে পড়েছে। সমাজ হয়তো ওর এই কাজকে খারাপ চোখে দেখবে, কিন্তু প্রতিষ্ঠা ব্যানার্জি হেরে যেতে আসেনি। এর উপর বিবেক ফাউন্ডেশনের ভবিষ্যৎ নির্ভর করছে। সেলভাম যদি জানতো, তাহলে নিশ্চয় ও ওকেই সাপোর্ট করতো। ও নিজেকে বোঝানোর চেষ্টা করছে কাল থেকে কিন্তু হয়তো নিজের জন্য যেটা সঠিক সেটা সবার জন্য নাও হতে পারে। এই দ্বন্দের শেষ নেই। কিন্তু জিততে ওকে হবেই। সেই জন্য যতোটা নিচে নামতে হয় নামতে ও রাজী। কিছুক্ষণের জন্য ভাবনাগুলোকে সরিয়ে রাখা খুব দরকার।

প্রতিষ্ঠা ফোন করে কলকাতায় নিজের ফ্যামিলি ডক্টরকে। কিছু ওষুধের নাম লিখে নেয় ডায়েরীতে। ওষুধগুলো এক্ষুনি দরকার। ও গাড়ী নিয়ে বাড়ি থেকে বের হয়। ওষুধ কিনে দোকান থেকে বেরিয়ে গাড়িটা ঘোরাতে যাবে, হঠাৎ কোথা থেকে একজন ওর গাড়ির সামনে এসে পড়ে। কোনো মতে ব্রেক কোষে গাড়িটা দাঁড় করায়। আশেপাশের লোকজন ছুটে এসেছে। প্রতিষ্ঠা বুঝতে পারে ওর হাতে বেশি সময় নেই। ও গাড়ি থেকে নেমে দেখে লোকটার হাত পা কেটে গেছে। রক্ত বেরোচ্ছে গলগল করে। ঘটনার উত্তেজনায় বোধয় সেন্সলেস হয়ে গেছে। লোকজনের চিৎকার শুনে বুঝতে পারে সবাই ওকেই অপরাধী ভাবছে। ও বুঝতে পারে যেকোনো মুহূর্তে ও এক্সপোজ হয়ে যেতে পারে। সেই রিস্ক নেওয়ার সময় ওর হাতে নেই। ও আহত লোকটিকে নিজের গাড়িতে তুলে দিতে বলে সবাইকে। ও বোঝানোর

চেষ্টা করে ও লোকটিকে হসপিটালে নিয়ে যেতে চাই । অনেক চেষ্টার পর ভিড়ের মধ্যে কয়েকজন ওর কথা বুঝতে সমর্থ হয় । সবাইমিলে লোকটিকে প্রতিষ্ঠার গাড়ির ব্যাকসিটে তুলে দেয় ।

প্রতিষ্ঠা ঠিক করে লোকটিকে নিয়ে সোজা হসপিটালে যাবে । কিন্তু পরমুহূর্তেই ওর বাড়ির কথা মনে পড়ে । ও গাড়ি সোজা বাড়ির দিকে ছোটায় ।

১৩ ই মার্চ , ২০১৯

পুরুষ শরীর ছোঁয়া প্রতিষ্ঠার কাছে নতুন কিছুনা । কিন্তু অসুস্থ শরীরও যে জেগে ওঠে সেটা হয়তো ওর অজানাই থেকে যেতো । অচেনা মানুষটির পোশাক পরিবর্তনের সময় ওর পুরুষাঙ্গ এ দু একবার হাত ছুঁয়ে গেছে ওর । ঠিক ওই মুহূর্তে লোকটির শরীর যে জেগে উঠেছে সেটা বুজতে পারে ও । কিন্তু এখন আর পুরুষ শরীর ওকে টানেনা । এখন শুধু নিজের অস্তিত্ব কে টিকিয়ে রাখার লড়াই । বিবেক ফাউন্ডেশনের গায়ে কোনো কালি লাগতে দেওয়া যাবে না । তারজন্য যা করা দরকার ও করবে । সেদিন একবার ইচ্ছে হয়েছিল অজ্ঞান লোকটিকে গাড়ি থেকে ফেলে দিতে , উটকো ঝামেলা যতো । কিন্তু যদি পুলিশ কেস হয়ে যায় । অনেকেই ওকে দেখেছে লোকটির সাথে । তাই ঠিক করেছিল লোকটাকে বাড়িতে নিয়ে আসবে । একটা ঘরে এনে রেখেছিল অনেক কষ্টে । ফাস্ট এইড করে দিয়েই অন্য ঘরে যেতে হয়েছিল ওকে । দুদিনে লোকটির বার দুই হুঁশ ফিরেছে । কোনো কথা বলতে পারেনি সে । আজ সকাল থেকে লোকটার ঘরে যাওয়ার সুযোগ হয়নি একবারও । বিকেলে এসে দেখে লোকটি বিছানায় উঠে বসেছে । প্রতিষ্ঠা মনে মনে একটু খুশিই হয় ।

" হাও আর ইউ টুডে ... ? "

" ফাইন ...বাট হোয়ের এম আই ...? "

" ডোন্ট ওরি ...ইউ কেম ইনফ্রন্ট অফ মাই কার টু ডেইজ বিফোর ...সো আই টুক ইউ টু মাই হোম ..."

লোকটি কিছু মনে করার চেষ্টা করে ।

" থ্যাংকস আ লট ...আই উড লাইক টু গো হোম ..."

" ওকে ...ইউ ক্যান গো হোম টুমোরো ...আই উইল টেক ইউ ইন মাই কার ... নাউ টেক রেস্ট ..."

লোকটি যেন কিছু বলতে গিয়েও থেমে যায় । প্রতিষ্ঠা আর বেশিক্ষন ওই ঘরে দাঁড়ায় না । ও সোজা বারান্দা দিয়ে ধীর পায়ে হাঁটতে থাকে । বাড়িটাই

অনেকগুলো ঘর । ও একদম শেষ ঘরের সামনে এসে দাঁড়ায় । চাবি দিয়ে দরজা খুলে ভিতরে ঢোকে । চারিদিকে ভীষণ অন্ধকার । প্রতিষ্ঠা কোনো শব্দ না করে ঘরের ভিতর এগোতে থাকে ।

১৮ ই জুলাই , ২০১১

" ওই বড়লোকের বিটা ...ঘরি বসি বসি থাবি নাকি রে ...গতরটা নড়ে না ..."

সকাল সকাল দিদির মুখে গালাগাল শুনে অভ্যস্ত হয়ে গেছে ও ।

নামটা কি যেন ছেলেটার ? পাঠকের খুব উৎসাহ না নাম জানার । কিন্তু না , ওর নাম নাইবা জানলেন । জানলেই ওর ধর্ম আসবে , গোত্র আসবে । তাই নামটা না হয় উহ্যই থাকলো ।

চোখ মুছতে মুছতে বিছানা ছেড়ে উঠে পড়ে সে । বয়স সবে পনেরো পেরিয়েছে । পড়াশোনা এগোতে পারেনি বেশীদূর। সারাদিন বন্ধুদের সাথে নদীর ধারে আড্ডা মেরে বেড়ানো ওর কাজ । ক্লাস ফাইভ এ আর ওঠা হয়নি । মা বাবা মরে গেছে সেই কোন কালে । দিদির ঘাড়ে চারজনের বোঝা । নদীর ধারেই ওদের ঘর ।

বড় হচ্ছে সাথে সাথে একটু দায়িত্ব নেওয়াও তো দরকার । কিন্তু কে বোঝাবে সে কথা । সারাদিন নদীর ঘাটে বসে থাকে বন্ধুদের সাথে।

" এই ...নদীর ওপার যাবি ? ......"

বন্ধুর সাথেই প্রথম নদীর ওপারে যাওয়া । নদীর ওপারে ঠেক বসে তাদের । ওপারে গেলেই ভালো খাওয়া দাওয়া পায় ওরা । শুধু তাদের জন্য এপার থেকে একটা প্যাকেট নিয়ে যেতে হয় ওপারে । নৌকা দাঁড়িয়ে থাকে ওদের জন্য । এপারে একটা লোক এসে প্যাকেট ধরিয়ে দেয় ওদের হাতে । প্রথমবার যেদিন গেছিলো সেদিন খুবই ভয় পেয়েছিল ওরা । তারপর থেকে আর ভয় পায়না । বাড়িতে মোটা চালের ভাতের থেকে ঢের ভালো সে ভাত , সাথে সুগন্ধি তরকারী আর মাংস । সেই লোভেই ওরা মাঝে মধ্যেই পাড়ি দেয় ওপারে ।

" আজ যাতি হবে না ..চল ফিরি যায় ..."

আকাশের দিকে তাকিয়ে বলে ছেলেটা । ঘন মেঘে আকাশ ঢেকেছে । নদীর বুকে ভরা জোয়ার ।

" তুর দিয়ে কিছু হবি না ...চুড়ি পর যা হিজড়া শালা...প্যাকেট না দিলি কি হবি জানিস ? "

বন্ধুর মুখের দিকে একবার তাকায় ছেলেটা , মুখে কিছু বলেনা ।

নদীর এপারে এসেছে ঘন্টা খানেক হবে । ঠেক এ অনেকজন আসর বসিয়েছে ।

বন্ধুর সাথে ছেলেটি পাতা পেরে খেতে বসেছে । হঠাৎ চিৎকার চেঁচামেচি শুনে ছেলেটা অবাক হয়ে যায় । দেখে ঠেক এর মধ্যে হৈ হট্টগোল ।

" চল ...পুলিশ পুলিশ ..."

বন্ধুর ডাকে হুঁশ ফেরে ছেলেটার । পড়িমরি করে ছুট লাগায় ঘাটের দিকে । অনেকেই ছুটছে ঘাটের দিকে । ছেলেটা একবার বন্ধুর দিকে তাকায় । দৌড়াতে দৌড়াতে নিজের পা টা সামনের দিকে এগিয়ে দেয় । বন্ধুটা ওর পায়ে বেঁধে সামনের ঝোপের মধ্যে গিয়ে আছড়ে পড়ে । কাঁটা ঝোঁপে গিয়ে ওর মুখ আছড়ে পড়ে । ছেলেটা একবার ওর দিকে তাকিয়ে হাসে তারপর দৌড়াতে থাকে । পিছন ফিরে তাকায় না আর । বন্ধুর চিৎকার ওর কানে ভেসে আসে । নদীর ধারেই নৌকাটা বাঁধা ছিলো । ও ঘরে ফিরে দিদিকে কিছু বলেনা ।

১৯ শে জুলাই , ২০১১

দিদির চিৎকারে ছেলেটার ঘুম ভাঙে ।

" কি করিচিস তুরা ...?... "

দিদির প্রশ্নের কোনো উত্তর দেয়না ছেলেটা । চুপচাপ কথা শুনতে থাকে । দিদির মুখে জানতে পারে ওর বন্ধুকে পুলিশ ধরে নিয়ে গেছে ।

ছেলেটা বুঝতে পারে এখানে থাকা ওর জন্য আর ভালো হবেনা । নিশ্চয় ওর নামে পুলিশকে সব বলে দেবে । বিকেল হতেই ও দিদিকে কিছু না বলেই স্টেশনের দিকে রওনা দেয় ।

২৭ শে নভেম্বর , ২০১৩

কলকাতা ছেলেটাকে পর করে দেয়নি । প্রথমে কদিন কুকুরের মতো ঘুরতে হয়েছিল ফুটপাত দিয়ে । পেটে দুদিনের ক্ষিদে । তারপর একটা চায়ের দোকানে কাজ পেয়েছিল কিছুদিনের জন্য । চায়ের দোকানের পাশেই একটা গ্যারেজ । গ্যারেজের মালিক চা খেতে আসতো রোজ । তার পা ধরেই গ্যারেজের কাজটা পেয়েছে সে । গারেজেই কিছু বন্ধু বান্ধব জুটিয়েছে । ওদের মধ্যে দুজন অবাঙালী । গাড়ি ধোঁয়া আর মোছা ওর কাজ । ওদের সাথে মিশতে ওর বেশী সময় লাগেনি । ধর্ম আলাদা হলেও স্বভাব এক হলে সময় বোধয় লাগেনা । ওদের ক্ষেত্রেও অন্যথা হয়নি । কাছেই একটা খুপড়ি ভাড়া করে ওরা কয়েকজন থাকে ।

গারেজটা রাস্তার ধারেই। মোড়ের মাথায় একটা মেয়েদের স্কুল । দশটা বাজলেই সব কাজ ফেলে রেখে ছেলেটা গ্যারেজের সামনে এসে দাঁড়ায় ।

মেয়েটা রোজ গ্যারেজের সামনে দিয়েই যায় । চুলগুলো বিনুনি বাঁধা , চোখে চশমা । মেয়েটার দিকে অদ্ভুত ভাবে তাকিয়ে থাকে ও রোজ ।

" ওই বেজন্মার বাচ্চা মেয়েটার দিকে অভাবে তাকিয়ে থাকিস কেনো ? ...তোর কপালে জুটবে না রে ..."

এখন আর বন্ধুদের অপমানে রাগে না ।

" তুর মতো রান্ডবাজি করিনা রে । "

ওর সঙ্গীরা মাঝে মধ্যেই সোনাগাছি যায় গ্যারেজের কাজ শেষ হয়ে গেলে । । ওকেও নিয়ে যেতে চেয়েছিল ওরা , কিন্তু ও রাজী হয়নি । বিক্রি হয়ে যাওয়া শরীর ওর ভালো লাগে না ।

বিকেল হতেই ও রাস্তার ধারে এসে দাঁড়ায় । কিন্তু মেয়েটাকে দেখতে পায়না । বিকেল পেয়িয়ে সন্ধ্যে নামে । হাত মুখ ধুয়ে ছেলেটা গ্যারেজ থেকে বেরোতে যাবে , তখন দোকানের মালিক ওকে আলাদা ভাবে ডাকেন ।

" এভাবে চললে কিন্তু তোকে কাজে রাখতে পারবো না বলে দিলাম ..."

ছেলেটা মালিকের কথা বুঝতে পারেনা ।

" তুই ওই স্কুলের একটা মেয়ের দিকে ঐভাবে তাকিয়ে থাকিস কেনো ? মেয়েটার বাবা এসেছিল একটু আগে ..."

চুপ করে মাথা নিচু করে দাঁড়িয়ে থাকে ছেলেটা ।

" এখন চলে যা ...এরপর যেন আর কোনদিন এইরকম না হয় । "

ছেলেটা ওখান থেকে দৌড়ে বেরিয়ে যায় ।

এই দুবছরে বার দুয়েক বাড়ি গেছে ছেলেটা । দিদির কাছ থেকে কিছু টাকা চেয়ে এনেছে । ইনকাম যে একেবারেই নেই তা নয় । বন্ধুদের সাথে মদ খেয়ে কিছু পয়সা বেঁচে গেলে লটারির টিকিটে বাকী টাকা টুকু চলে যায় ওর । টাকা পয়সার ব্যাপারে কোনোদিনই কোনো চিন্তা নেই ওর ।

৭ ই ডিসেম্বর , ২০১৩

" এই হাজারদুয়ারী যাবি ? ...আমরা সবাই যাচ্ছি পরের সপ্তাহে ..."

" আগে আমার টাকা ফেরত দে ...তারপর ভেবে দেখছি । "

" আরে দেবো দেবো ...চল মজা হবে ...বোতল হবে জমিয়ে .. সব ব্যবস্থা করেছি ...চল না ..."

" দেখছি ...তবে আমি টাকা দিতে পারবো না"

মাঝে মধ্যেই বন্ধুদের টাকা ধার দিতে হয় ওকে। বেশিরভাগ ক্ষেত্রেই সেই টাকা আর ফেরত আসেনা ওর কাছে। ও ভাবে ঘুরতে গিয়েই টাকাটা উসুল করে নেবে ওদের থেকে।

১৩ ই ডিসেম্বর, ২০১৩

" নৈহাটীতে নেমে কল্যাণী সীমান্ত পেয়ে যাবো ...আর ওখান থেকে দু বোতল কিনে নিতে হবে ...কোলড্রিংক্স এর বোতল গুলো ফেলে দিস না কিন্তু ...ওর মধ্যেই ঢেলে নেবো ..."

" জিআরপি ধরলে কিন্তু ..."

" ধুর বাল ...তুই ছেলে না কি বল তো ...সব কিছুতে এতো ভয় পাস কেনো ? "

ছেলেটার চোখ এক মুহূর্তের জন্য জ্বলে ওঠে। গত এগারো তারিখ হাজারদুয়ারী গিয়েছিল ছেলেটি আর ওর তিন সঙ্গী। সেখানে গিয়ে দুদিন চুটিয়ে মজা লুটেছে।

নৈহাটী থেকে ওরা ট্রেন বদল করে। ছেলেটা ট্রেনে উঠতে গিয়ে একবার হোঁচট খায়। বুঝতে পারে ওর বেশ নেশা হয়েছে।

" বেজন্মার বাচ্চাটাকে ট্রেন থেকে ফেলে দি চল ..."

ওর সঙ্গীরা ওকে নিয়ে হাসাহাসি করতে থাকে। ছেলেটা চুপ করে গিয়ে একটা সিটে বসে। রাত বেশ অনেক হয়েছে। ঠান্ডাও বেশ জাঁকিয়ে পড়েছে। কিন্তু নেশার চোটে ওর তেমন ঠান্ডা লাগে না। কামরায় ওরা আর কয়েকজন লোক বসে। ইছাপুর আসতে আসতে কামরা পুরো ফাঁকা হয়ে যায়। ছেলেটার সঙ্গীরা কোলড্রিংক্স এর বোতল বার করে ওর মধ্যে আরো মদ ঢেলে নেয়। ছেলেটা আর বেশী খেতে রাজী হয়না।

ব্যারাকপুর এ এসে ট্রেন থামে। ট্রেনটা ছেড়ে যাবে সেই মুহূর্তে দুজন ট্রেনে এসে ওঠে। ওদের হাসির আওয়াজ ছেলেটার কানে যায়। ঘোলাটে চোখে দেখে একটা মেয়ে আর সঙ্গে একটা ছেলে।

ছেলেটির একজন সঙ্গী ওদের দিকে এগিয়ে যায়। মেয়েটা ওর সঙ্গীর সঙ্গে তখন গল্পে ব্যস্ত।

" ও সুন্দরী ...এতরাতে মরদের সাথে বেরিয়েছো কেন ? শুধু ওকে দিলে হবে। "

ওর সঙ্গী মেয়েটার দিকে খারাপ ইঙ্গিত করে হাসতে থাকে।

মেয়েটার সঙ্গী বিষয়টা খেয়াল করে নিজের জায়গা থেকে উঠে আসে। ওদের দুজনের মধ্যে কিছু কথা বিনিময় হয়। কথা বলার পর মেয়েটির সঙ্গী

তার নিজের জায়গায় গিয়ে বসে ।

ওর সঙ্গী ওকে আর বাকী দুজনকে ডাকে ।ওরা সবাই মিলে নিজেদের মধ্যে হাসাহাসি শুরু করে আর মেয়েটার দিকে তাকিয়ে থাকে ।

মেয়েটার বন্ধুটি আবার নিজের জায়গা ছেড়ে উঠে এসে কোনো কথা না বলে একটা থাপ্পড় বসিয়ে দেয় । প্রথমে ছেলেটা চমকে ওঠে । বুঝতে পারেনা কি ঘটে গেছে । তারপর যখন দেখে ওর সঙ্গীরা ছেলেটিকে চেপে ধরেছে ওর মধ্যেকার জন্তুটা জেগে ওঠে । ওরা চারজন মিলে মেয়েটার বন্ধুটিকে ট্রেনের দরজার গাঁয়ে ঠেসে ধরে । ছেলেটা প্রচন্ড আক্রোশে ওর মাথাটা ট্রেনের দেয়ালে গিয়ে মারে । সঙ্গীর মাথা ফেটে রক্ত বেরোচ্ছে দেখে মেয়েটা ছুটে আসে । ওদের পা ধরে ওর বন্ধুকে ছেড়ে দেওয়ার জন্য কাকুতি মিনতি করতে থাকে । ছেলেটা লাথি মেরে মেয়েটাকে সরিয়ে দেয় ।

ওর পায়ের ধাক্কায় মেয়েটা পাশে গিয়ে পড়ে । চারজন মিলে ছেলেটাকে লাথি মারতে থাকে । কিছুক্ষন পর ছেলেটা অজ্ঞান হয়ে যায় । চোখ আর ঠোঁঠের চারপাশ দিয়ে রক্ত বেরোচ্ছে ছেলেটার। । ওরা বুঝতে পারেনা ছেলেটা মরে গেছে কিনা । চারজন মিলে পাঁজাকোলা করে মেয়েটার বন্ধুটাকে চলন্ত ট্রেন থেকে নিচে ফেলে দেয় ।

তারপর ওর চোখ যায় মেয়েটার উপর । ওর ভিতরের জন্তুটা কিলবিল করে জেগে ওঠে । ঘোলাটে চোখে ও দেখে ওর অন্য সঙ্গীরা মেয়েটার দিকে এগিয়ে যাচ্ছে । ও নিজের ব্যাগ হাতড়াতে থাকে কিছু খুঁজে পাওয়ার জন্য ।

ট্রেন বিধানগর আসছে দেখে ওদের খেয়াল হয় । ছেলেটার হাত থেকে রক্ত মাখা রডটা নিচে পড়ে যায় । ওর জমা কাপড় রক্তে ভর্তি । ওরা ভাবে মেয়েটা মরে গেছে । একজন বলে মেয়েটাকে ট্রেন থেকে ফেলে দিতে । কিন্তু তার আগেই স্টেশন এসে যাওয়ায় ওরা ট্রেন থেকে নেমে পালিয়ে যায় ।

নিজেদের খুপড়িতে ফিরে ওরা কলে গিয়ে হাতের সব রক্ত ধুয়ে ফেলে । রক্ত লাগা জামাগুলো আস্তাকুঁড়ে ফেলে দেয় । নিজেদের মধ্যে ঠিক করে কাউকে কেউ কিছু বলবে না । কেউ যদি ধরাও পড়ে যায় তাহলেও অন্যের নাম বলবে না ।

১৪ ই ডিসেম্বর , ২০১৩

" উই নিড দ্য বেস্ট টিম ...হু ক্যান হ্যান্ডেল দ্য মিডিয়া এন্ড টেক আউট দ্য কালপ্রিটস ..."

" স্যার ...আই উড রেকমেন্ড জ্যোতি সেন ...শি ইজ ব্রিলিয়ান্ট ...আইপিএস ২০০৮ এর ব্যাচ ..."

" আর ইউ শিওর ? প্রটেস্ট অল ওভার দ্য সিটি ... "

" উইথদাউট এ ডাউট স্যার ...শি ইজ দ্য বেস্ট । "

" ওকে দেন ...গো ফর ইট ...একজনও যেনো ছাড়া না পায় ...ইটস ন্যাশনাল ইস্যু নাও ..."

" জ্যোতি , ক্যান ইউ ডু ইট ? আই এম আস্কিং ইউ এগেইন ...ইউ ক্যান সে নো ..."

" ইয়েস আই ক্যান , স্যার ...বাট আই নিড ফ্রি হ্যান্ড ...নো ইন্টারফিয়ারেন্স এন্ড আই ওয়ান্ট এ টিম অফ মাই ওন ..."

" ওকে ...ইউ ক্যান হ্যাভ ইট ...উই জাস্ট ওয়ান্ট রেজাল্টস ..."

" ওকে স্যার ... আই ইউল সেন্ড ইউ এ লিস্ট অফ নেমস ..হ্যাভ এ নাইস ডে স্যার । "

জ্যোতি সিনিয়র দের রুম থেকে বেরিয়ে নিজের ঘরে চলে যান ।

" বাপিকে জ্বালাবে না বেশি কিন্তু ...আমার ফিরতে আজ রাত হবে । "

" মাম্মি প্লিজ তাড়াতাড়ি এসো ..."

" আসবো মা ...বাপি তো আছে ...আচ্ছা ফোনটা বাপিকে দাও এবার ..."

" হ্যাঁ বলো ..."

"আজ ফিরতে দেরি হবে কিন্তু ...সামলে নিও প্লিজ ..."

" এট ইউর সার্ভিস ম্যাডাম ...তবে কম্পেনসেশন চাই কিন্তু ..."

" পাবে পাবে ..."

ফোনটা রেখে দেয় জ্যোতি ।

" ম্যাম ...ওনারা এসেছেন ..."

" ভিতরে পাঠিয়ে দিন ...পুরো বিষয়টা ওনাদের জানানো হয়েছে তো ? "

" হ্যাঁ ...সবাই মোটামুটি জানেন ..."

পাঁচজন ইন্সপেক্টর ভিতরে ঢোকেন ।

" ম্যাম গুড আফটারনুন ..."

" আপনারা বসুন ...নিশ্চয় সমস্ত বিষয়টি সম্বন্ধে আপনারা অবগত ...মেয়েটির কন্ডিশন ভালো নয় ...সবার আগে ওর স্বীকারক্তি নেওয়া প্রয়োজন ...মিস্টার সামন্ত ইউ উইল লুক আফটার দিজ ম্যাটার ...সমস্ত স্বীকারক্তি ফার্স্ট ক্লাস মেজিস্ট্রেট এর সামনেই নিতে হবে ...নাহলে কিন্তু "

" ডোন্ট ওরি , ম্যাডাম ...আই হ্যাভ হান্ডেলড সাচ সিচুয়েশন বিফোর ..."

" ওকে ...দেন ভিসিট হসপিটাল ইমিডিয়েটলি ...ইফ মিডিয়া আস্ক এনিথিং , টেল দেম টু টক টু মি ..."

" মিস কর , ইউ উইল টক উইথ দ্য ভিক্টিমস ফ্যামিলি এন্ড ফ্রেন্ডস ...রেস্ট অফ ইউ ভিজিট দ্য স্পট ..."

ইন্সপেক্টরদের মধ্যে একজন এগিয়ে আসেন ।

" ম্যাডাম , একটা সমস্যা আছে ... ট্রেনটা জিআরপি এর আন্ডারে আছে ... দে আর ডুয়িং দেয়ার ইনভেস্টিগেশন "

" টেক মিডিয়া উইথ ইউ ...দেয়ার উইল বি নো প্রবলেম আই গেস ..."

" আই উইল জয়েন ইউ শর্টলি ..."

সবাই বিদায় নেয় একে একে । জ্যোতি ফোনে কারো সাথে কথা বলেন।

কিছুক্ষন পর অন্যান্য ইন্সপেক্টরদের সাথে মিলিত হন ।

" ম্যাডাম জিআরপি কো অপারেটেড ...ওই হ্যাভ টেকেন ব্লাড স্যাম্পল ফ্রম ট্রেন ...একটা রক্ত মাখা লোহার রডও পাওয়া গেছে ...কিন্তু ট্রেনটা যখন শেয়ালদা পৌঁছায় তখন কেউ ট্রেন থেকে নামেনি । সিসিটিভি ফুটেজ ও এক কথায় বলছে । "

" আচ্ছা আপনারা একটু অপেক্ষা করুন "

জ্যোতি ইন্সপেক্টর করকে ফোন করেন ।

" আপনি কি ভিক্টিম এর ফ্যামিলির সঙ্গে কথা বলেছেন ? "

" ম্যাডাম ...ওনার মায়ের অবস্থা ভালো নয় ...আমি ওর বন্ধুদের সাথে কথা বলেছি ...গতকাল সেমিস্টার শেষের জন্য ওরা সবাই মিলে ব্যারাকপুর এ সেলিব্রেট করতে গেছিলো ...ওদের স্টেটমেন্ট অনুযায়ী ...ভিক্টিম আর তার মেইল ফ্রেন্ড ব্যারাকপুর থেকে ট্রেনে ওঠেন ...আরো কিছু জানতে পারলে অবশ্যই জানাচ্ছি ম্যাডাম ..."

" গুড জব ...ক্যারি ওন ...ইটস এ টিম ওয়ার্ক ..."

জ্যোতি ফোন রেখে ফিরে আসেন ।

" দেখুন , ভিক্টিম ব্যারাকপুর থেকে ট্রেনে ওঠেন । তারমানে ঘটনাটি ব্যারাকপুর থেকে বিধান নগরের আশেপাশে কোথাও ঘটেছে ...সব স্টেশন গুলোতে জিজ্ঞাসাবাদ করুন ...কোনো সন্দেহভাজন কাউকে কেউ দেখে থাকলে তার বয়ান নিন ...স্কেচ তৈরি করতে হবে ...উই ডোন্ট হ্যাভ টাইম ...স্পিড আপ ..."

সবাইকে নির্দেশ দিয়ে জ্যোতি গাড়িতে ওঠেন । যেতে যেতে দেখেন রাস্তায় সারি সারি লোকের মিছিল । সবার হাতে মোমবাতি , প্ল্যাকার্ড। গাড়ির ভিতর ভীষণ গুমোট লাগে ওর । গাড়ির জানলাটা নামিয়ে দেয় ও । একরাশ ঠান্ডা হাওয়া এসে ওর মুখে লাগে। জ্যোতি নিজেকে শক্ত করেন

। ওকে পারতেই হবে । বাড়ি ফিরে দেখেন ঋদ্ধি আর মেয়ে সোফায় ঘুমিয়ে গেছে । ওদের না ডেকে সোজা বাথরুমে ঢুকে যান জ্যোতি ।

কিছুক্ষন পর হসপিটাল থেকে ফোন আসে ।

" ম্যাম ...হার কন্ডিশন ইজ ভেরি ক্রিটিকাল ...ডাক্তার রা কথা বলতে অনুমতি দিচ্ছেন না ...মিডিয়া চারিদিকে ...ইটস ভেরি ডিফিকাল্ট ..."

" ওকে আই এম কামিং ...আপনি বরং স্যারের সাথে কথা বলে একজন ম্যাজিস্ট্রেট এর এপয়েন্টমেন্ট আরেঞ্জ করুন ...উই ডোন্ট হ্যাভ টাইম ...যা করার এখুনি করতে হবে ... ভিক্টিম এর জবানবন্দী নিতেই হবে । "

" আচ্ছা , ম্যাডাম ..."

ফোন রেখে আবার ইউনিফর্ম পরে নেন জ্যোতি । যাওয়ার সময় মেয়ের মুখের দিকে একবার তাকান । ইচ্ছে করে ওকে কোলে নিয়ে আদর করতে কিন্তু সময় নেই ।

গাড়িতে যেতে যেতে ডিজি সাহেবকে ফোন করে গোটা ঘটনাটা জানান । উনি ডক্টরের সাথে কথা বলবেন বলেন । হসপিটালে চারিদিকে লোকে লোকারণ্য । মাঝ রাতেও গোটা দেশের মিডিয়া সেখানে ভিড় করেছে । কোনো মতে মিডিয়াকে কাটিয়ে জ্যোতি আইসিইউ এর সামনে যান । ডক্টরের সাথে কথা বলে বুঝতে পারেন , ভিক্টিম এর শারীরিক অবস্থা খুবই খারাপ । যেকোনো মুহূর্তে খারাপ কিছু হয়ে যেতে পারে ।

১৫ ই ডিসেম্বর , ২০১৩

ম্যাজিস্ট্রেট এর সামনে গোপন জবানবন্দি নেওয়ার কাজ সমাপ্ত হয়ে গেছে একটু আগেই । ভিক্টিমকে দিল্লিতে রেফার করা হয়েছে বিশেষ বিমানে । জ্যোতি হসপিটালে থেকে রওনা দেন । সঙ্গে সঙ্গেই ইনভেস্টিগেটিং অফিসারের ফোন আসে ।

" ম্যাডাম একজন চাওয়ালা চারজন লোককে গত পরশু রাতে ওই ট্রেন থেকে নেমে পালিয়ে যেতে দেখেছে..."

" ওনার বয়ান রেকর্ড করা হয়েছে ? "

" হ্যাঁ , ম্যাডাম ...."

" স্কেচ বানানোর ব্যবস্থা করুন ...আমি পৌছাচ্ছি ..."

বিধাননগর থানায় গিয়ে জ্যোতি নিজের তদারকী করে সমস্ত ব্যবস্থা করেন । স্কেচ বানাতে বানাতে সারাদিন লেগে যাবে । উনি ঠিক করেন ম্যাজিস্ট্রেট এর সঙ্গে একবার কথা বলবেন ।

জ্যোতি যখন ম্যাজিস্ট্রেট এর বাড়িতে পৌঁছান তখন তিনি বাড়িতে ছিলেন না। কিছুক্ষন অপেক্ষা করতে হয় ওকে। ম্যাজিস্ট্রেট ফিরলে ওনার সাথে কথা বলে জ্যোতি বুঝতে পারেন চাওয়ালা যে চার জনের কথা বলছে তার সঙ্গে ভিক্টিম এর জবানবন্দি মিলে যাচ্ছে। জ্যোতি সোজা থানায় চলে যান ওখান থেকে। ততক্ষণে স্কেচ প্রিপেয়ার হয়ে গেছে।

" কালপ্রিটরা নিশ্চয় বিধাননগরের কাছাকাছিই থাকে ...পুরো সার্চ টিম নিয়ে বেরিয়ে পড়ুন। আই ওয়ান্ট রেজাল্ট। "

১৬ ই ডিসেম্বর, ২০১৩

সকালে ঘুম থেকে উঠে কেমন একটা লাগছিল জ্যোতির। কিছু একটা ফাঁকা ফাঁকা। মেয়ে ঘুমাচ্ছে বিছানায় এখনো। এই কদিনে ওর দিকে একবারও নজর দেওয়া হয়নি। দায়িত্বের ভিড় এ মাতৃত্বের কর্তব্য হারিয়ে যাচ্ছে যেন। কিন্তু এই কাজটা ওকে করতেই হবে। নাহলে ওর মেয়ের ভবিষ্যৎও সুরক্ষিত নয়। মেয়েকে গালে একটু চুমু দিয়ে রেডি হয়ে নেন জ্যোতি।

বাড়ি থেকে বেরোতে যাচ্ছেন তখনই ফোনটা আসে। সমস্ত কিছু ওলট পালট হয়ে যায় ওর কাছে। ভিকটিমকে বাঁচানো যায়নি অনেক চেষ্টার পর। থানায় না গিয়ে একবার ওর বাড়িতে যাওয়া উচিত বলে মনস্থির করেন জ্যোতি। বাড়ির সামনে অগুনতি জনতার ভিড়। ভিড় ঠেলে ভিতরে ঢুকতেই মিডিয়ার পাল ছুটে আসে।

" ম্যাডাম ...পুলিশ কি কোনো কাজ করছে না? এখনো কেউ এরেস্ট হলো না কেনো ... ? "

অন্য দিন হলে মিডিয়াকে দু চার কথা শুনিয়ে দিতেন, কিন্তু আজ নিজেকে ব্যর্থ মনে হয়। উনি ভিড় ঠেলে বাইরে চলে আসেন। গলাটা কখন শুকিয়ে কাঠ হয়ে গেছে টের পাননি।

ফোনটা হাতে নিয়ে একটা নম্বর ডায়াল করেন।

" কোনো খবর এলো? হোয়াট দ্য ফাক ইজ গোইং অন ...আজকের মধ্যে যদি কোনো খবর না পায় ..আপনাদের সকলের বিরুদ্ধে স্টেপ নেওয়া হবে ...এরেস্ট দোজ বাস্টার্ডস এনি হাও ..."

ফোন কেটে দিয়ে রাস্তা দিয়ে এদিক ওদিকে পায়চারী করতে থাকেন জ্যোতি।

২১ শে ডিসেম্বর, ২০১৩

তদন্তে অনেকটাই অগ্রগতি সম্ভব হয়েছে । সেদিন জ্যোতির ধমকের পর কাজ হয়েছিল । বিধাননগরের আশে পাশের সমস্ত জায়গা চিরুনী তল্লাশী করে বিধাননগর থানার পুলিশ । একজন ইনফর্মার এর কাছ থেকে গ্যারেজটার সন্ধান পেয়ে যান ওরা । ওখানে গিয়ে অপরাধীদের কারোর দেখা পাওয়া যায়না । গ্যারেজের মালিককে ছবি গুলো দেখাতে উনি আইডেন্টিফাই করতে সমর্থ হন । ওনার কাছ থেকেই ওদের ব্যাপারে সমস্ত তথ্য পেয়ে যায় পুলিশ । গত সতেরোই ডিসেম্বর প্রথম সাফল্য আসে । বিশেষ সূত্র থেকে খবর পেয়ে প্রথম কালপ্রিটকে শেয়ালদা স্টেশন থেকে গ্রেফতার করে পুলিশ । সে পালিয়ে উত্তর প্রদেশ যাওয়ার চেষ্টা করছিল বলে অনুমান করা হচ্ছে । তাঁকে জেরা করেই বাকী দুজনের হদিশ পাওয়া যায় । একজনকে তার গ্রামের বাড়ি থেকে এরেস্ট করা হয় গত উনিশ তারিখে । আরেকজনের খোঁজে তল্লাশি চালানো হচ্ছে । মনে করা হচ্ছে সে বিহারে পালিয়েছে। তবে আরেকজন অপরাধীর কোনো হদিশ এখনো পুলিশ পায়নি।

জ্যোতি থানায় এসে কেসের অগ্রগতি নিয়ে জিজ্ঞেস করতে শুরু করেন ।

" বিহার পুলিশের সঙ্গে যোগাযোগ করা হয়েছে ? "

" হ্যাঁ ম্যাডাম , চিন্তা করবেন না ...আর বা কালকের মধ্যেই সুখবর পাওয়া যাবে ..."

" বাট হোয়াট এবাউট দ্যাট লিটল বাস্টার্ড ..."

" উই আর ট্রায়িং আওয়ার বেস্ট ..."

" ইফ ইউ ফাইন্ড এনিথিং , টেল মি প্রম্পটলি ..."

" অফ কোর্স ম্যাম ..."

বিকালের দিকে জ্যোতি বাড়ি ফেরার সুযোগ পান । আজ ঋদ্ধি অফিসে গেছে । মেয়েকে দেখার জন্য একজন আয়াকে রাখতে হয়েছে । বাড়ি ফিরে দেখেন আয়া বসে সিরিয়াল দেখছে আর মেয়ের সামনে খাবারের বাটি । মাকে দেখে মেয়ে দৌঁড়ে ছুটে যায়। জ্যোতির একটু রাগ হয়ে যায় ।

" আপনাকে কতবার বলেছি ...ওকে একটু খাইয়ে দেবেন ...এইটুকু মেয়ে নিজে খেতে পারে বলুন ? "

আয়াটি কিছু না বলে মুখ নামিয়ে থাকেন ।

জ্যোতি আর কিছু না বলে মেয়েকে কোলে নিয়ে ছাদে উঠে যান । গল্প বলতে বলতে ওকে খাইয়ে দিতে থাকেন । হঠাৎ ফোনটা বেজে ওঠে ।

" ম্যাডাম ...একটা খোঁজ পাওয়া গেছে । আপনি কি একবার আসতে পারবেন ? "

জ্যোতি মেয়ের মুখের দিকে একবার তাকান ।

" মাম্মি তুমি কোথায় যাচ্ছ ? "

" একটা কাজে ...একটু পরেই ফিরে আসবো ...তুমি আন্টির কাছে লক্ষ্মী মেয়ের মতো বসে থাকো । "

থানায় আসতেই ইন্সপেক্টর এগিয়ে আসেন ।

" ম্যাডাম ছেলেটিকে বাসস্ট্যান্ড এর কাছে একটু আগেই দেখা গেছে । "

" ফুল ফোর্স নিয়ে চলুন । আমিও সাথে যাচ্ছি । "

পুলিশ গিয়ে গোটা এলাকাটাকে ঘিরে ফেলে । কিছুক্ষন খোঁজার পরই ছেলেটার দেখা মেলে । কিন্তু পুলিশ দেখে সে পালিয়ে যায়না । জ্যোতি একটু অবাকই হয় ছেলেটার আচরণ দেখে । সহজেই ওকে এরেস্ট করে থানায় নিয়ে যাওয়া হয় ।

১৩ ই জানুয়ারী , ২০১৪

ঘটনার একমাস পেরিয়ে গেছে । বিহারের মুঙ্গের থেকে গত তিরিশে ডিসেম্বর আরেক অপরাধীকে গ্রেফতার করা হয়েছে । ঘটনার আঁচ কিছুটা কমেছে । জ্যোতি তার বাড়ির লনে বসে কাগজ দেখছিলেন । হঠাৎ ফোনটা এলো ।

" ম্যাডাম একটা প্রবলেম হয়ে গেছে ..."

" আবার কি হলো ? "

" একটু আসলে ভালো হতো ..."

" আচ্ছা আপনারা অপেক্ষা করুন ।

থানায় গিয়ে জ্যোতি জানতে পারেন বাসস্ট্যান্ড এর কাছ থেকে যাকে ধরা হয়েছিল তার বয়স নিয়ে কিছু একটা সমস্যা দেখা দিয়েছে । মিডিয়াতে ওর বয়স আঠারোর কম বলে দেখানো হচ্ছে । ওর বাড়ির লোকও নাকি একই দাবী করেছেন ।

জ্যোতি বুঝতে পারেন না কি করবেন। ওর উর্ধস্তন অফিসারকে ফোন করেও কোনো লাভ হয়না। এতদিন চার জনের বিচার একই আদালতে হচ্ছিলো , কিন্তু এর পর থেকে জুভেনাইল বোর্ড অফ জাস্টিসে কেসটা ট্রান্সফার করার জন্য উনি জ্যোতিকে অর্ডার দেন ।

বাড়ি ফিরতে ফিরতে নিজেকে ব্যর্থ মনে হয় ওর । হয়তো এতো চেষ্টা করেও শেষ অবধি কিছু করা গেলো না ।

১২ ই মে , ২০১৫

" স্যার মে আই কাম ইন ? "

" আসুন ...আপনার জন্যই অপেক্ষা করছিলাম । আমাকে একটা রায় শোনাতেই হবে । আপনারা কি ওর মুখ থেকে কোনো কথায় বার করতে পারেন নি ? "

" না , স্যার ...যতদিন আমাদের হেফাজতে ছিলো একটা শব্দও উচ্চারণ করেনি । "

" দেখুন তাহলে আর কিছুই করার নেই ...জাজমেন্ট এতো প্রলংড করা যায় না ...মিডিয়ার ভীষণ চাপ রয়েছে বুঝতেই পারছেন । আর ছেলেটার পক্ষের উকিল যেভাবে দাবী করলেন তার বিরুদ্ধে সরকারী উকিল কিন্তু যুক্তি দেখাতেই পারলেন না ...আমার কিছুই করার নেই ..."

" কিন্তু স্যার আমার মনে হয় বিশাল একটা ভুল হতে চলেছে । "

" এর জন্য আমার কিছুই করার নেই । আমি নিরুপায় বলতে পারেন । "

জাজের ঘর থেকে বেরিয়ে কেমন বোকা বোকা মনে হয় জ্যোতির । বাকী তিনজনের শাস্তি হয়ে গেছে ফাস্টট্রাক কোর্টে । কিন্তু এইক্ষেত্রে অনেক সময় অতিবাহিত হয়ে গেছে । নতুন আইন প্রণয়ন করেও কিছু লাভ হয়নি । রেট্রোস্পেক্টিভ এফেক্ট না থাকায় আইনের কোনো ধারায় ছেলেটাকে স্পর্শ করতে পারেনি । জাজ যখন ছেলেটার তিন বছরের সাজা শোনালেন তখন কোর্টেই বসে জ্যোতি । যে কদিন ছেলেটা ওদের কাস্টডিতে ছিলো একটা শব্দও উচ্চারণ করেনি । বিভিন্ন ভাবে চেষ্টা করেও ব্যর্থ হতে হয়েছে লাল বাজারের দুদে অফিসারদের। জ্যোতি বুঝতে পারেন ওর ওই অদ্ভুত চোখের মধ্যে কিছু একটা লুকিয়ে রয়েছে । কোর্ট থেকে ওকে নিয়ে যাওয়ার সময় জ্যোতির চোখ ছেলেটার উপর গিয়ে পড়ে । দেখে মনে হয় ছেলেটা যেন হাসছে ওর উপর ।

বাড়ি ফিরে মেয়েকে নিয়ে পড়াতে বসেন জ্যোতি । এখন মেয়ে কিছুটা বড় হয়েছে । নিজের খাবার নিজেই খেতে পারে । দুদিন পর থেকে একাই স্কুলে যাবে । ভয় হয় ওর জন্য । সমস্ত কিছুর শেষে আইনের মারপেচে নিজেকে পরাজিত মনে হয় ওনার ।

" মাম্মি কি ভাবছো ? "

" কিচ্ছু না মা ...তুমি পড়ো । "

৭ ই জানুয়ারী , ২০১৬

হোমে এসে ছমাস হয়ে গেছে ছেলেটার । ছোট একটা ঘরে তিনজন একসাথে থাকার ব্যবস্থা হয়েছে । আস্তে আস্তে সমস্ত কিছুর সাথে মানিয়ে

নিয়েছে ছেলেটা।

সেদিন ট্রেন থেকে নেমে ফেরার পর থেকেই বুঝতে পেরেছিল ও কি করেছে। বাকী তিনজন যখন পুলিশের ভয়ে পালালো, ও তখন একা ঘরে। কি করবে ভাবছিল, হঠাৎ মনে পড়লো দেশের বাড়ির কথা। ওখানে গিয়ে কদিন থেকে যাবে ভেবে রওনা দিলো। দিন কয়েক এভাবেই থাকছিল। কিন্তু ও বুঝতে পারছিল পুলিশ যেকোনো দিন এখানে পৌঁছে যাবে। ও ঠিক করলো ধরা দেওয়াই বুদ্ধিমানের কাজ হবে।

ধরা দেওয়ার পর বিভিন্ন রকম ভাবে ওকে জিজ্ঞাসাবাদ করা হতো। ও বুঝতে পেরেছিল, কিছু বললেই সব শেষ। দিদি এসেছিল দেখা করতে ওর সাথে। দিদিই বললো ও বেঁচে যাবে। ওর বয়স কম। সেদিন থেকে নিজেকে আরো গুটিয়ে নিয়েছিল। ঢেকে রেখেছিল নিজেকে একটা খোলসের মধ্যে।

তারপর ম্যাডাম এলেন, সাথে সুটবুট পরা একটা লোক। ওর হয়েও কেউ লড়তে পারে ভেবে মনে মনে হাসি পেয়েছিল। তারপর থেকে ম্যাডাম অনেকবার আসতো। হোমে আসার পর থেকেও অনেকবার এসেছে। কতো কিছু বোঝায় ওকে। কিন্তু ওর চোখ শুধু দেখে ম্যাডামের শরীর। ম্যাডাম যখন কথা বলে তখন ওনার শরীরের ওঠা নামা প্রত্যক্ষ করে ও। ও বুঝতে পারে ওর শরীর জুড়ে শিহরনের শব্দ। কিন্তু ম্যাডাম ওর শেষ ভরসা। বাইরে রাস্তায় ওকে লোকে দেখলে যে পিষে মেরে ফেলবে সেটা ও জানে। তাই নিজের খোলসটা আরো মোটা করে। ঢেকে ফেলে নিজের ভিতরের জন্তুটাকে।

১৭ ই এপ্রিল, ২০১৭

ম্যাডাম এসেছিল একটু আগে। ও কি করছে জানতে চাইছিল। ও বুঝতে পারে যে এই জায়গা থেকে বেরোনোর পর ওরা ওকে কোনো কাজে লাগাতে চান। এদের সাহায্য যে দরকার, সেটা ও ভালোভাবেই বোঝে।

এখানকার সবাই যে ওকে ভয় পায় সেটা ও বুঝতে পারে। যে দুবেলা খেতে দিতে আসে সেও ভয়ে কিছু বলেনা। বিষয়টাতে ও বেশ মজাই পায়। এখানে অন্য বাচ্চা গুলোর সাথে কি হয় সেটাও ওর অজানা নয়। কিন্তু দেখেও চুপ থাকে।

সেদিন হোমে রান্না হচ্ছিলো। ও নিজের ইচ্ছেতেই এগিয়ে গেছিলো। রান্না করতে ওর ছোটো বেলা থেকেই ভালো লাগে। রাঁধুনী ওকে দেখে প্রথমে ভয় পেয়ে গেছিলো। ও আস্তে আস্তে হাত বাড়িয়ে সাহায্য করতে শুরু করলে সবাই অবাকই হয়েছিল। ছোটো বেলায় পেটে ভাত জুটতো না দু মুঠো।

তখন বাজারে দাঁড়িয়ে মুরগী কাটা দেখতো। গলা কেটে দেওয়ার পর ওর ভিতর জীবন আরো কিছুক্ষন অবশিষ্ট থাকে। ওর সেটা দেখে এক অদ্ভুত তৃপ্তি আসত মনে। মুরগী বিক্রি হয়ে গেলে ছাট গুলো কম পয়সায় কিনে আনত খাওয়ার জন্য। যেদিন দিদি কাজের জন্য বাড়িতে থাকতো না ও নিজেই রাধতো।

আস্তে আস্তে হোমের কোনো রান্নার কাজ হলেই ওর ডাক পড়তে আরম্ভ হলো। খোলসটা দিনের পর দিন পুরু হচ্ছিলো। ও নিজেকেই চিনতে পারছিল না।

৮ই আগস্ট, ২০১৮

হোম ছেড়ে এই নতুন জায়গায় এসেছে মাস দুয়েক হবে। দিনের গুনতি ওর কাছে থাকে না। এখানে রোজ নতুন নতুন ঝামেলা। কয়েকজন লোক এসে ওকে অনেক কিছু বোঝানোর চেষ্টা করে। ওদের কথা শুনে ওর মনে মনে হাসি পায় শুধু। মুখ নামিয়ে সব শুনে যায়। শুধু রান্না যখন শেখাতে আসে তখন ভালো লাগে। কিন্তু এতো শাসনের মধ্যে অবশ লাগে শরীর। মনে হয় আবার আগের মতো হয়ে যায়। হোমে থাকতে দিদি আসতো মাঝে মাঝে। শেষ যেদিন এলো খুব ঝগড়া হয়েছিল বাড়ি নিয়ে। তারপর থেকে দিদি আর আসেনি। মাঝে মাঝে বাড়ির কথা যে মনে পড়ে না তা নয় কিন্তু এই জেলখানার থেকে মুক্তি পেলে তবেই তা সম্ভব।

আজ সারাদিন ও তক্কে তক্কে ছিলো।রাতে খাবার দিয়ে লোকটা চলে যাওয়ার পর ও জানলা গলে বাইরে চলে আসে। রাস্তা ধরে জোর পায়ে হাঁটতে থাকে। রাস্তার আলোয় নিজের ছায়া দেখেও ভয় লাগে ওর। মনে হয় এই বুঝি কেউ চিনে ফেললো। ওর ভিতরের জন্তুটা বোধয় মরে গেছে এতদিনে। ও বেশিদূর যেতে পারেনা ভয়ে। সামনে একটা পুকুরের সামনে গিয়ে বসে পড়ে। সারারাত জলের উপর নিজের ছায়া দেখে কাটিয়ে দেয়। নিজের খোলসটা ঝেড়ে ফেলতে অনেক চেষ্টা করে কিন্তু পারেনা। ও বুঝতে পারে এদের সাহায্য ছাড়া ও বাঁচতে পারবে না। ও মনস্থির করে এখন থেকে আর পালানোর কথা ভাব্বে না।

১১ ই ফেব্রুয়ারী, ২০১৯

খিরুনেল্লি তে এসেছে ছেলেটা মাস খানেক হয়েগেলো। ম্যাডামই কাজের ব্যবস্থা করে দিয়েছেন। কাজ চালানোর মতো মালায়লাম ওকে শিখতে হয়েছে। এখানে ওকে সবাই চরিত বলেই চেনে। রেস্তোরার মালিক ওকে চোখে হারায়। ও বুঝতে পারে ওর আসে চারপাশের বন্ধন আবার আলগা হয়ে

গিয়েছে। বিকেল হলে স্কুলের কতগুলো মেয়ে রেস্তোরার সামনে দিয়ে হেঁটে যায়। ওদের দেখে ওর সব খোলস ভেঙে যায়। মনে পড়ে যায় গ্যারেজের সেই মেয়েটার অপমানের কথা। আজ সারাদিন ও ওদের অপেক্ষায় রয়েছে। আকাশ মেঘলা। বৃষ্টি হবেই মনে হয় ওর। বিকেল হতেই রেস্তোরার বাইরে এসে দাঁড়ায় ও। আজ শুধু একটা মেয়ে যাচ্ছে। ও আজ শুধু ওর দিকে দেখেই থেমে থাকে না। মেয়েটার পিছু নেয়। কিছুটা যেতেই ঘন জঙ্গল। ওর ভিতরের জন্তুটা জেগে ওঠে। ও জোরে হেঁটে মেয়েটার পাশে গিয়ে দাঁড়ায়। ওর হাত সজোরে চেপে ধরে। ওকে টেনে নিয়ে জঙ্গলের দিকে যাবার চেষ্টা করে। কিন্তু মেয়েটা কোনো মতে ওর হাত ছাড়িয়ে দৌড়ে পালিয়ে যায়।

২৮ শে ফেব্রুয়ারী, ২০১৯

কদিন ধরেই আর মেয়েটাকে স্কুলে যেতে দেখেনা ও। সেদিন হয়তো ভয় পেয়ে গেছে ভীষণ। অন্য কেউ ভয় পেলে ওর ভীষণ আনন্দ হয় শরীরের মধ্যে।

কিচেনে কাজ করছিল ও। তখন মালিক এসে ডেকে নিয়ে যান। একজন ওর খোঁজ করছে ভেবে ও অবাক হয়ে যায়। ম্যাডাম প্রত্যেক মাসে আসেন, কিন্তু উনি রেস্তোরায় যে আসবেন না সেটা ও ভালো করেই জানে। বাইরে এসে দেখে বছর কুড়ি বাইশের একজন মেয়ে। মেয়েটার উদ্ধত স্তনের উপর ওর চোখ আটকে যায়। কিছুক্ষন সেইদিকে চেয়ে থাকে এক ভাবে। তারপর নিজেকে সামলে নেয়। ওর রান্নার প্রশংসা ওনার মুখে শুনে ও একটু অবাকই হয়। ওর কেমন যেন খটকা লাগে।

৬ ই মার্চ, ২০১৯

শরীর দিয়ে রক্ত বেরোচ্ছে অবিরত। কিন্তু এক ভীষণ আনন্দ সারা শরীর জুড়ে। পাথরের মধ্যে মেয়েটা পড়ে আছে। প্রচন্ড বৃষ্টিতে কিছু দেখার উপায় নেই। পা ঘষতে ঘষতে চরিত শরীরটাকে সোজা করে। মেয়েটার নগ্ন শরীরের দিকে ওর চোখ যায়। সারা শরীরে ওর রক্ত মাখা। ওর মনে হয় মেয়েটা মরে গেছে। জান্তব আনন্দে হেসে ওঠে সে।

পাথরের উপর দিয়ে শরীরটাকে টানতে টানতে এগিয়ে নিয়ে যায় সে। পাথরের আগায় লেগে শরীরের বিভিন্ন জায়গা কেটে যায়। রক্ত বেরোচ্ছে ফিনকি দিয়ে। কিন্তু ওর চোখ জ্বলছে। অনেক প্রচেষ্টায় পাথর পেরিয়ে ডাঙ্গায় আসে।ঝড় জলের রাস্তায় লোকের দেখা মেলা ভার। ও অনেক কষ্টে দু পায়ে ভর দিয়ে উঠে দাঁড়ায়। খোঁড়াতে খোঁড়াতে হাঁটতে থাকে। দু একবার তাল খেয়ে নিচে পড়ে যায়। আবার উঠে দাঁড়ায়। যখন নিজের ঘরে গিয়ে

পৌঁছায় তখন বৃষ্টির তেজ কমে এসেছে। পেটের পাশ দিয়ে রক্ত বেরোচ্ছে অনবরত। মেয়েটা যে কে এখনো বুঝতে পারেনি ও। কিন্তু ওকে খুঁজতেই যে ওর এখানে আসা সেটা ও বুঝতে পেরেছিল আস্তে আস্তে। ওর সঙ্গীদের মুখে শুনেছিল যে মেয়েটা একটা বাঙালী ছেলেকে খুঁজছে। তাই যেচেই ঘর খুঁজে দেওয়ার ছুতো করে ভাব জমিয়েছিল ওর সাথে। গত পরশুদিন ফোনে যখন মেয়েটা মিথ্যে বললো তখনই ও বুঝে গেছিলো সবটা। ঠিক করেছিল ওকে আর বাঁচতে দেওয়া যাবেনা।

মেঝেতে এসে শুয়ে পড়ে চরিত। ওর শরীর অবশ হয়ে আসে। রক্তে ভেসে যাচ্ছে গোটা মেঝে। ও আর তাকিয়ে থাকতে পারেনা।

৮ ই মার্চ, ২০১৯

চারিদিকে অন্ধকারের সমুদ্র। চারপাশে হাতড়ে কিছু পাইনা ও। মনে হয় কেউ ওকে কোনো জেলখানায় আবার বন্ধ করে রেখেছে। পেটের উপর হাত দিয়ে দেখে ব্যান্ডেজ বাঁধা। আর রক্ত বেরোচ্ছে না। ও বুঝতে পারেনা কোথায় আছে ও। রাগে চিৎকার করতে থাকে পাগলের মতো। কেউ কোনো সাড়া দেয়না। বিছানা ছেড়ে ওঠার চেষ্টা করে কিন্তু পারেনা। হঠাৎ দরজা খোলার শব্দ পায় সে। ওর চোখ গুলো জ্বলে ওঠে অন্ধকারে। পায়ের শব্দ এগিয়ে আসে ওর দিকে।

১৩ ই মার্চ, ২০১৯

সোজা রাস্তাটা ভাগ হয়ে গেছে দুদিকে। আকাশে চাঁদের দেখা অবধি নেই। ঘন মেঘে ঢেকে গেছে চারিদিক। প্রতিষ্ঠা দৌড়াচ্ছে প্রাণ ভয়ে। ওকে তাড়া করে আসছে কয়েকজন। শরীরে কোনো আচ্ছাদন আর অবশিষ্ট নেই ওর। ছায়া মূর্তিগুলো এগিয়ে আসছে ওর দিকে। ঘামে ভিজে গেছে ওর গোটা শরীর। হঠাৎ কিছুতে ধাক্কা লেগে ও নিচে পড়ে যায়। দূরে একটা নিয়ন আলো জ্বলছে। তার আবছা আলোয় ও নিজের শরীরটা দেখতে পায়। কিছু সময় কেটে গেছে। ছায়া গুলোকে আর দেখতে পাচ্ছে না ও। ওদের পায়ের শব্দ মিলিয়ে যাচ্ছে ধীরে ধীরে। হঠাৎ ও পায়ের উপর কিছু অনুভব করে। ও দেখে সাদা ছোট্ট একটা পোকা ওর পা বেয়ে তরতরিয়ে উঠে আসছে। ও পা ঝাঁকিয়ে পোকাটাকে ফেলে দেওয়ার চেষ্টা করে, কিন্তু ব্যর্থ হয়। পোকাটা ওর হাঁটু অবধি উঠে আসে। হঠাৎ পোকাটা দুভাগ হয়ে যায় ওর চোখের সামনে। ও ভয়ে চোখ বন্ধ করে ফেলে। ও অনুভব করে ওর জঙ্ঘা পেরিয়ে পোকা দুটো উঠে আসছে উপরের দিকে। ও হাত দিয়ে ওদের সরিয়ে দেওয়ার চেষ্টা করে কিন্তু পারেনা। হঠাৎ ওর মনে হয় ওর শরীরের ওপর

দিয়ে হাজার হাজার পোকা হেঁটে বেড়াচ্ছে । ও চোখ খুলে দেখে ওর সমস্ত শরীর ঢেকে গেছে ওদের ভিড়ে । ওরা ওর গোটা শরীর জুড়ে ঘুরে বেড়াচ্ছে , প্রত্যেক মুহূর্তে ওদের সংখ্যা বেড়ে যাচ্ছে লাফিয়ে লাফিয়ে । ওরা ওর যোনির ভিতর ঢুকে যাচ্ছে ধীরে ধীরে । ও ভয়ে উন্মাদের মতো চিৎকার করতে থাকে । কেউ সাড়া দেয়না । দূরের নিয়নের আলোর তেজ কমে আসছে । একটা পোকা ওর মুখের উপর দিয়ে হেঁটে বেড়াচ্ছে । আতঙ্কে ও চোখ বুজে ফেলে । ঘেন্নায় ওর গা ঘিনঘিন করে ওঠে । ওর মনে হয় কেউ যেন খুব ধীরে ধীরে ওর নাম ধরে ডাকছে । ও চোখ খুলে দেখে পোকাটা ওর মুখের উপর সোজা হয়ে দাঁড়িয়েছে । পোকাটার মুখটা ঠিক যেন মানুষের মুখ । মুখটা ওর খুব চেনা , কিন্তু কিছুতেই মনে করতে পারেনা কোথায় দেখেছে ।

" আমার দোষের ভাগ নিবি তো ?..." ফিসফিস করে বলছে পোকাটা । প্রতিষ্ঠার গলা শুকিয়ে আসে । হঠাৎ পোকাটা ওর মুখের মধ্যে ঢুকে যায় । ঘেন্নায় ওর বমি উঠে আসে । দূরে কিছুর শব্দ হচ্ছে । শব্দটা আস্তে আস্তে আরো জোরে হয় । কোথাও একটা ফোন বাজছে যেন । ও ধড়ফড় করে উঠে পড়ে । ফোনটা তখনও বেজেই যাচ্ছে । গা ঘামে ভিজে গেছে একেবারে । ও দেখে পোকাগুলো আর নেই ওর শরীরে । আস্তে আস্তে ওর সব মনে পড়ে যায় ।

ফোনটা ধরে দেখে রাতের খাবার এর ডেলিভারির জন্য বাড়ির মালিক ফোন করেছে । ও বলে ও নিজেই নিয়ে আসবে একটু পর গিয়ে । বাথরুমে গিয়ে ও চোখমুখ ধুয়ে আসে । স্বপ্নে দেখা মুখটা আর ও কিছুতেই মনে করতে পারেনা হাজার চেষ্টা করেও ।

ছেলেটার ঘর থেকে বেরিয়ে এসে নিজের ঘরে একটু শুয়েছিল ও । সারাদিন ধকল শরীর আর নিতে পারছিল না । কখন চোখটা লেগে গেছিলো ওর খেয়াল হয়নি ।

ছেলেটার ঘরে যেতেই অকথ্য গালিগালাজ শুরু করে ও । প্রতিষ্ঠা স্বপ্নেও ভাবেনি এইরকম কিছু ওকে সহ্য করতে হবে । মুখ বুজে ওষুধ দিয়ে বেরিয়ে এসেছিল প্রতিষ্ঠা । ওই ঘরে কাল যেতে হবে , এটা ভেবে ওর গা শিউরে ওঠে । হয়তো স্বপ্নটার সাথে বাস্তবের কিছু মিল রয়েছে । প্রতিষ্ঠা দুটোর মধ্যে মিল খোঁজার চেষ্টা করেও ব্যর্থ হয় । ভাবনাগুলো তালগোল পাকিয়ে যায় । ও স্বপ্নটাকে কিছুক্ষণের জন্য ভুলে যাওয়ার চেষ্টা করে । ছেলেটার কি হলো সেই চিন্তায় ওর মাথায় ঘুরে ফিরে আসতে শুরু করে । ওর পুরনো দিনগুলোর কথা মনে পড়ে । ও ভাবে ছেলেটাতো ভালোই হয়ে গেছিলো । কি হলো হঠাৎ

। প্রতিষ্ঠার নিজেকে ব্যর্থ মনে হয় । এতো কাউন্সিলিং , ট্রেনিং সব কিছুর নিট ফল শূন্য ।

এর আগে কোনোদিন ওর সামনে অভদ্রতা করেনি ছেলেটা । ওর দিকে তাকিয়ে থাকতো শুধু । কিন্তু আজ ঘরে ঢুকতেই অকথ্য ভাষায় গালিগালাজ । সত্যিই হয়তো মানুষকে বদলানো সহজ নয় । কিন্তু পুরো দোষটা কি ছেলেটার । ওর পারিপার্শ্বিক অবস্থা কি এর জন্য দায়ী নয় । হয়তো শরীরের ক্ষত ওর ভিতরের রাবনকে জাগিয়ে দিয়েছে ।

সেদিন সারাদিন ছেলেটার খোঁজ না পেয়ে চিন্তা হচ্ছিলো ভীষণ । তাই ঝড় জলের রাতের মধ্যেও বেরিয়েছিল ওকে খুঁজতে । একেই জায়গাটা অচেনা । অনেক কষ্টে ওর ঘরে পৌঁছেছিল। অন্ধকারে ঢুকতে গিয়ে পা আটকে গেছিলো কিছুতে । ফোনের টর্চ জ্বালাতেই ছেলেটাকে দেখতে পেয়েছিল মেঝের উপর । রক্তে সারা শরীর ভেসে যাচ্ছে । ও বুঝতে পারছিল না কি করবে । প্রথমে ভেবেছিল পাশের লোকজনকে ডাকবে । কিন্তু তাতে ওর পরিচয় গোপন রাখা যেতো না । অনেক কষ্টে ওর শরীরটা টেনে নিয়ে গেছিলো গাড়ির কাছে । তখন ছেলেটার কোনো জ্ঞান নেই । শরীরের সব শক্তি দিয়ে ওকে গাড়িতে তুলেছিল প্রতিষ্ঠা । বাড়িতে এসে ক্ষতস্থানে ব্যান্ডেজ করে দিয়েছিল সাময়িক ভাবে । পরের কদিনও ওর ঘরে গেছে ও । ওর জ্ঞান ফেরার পরও গেছে । কিন্তু কোনো বার কিছু বলেনি। মুখ বুজে থেকেছে এই কদিন । হঠাৎ কি হলো ওর। ওর কি এই বন্দী দশা অসহ্য লাগছে । প্রতিষ্ঠা কোনো কনক্লুশনে পৌঁছাতে ব্যর্থ হয় ।

গতকাল টিভিতে মেয়েটার খবরটা দেখার পর থেকে ওর মনে প্রথম খটকা লেগেছিল । ছেলেটাই কি এর পিছনে রয়েছে । ওর সব পরিশ্রম ব্যর্থ । ওর মনে হয় নিশ্চয় কোনো ইনস্টিগেশন ছিলো এর পিছনে । এই মেয়েটার সাথেই তো দেখেছিল সেদিন ওকে রাস্তায় । নাহলে এরকম হওয়ার নয় । প্রতিষ্ঠার মন চায়না ছেলেটাকে দোষী ভাবতে ।

কলেজ লাইফের একটা ঘটনার কথা ওর মাঝে মধ্যেই মনে পড়ে । কলেজে এক স্যারের নামে খুব অপবাদ রটেছিল উনি মেয়েদের থেকে সুযোগ নেন । কিন্তু ওর সাথে কোনোদিনও ওই স্যার খারাপ ব্যবহার করেননি । ওর মনে হতো সবাই বানিয়ে ওনার নামে বলছে । নিশ্চয় কোনো অভিসন্ধিও আছে । ওরা কয়েকজন মিলে স্যারের সাপোর্টে ডিনকে চিঠিও লিখেছিল । ও নিজের ধারণাকে সারাজীবন বেশি গুরুত্ব দিয়ে এসেছে । কিন্তু আজকে ছেলেটার ব্যবহার ওকে সত্যিই অবাক করেছে । কিন্তু এতদিন ধরে দেখছে

ওকে , এতবড় ভুল প্রতিষ্ঠা ব্যানার্জি করতে পারেনা । ও ঠিক করে বাবাকে ফোন করে গোটা বিষয়টা জানাবে । বাবার নাম্বারে দুবার ফোন করেও কোনো উত্তর আসেনা । রাগে ওর মাথা কাজ করেনা । ও ভাবে রাতের খাবারটা গিয়ে নিয়ে আসবে । বাইরে বেরোলে মাথাটাও একটু শান্ত হবে । সেই ভেবে গেটে তালা মেরে গাড়ি নিয়ে বেরিয়ে পড়ে প্রতিষ্ঠা ।

বিছানা থেকে ওঠার চেষ্টা করে সৈকত , কিন্তু ডান পা এখনও অবশ । এখানে আসার পর থেকে বিপদ ওর পিছু ছাড়ছে না কোনো মতেই । নিজের কৌতূহলও এই জন্য খানিকটা দায়ী। সেদিন রাস্তা দিয়ে যেতে যেতে ওষুধের দোকানে চোখ পড়তেই অবাক হয়ে গেছিলো ও । ওষুধের দোকানে দাঁড়িয়ে থাকা মহিলাকে কোথায় যেন দেখেছে ও । কিছুতেই মনে করতে পারছিল না । একটু কাছে এগিয়ে গিয়ে ভালোভাবে দেখতেই চিনতে পারলো । স্যারের ঘরে ওনার সঙ্গেই স্যারের ছবি রয়েছে । কিন্তু ও বুঝতে পারছিল না প্রতিষ্ঠা ব্যানার্জি এই শহরে কি করছে । ওর মনে হচ্ছিলো এর মধ্যে গভীর কোনো রহস্য রয়েছে । কিন্তু বেশি তলিয়ে দেখতে গেলে বিপদ বাড়বে বই কমবে না । এর থেকে ওই জায়গা ছেড়ে যত তাড়াতাড়ি বিদায় নেওয়া যায় ততই মঙ্গল । ও ওখানে আর না দাঁড়িয়ে হাঁটতে শুরু করলো । মাথায় সব ঘটনা ঘুরতে থাকায় একটু অন্য মনস্ক হয়ে গেছিলো তখন । মিনিট খানেক যেতে না যেতেই কিছুর সাথে প্রচন্ড ধাক্কা। চারিদিক অন্ধকার হয়ে এসেছিল ওর । তারপর আর কিছু মনেছিল না । উঠে দেখে একটা ঘরের মধ্যে বিছানায় শুয়ে । গায়ে নিজের পোশাক অবধি নেই । ম্যাডামকে ঘরে ঢুকতে দেখে চমকে উঠেছিল । নিজের অদৃষ্টকে দোষ দেওয়া ছাড়া আর কিছুই করার নেই ওর কাছে । যে বিপদ থেকে বারবার পালাতে চায় , তারমধ্যেই এসে পড়ছে বারবার । নিয়তিকে মেনে নেওয়া ছাড়া আর কিছুই করার নেই । ম্যাডাম যে ওকে চিনতে পারেনি সেটা ভেবে ও খুশি হয় । ওর মতো সাধারণ একজন ইন্টার্নকে চেনার কথাও না । একবার ভাবে ম্যাডামকে নিজের পরিচয় জানাবে , কিন্তু বলতে গিয়েও থেমে যায় । ভাবে একটু সুস্থ হলেও এখান থেকে চলে যাবে ।

ম্যাডাম চলে গেছেন ঘন্টা খানেক হবে । একটু ঘুম এসে গেছিলো সৈকতের । হঠাৎ কারোর গোঙানির শব্দে ঘুম ভেঙ্গে যায় ওর । শব্দটা এই বাড়ির ভিতর থেকেই আসছে বলে মনে হয় ওর । কোন দিক থেকে আসছে ঠাহর করতে পারেনা সে । গোঙানির সঙ্গে সঙ্গে চিৎকারও করছে কেউ । সৈকত বিছানা ছেড়ে ওঠার চেষ্টা করে । উঠে দাঁড়াতে গিয়ে টাল খেয়ে

মেঝেতে পড়ে যায় ও। পা ঘষতে ঘষতে দরজার কাছে গিয়ে পৌঁছায়। কিন্তু দরজায় ধাক্কা দিয়ে খুলতে পারেনা। বাইরে থেকে নিশ্চয় তালা দেওয়া। ও আর গোঙানির শব্দটা শুনতে পায় না। মনের ভুল ভেবে নিজেকে শান্ত করার চেষ্টা করে। অনেক কষ্টে আবার নিজের বিছানায় ফিরে আসে সৈকত। ঘুমোনোর চেষ্টা করে। বিতস্তার মুখটা বারবার ওর চোখের সামনে ভেসে ওঠে। হাজার চেষ্টা করেও ওকে ভুলতে পারেনা সৈকত। শুধু ওর বলা একটা কথা ওর মনে ফিরে ফিরে আসে।

" শরীরটাই কি সব সৈকতদা ?..."

কথা গুলো চার দেওয়ালে ধাক্কা খেয়ে ওর কানে এসে পৌঁছায়। সৈকত যন্ত্রনায় ছটফট করতে থাকে।

১৪ ই মার্চ, ২০১৯

ফোনটা এসেছিল গতকাল রাতে রাতে। খাবার নিয়ে এসে প্রতিষ্ঠা তখন সবে খাবার গুলো প্লেটে রাখছে। তিনটে প্লেট করতে হয়েছে ওকে তিনজনের জন্য। ও ভেবেছিল বাবা ঘুরিয়ে ফোন করেছে। কিন্তু ফোনটা হাতে নিতে দেখে অচেনা নম্বর। ধরবে কি ধরবে না ভাবছে, তখনই ওর নাম্বারের প্রথম দুটো সংখ্যার উপর চোখ আটকে যায়। ফোন ধরতেই সেই পরিচিত গলা। কয়েক যুগ পেরিয়ে গেলেও হয়তো সেই গলা প্রতিষ্ঠা ভুলতে পারবে না।

" হ্যালো ...ইজ দিজ, ব্যানার্জি ? "

প্রতিষ্ঠা প্রথম কয়েক মুহূর্ত কথা বলতে পারেনা। তারপর নিজেকে সামলে নেয়।

" ইয়েস ...হু ইজ ইট .? "

" আরে ...ইটস মি ...সেলভাম ...আই সি ...ইউ ফরগট মি ..."

" ইয়েস ...ইয়েস ...আই নো হু ফরগট হুম। "

প্রতিষ্ঠার গলায় অভিমানের সুর। গতকাল ঘন্টা দুয়েক কথা হয় ওদের মধ্যে। প্রতিষ্ঠা ওর এনজিওর কথা বলে। সেলভাম ওকে প্রশংসায় ভরিয়ে দেয়। কিন্তু প্রতিষ্ঠা ওর কাছে সব চেপে রাখতে পারেনা বেশিক্ষন। বর্তমানে যা যা ঘটেছে সব বলে ওকে একে একে। বলে অনেকটা হাল্কা লাগে ওর।

" ডু দ্য রাইট থিঙ, ব্যানার্জি ..."

" বাট ইটস মাই ড্রিম প্রজেক্ট ..."

" ইউ উইল হ্যাভ মেনি মোর অপর্চুনিটিজ ...বাট দিজ ওয়ান ইউ মাস্ট গিভ আপ ...লিস্টেন টু মি ..."

এর পরেও অনেক্ষন কথা হয়েছিল ওদের। ফোন রাখার পরও সেলভমের স্মৃতি সারারাত জুড়ে থেকেছে ওর সাথে। ওকে অনুভব করেছে নিজের মধ্যে।

কিন্তু আজ সকাল হতেই ও বাস্তবে ফিরে আসে। ওর কি করা উচিত সেটা ভাবতে ভাবতে অনেকটা সময় চলে যায়। থানাটা বেশি দূর নয়। সত্যিই তো আরো সুযোগ আসবে ওর কাছে। এমন জিদ করার কোনো মানে হয়না।

থানায় যাবে ঠিক করেই ফেলেছিল প্রতিষ্ঠা। হঠাৎ ওর পুরনো একটা কথা মনে আসে। তখনও ভাস্করের সাথে ডিভোর্স পেপার সাইন হয়নি। কিন্তু ভাস্কর ওদের সাথে থাকা বন্ধ করে দিয়েছে। ছেলেকে নিয়ে তখন অসহায় প্রতিষ্ঠা। নিজের দেশে ফিরবে তাও আইনি জটিলতায় সম্ভব নয়। সেলভমের নাম্বারে দিনের পর দিন ফোন করে গেছে ও। ওদিক থেকে কোনো উত্তর আসেনি। এতো বড় সংস্থাটা ও নিজে দাঁড় করিয়েছে। ছেলেটা ধরা পড়ে গেলে ওর এনজিওর কাজকর্ম মিডিয়ার সামনে প্রশ্নচিহ্ন হয়ে দাঁড়াবে। ও ঠিক করে আরো কিছুটা সময় ছেলেটাকে দেওয়া প্রয়োজন।

প্রতিষ্ঠা প্রথমে অচেনা লোকটির ঘরে যায়। গিয়ে দেখে লোকটি তখনও ঘুমাচ্ছে। দেখে মনে হয় আগের থেকে অনেকটা সুস্থ। মনে মনে ভাবে একে আজকের মধ্যেই বিদেয় করতে হবে। ও লোকটির দিকে এগিয়ে যায়। ওর পোষাক ছাড়িয়ে দিয়ে নতুন বস্ত্র পরিয়ে দেয়। লোকটির হাত ওর শরীরে ঠেকছে দেখে ওর নিজেকে সরিয়ে নেয়। খাবারের থালাটা বিছানার পাশে রেখে দরজায় তালা দিয়ে আরেকটা ঘরের উদ্দেশ্যে হাঁটা দেয়।

আজ ছেলেটা অনেকটা শান্ত। চুপচাপ খাটে শুয়ে। দেখলে কেউ বলবে না কাল রাতে এই ছেলেটাই এতো চিৎকার করছিল। ওকে দেখে ওর একটু মায়ায় হয়। হয়তো শরীরের যন্ত্রনা নিতে পারছে না। কাঁচের প্লেটটা ওর বিছানার কাছে রাখে। পুরনো ব্যান্ডেজটা খুলে একটা নতুন ব্যান্ডেজ লাগিয়ে দেয়। ছেলেটা কোনো শব্দ উচ্চারণ অবধি করেনা। প্রতিষ্ঠা ঘর ছেড়ে বেরিয়ে যায়।

তখনও ঘুম পুরোটা ভাঙেনি সৈকতের যখন দরজায় আওয়াজ পায়। ও চোখ বন্ধ করেই শুয়ে থাকে বিছানায়। ঘরে একজন প্রবেশ করে। ও একবার চোখ খুলে দেখে ম্যাডাম দাঁড়িয়ে সামনে, হাতে নতুন পোষাক। কেমন একটা অদ্ভুত অনুভূতি হয় ওর শরীর জুড়ে। ম্যাডামের গায়ের থেকে একটা অদ্ভুত সুন্দর গন্ধ ভেসে আসে। গতকাল রাতের কোনো কথায় ওর

মনে পড়ে না। ও চোখ বুজে বিছানায় শুয়ে থাকে। উনি ওর সামনে এসে ওকে সোজা করে বসান। ম্যাডামের শরীরের নরম স্পর্শ সৈকত অনুভব করতে পারে। ওনার ঘ্রাণের গরম নিঃশ্বাস ওর গায়ে এসে পড়ে। নিজের অজান্তেই ওর হাত ম্যাডামের শরীর স্পর্শ করে। ও বুঝতে পারে ম্যাডাম বিচলিত বোধ করছেন , কিন্তু ও নিজের হাত সরায় না। ম্যাডাম নিজেই ওকে সরিয়ে দিয়ে খাবার রেখে চলে যান। সৈকত দেখে ওর নিম্নাঙ্গে জীবন সঞ্চার হয়েছে।

ম্যাডাম চলে গেছেন বেশ কিছুক্ষণ। বিতস্তার কথা মনে পড়ে সৈকতের। এর মধ্যেও ও। নিজের প্রতি ঘৃণা জন্মায় ওর। ও ঠিক করে এখানে আর বেশিক্ষন থাকবে না। শরীর যে মাঝে মাঝে মনকে হারিয়ে দেয় , সেটা ও অনুভব করতে পারে।

সৈকত খাবার খেয়ে উঠে দরজায় ধাক্কা দেয়। কিছুক্ষন পরই প্রতিষ্ঠা ছুটে আসেন।

" হোয়াট হাপেন্ড ? ..."

" আই এম ফিলিং বেটার টুডে। আই উড লাইক টু গো হোম ..."

" ওকে ইউ ক্যান গো ইন দ্য আফটারনুন ...আই উইল গিভ ইউ আ লিফ্ট ..."

" নো নিড অফ দ্যাট ...আই ক্যান গো মাইসেলফ ..."

" ওকে দেন ..."

বাড়িটা থেকে বেরিয়ে হাফ ছেড়ে বাঁচে সৈকত। এবার ঘরের ছেলে ঘরে ফিরলে নিশ্চিন্ত। ম্যাডামই দরজা অবধি ছাড়তে এসেছিলেন ওকে। ও বেরিয়ে দেখে জায়গাটা বেশ নির্জন। বিকেল পেরিয়ে সন্ধ্যে নামছে আস্তে আস্তে। ও একটু হাঁটার চেষ্টা করে বুঝতে পারে পায়ের ব্যাথাটা এখনো কমেনি। এই পাথুরে রাস্তায় হাঁটা একেবারেই অসম্ভব। আবার ওর নিজের সিদ্ধান্তের উপর রাগ হয়। ম্যাডাম তো পৌঁছে দিতেই চেয়েছিল। নিজেকে একটা থাপ্পড় মারতে ইচ্ছে করে ওর। ও দেখে বাড়িটার উল্টো দিকে রাস্তার পাশে একটা বসার জায়গা। ও খুঁড়িয়ে খুঁড়িয়ে ওখানে গিয়ে বসে। অপেক্ষা করতে থাকে কোনো গাড়ি আসার।

লোকটা চলে গেছে মিনিট পনেরো হবে। এবার একটু নিশ্চিন্ত বোধ করে প্রতিষ্ঠা। এইরকম উটকো বিপদ ওর একদম পছন্দ না। বাইরে দেখে সন্ধ্যে নামছে। একা একা কেমন বোরিং লাগে। ছেলেকে একবার ফোন করবে ভাবে , কিন্তু এই সময় ওর ড্রয়িং ক্লাস থাকে। ওর হাত টিভির রিমোটের

দিকে যায়। এখানকার লোকাল চ্যানেলগুলোর ভাষা ওর মাথার উপর দিয়ে যায়। ও একটা ইংরিজি নিউজ চ্যানেল চালায়। শুধু ভোটের খবর সারাদিন। ও চেঞ্জ করতে যাবে তখনই খবরটা স্ক্রিনে ভেসে ওঠে। ছোট্ট একটা বাচ্চা মেয়ের ছবি দেখাচ্ছে। মুখটা ব্লার করা। জায়গাটার নাম দেখে ওর বুক কেঁপে ওঠে। খবর দেখে ও বুঝতে পারে দুটো ঘটনার পিছনেই একজনই রয়েছে। প্রতিষ্ঠা বুঝতে পারে ও কতো বড় ভুল করে ফেলেছে। ও ভাবে থানায় যাওয়া দরকার। কিন্তু ওর মন তখনও মানে না। ওর মনে হয় একবার ছেলেটাকে জিজ্ঞেস করা উচিত ওর। ওর পক্ষটা না জানা অপরাধ। ও চাবি নিয়ে ওর ঘরের সামনে পৌঁছায়। দরজা খুলতেই অন্ধকার ওকে ঘিরে ধরে। একটু গা ছমছম করে ওঠে ওর। প্রতিষ্ঠা এগিয়ে যেতেই ওর পায়ে কিছু ফুঁটে যায়। ও ফোন থেকে টর্চ জ্বালিয়ে দেখে কাঁচের টুকরো। ও বুঝতে পারেনা কোথা থেকে এলো এটা। ওর পা টা অনেকটাই কেটে গেছে। প্রতিষ্ঠা কেয়ার না করে বিছানার দিকে এগিয়ে যায়। ও টর্চের আলোয় দেখে খাবার থালাটা ভেঙে পড়ে আছে মেঝেতে। বিছানাতে টর্চের আলো পড়তেই ও অবাক হয়ে যায়। ছেলেটা বিছানাতে নেই। ওর শরীরের মধ্যে দিয়ে হিম শীতল একটা স্রোত বয়ে যায়। ও পিছন ঘুরে ঘর থেকে বেরিয়ে আসতে যায়। কিন্তু তার আগেই ওর গলা কেউ পিছন থেকে চেপে ধরে। প্রতিষ্ঠা নিজেকে ছাড়িয়ে নেওয়ার চেষ্টা করেও পারেনা। ওর হাত থেকে ফোনটা নিচে পড়ে যায়। ও ওর আলোয় ছেলেটার মুখটা দেখতে পায়। চোখ গুলো জ্বলছে ওর। হঠাৎ ওর গলার উপর ছেলেটার হাত চলে যায়। ধারালো কিছুর স্পর্শ ও অনুভব করে। প্রতিষ্ঠা নিজেকে ধরে রাখতে পারেনা। মেঝেতে সশব্দে ওর শরীর পড়ে যায়। গলা দিয়ে ফিনকি দিয়ে রক্ত বের হতে থাকে। প্রতিষ্ঠা আবছা চোখে ছেলেটার মুখটা দেখতে পায়। ও স্বপ্নে দেখা মুখটা মনে করতে পারে এবার। স্বপ্নের মানে ওর কাছে পরিষ্কার হয়ে যায়। ও কিছু অস্পষ্ট উচ্চারণ করতে গিয়েও পারেনা। ছেলেটা আস্তে আস্তে ওর উপর দিয়ে টলতে টলতে বাইরে বেরিয়ে যায়। প্রতিষ্ঠার চোখ আস্তে আস্তে বুঁজে আসে।

সৈকত ঢিবিতার উপর অনেক্ষন বসে। কোনো গাড়ির দেখা নেই। নিজের উপর এতোটা রাগ ওর কোনোদিন হয়নি। হঠাৎ বাড়ির ভিতর থেকে একটা চিৎকার ভেসে আসে। তারপর সব চুপচাপ কিছুক্ষন। কয়েক মুহূর্ত পরই একটা ছায়ামূর্তি বাড়িটা থেকে বেরিয়ে চলে যায়। সৈকতের কেমন যেন সন্দেহ হয়। ও কিছুক্ষন পর বাড়িটার ভিতরে ঢোকে। নিজের ঘর পেরিয়ে হাঁটতে থাকে সোজা। কোথাও কিছু নেই। ও ম্যাডামকে ডাকতে

থাকে । কোনো সাড়া পায়না । একদম শেষ প্রান্তের একটা ঘর খোলা । ওটার মধ্যে ঢুকতেই দেখে একজন মেঝেতে পড়ে আছেন। রক্তে ভেসে যাচ্ছে চারিদিক । কাঁচের টুকরো ছড়ানো এদিক ওদিক জুড়ে । মুখটা দেখেই ভয়ে সৈকতের শরীর ঠান্ডা হয়ে যায় । ও পাগলের মতো ছোটাছুটি করতে থাকে এদিক ওদিক । কি করবে ঠিক করে উঠতে পারেনা ।

১৩ ই মার্চ, ২০১৯

ভয় বিষয়টা অত্যন্ত নিজস্ব । যতক্ষন নিজের মধ্যে রয়েছে , ততক্ষণই এর শক্তি । এভাবে একা একা কেবিনের মধ্যে মধ্যে মরে যাওয়াই কি ওর ভবিতব্য । একটু আগেও ওর শরীরের মধ্যে ঠান্ডা স্রোত বয়ে যাচ্ছিল । হয়তো মৃত্যুকেই দেখতে চাইছিল ও । কিন্তু মৃত্যু আসেনি , এসেছিল এক সাফাইওয়ালা । প্রথমবার অনেকদিন পর হাসি পেয়েছিল ওর । নিজের উপর হয়তো হাসিটা, কিন্তু আজ ওর হাসার অধিকারটাও বোধয় নেই । দেখলে কেউ ভাব্বে সব মিথ্যে , বানিয়ে অভিযোগ করেছে । সব প্রমাণের দায় যেন ওর নিজের ।

ওর বেডটা জানলার ঠিক ধারেই । নার্স যাওয়ার সময় জানলাটা আটকে দিয়ে গেছে । গুমোট ঘরে ওষুধের গন্ধ ছাড়া আর কিছু নেই । জানলাটা খোলা থাকলে তাও বাইরেটা দেখা যায় । আবার পায়ের শব্দ । এবার আর ভয় পায়না ও । নার্স এসে জানলাটা খুলে দেয় । হসপিটাল থেকেও পশ্চিমঘাটকে দেখা যায় । জীবনের প্রতি মুহূর্ত গতিশীল , শুধু ওই পাহাড়টা ছাড়া । ও যেদিন প্রথম থিরুনেল্লিতে এলো সেদিনের কথা খুব মনে পড়ে । সেদিন ওর মা , বাবা ছিলো ফেরার জন্য একটা বাড়ি ছিলো , আর আজ কটা দিনের হেরফেরে কিছুই অবশিষ্ট নেই । হয়তো পাহাড়টা ওর সব দুঃখের খবর জানে। একবার পাহাড়টার কাছে নিজের সব কিছু বলতে ইচ্ছে করে । হয়তো শুনতে পাবে পাহাড়টা , যেটা অন্যরা শুনতে পায়না ।

১৬ ই মার্চ , ২০১৯

মাঝে দুদিন কেটে গেছে হসপিটালের বেডে শুয়েই । যখন জানলাটা খোলা থাকে , খুব মিষ্টি একটা ফুলের গন্ধ ভেসে আসে বাইরে থেকে । কি ফুল গাছ ও বুঝতে পারেনা , কিন্তু গন্ধটা খুব চেনা । ছোটবেলায় যখন দিদির সাথে ফুল তুলতে যেতো , তখন ঠিক এইরকম গন্ধ ভেসে আসতো । আজ সব কিছুই স্মৃতি , বাস্তব শুধু এই কেবিনটা ।

কিছুক্ষন আগে সৈকতদা এসেছিল । একটু উদ্ভ্রান্তের মতোই লাগছিল ওকে । মানুষটা যে খুবই সাধারণ সেটা ও বুঝতে পেরেছে । বিদায় নেওয়ার জন্যই

বোধয় এসেছিল। শরীর কেমন আছে জিজ্ঞেস করছিল। কি উত্তর দেবে ও ভেবে পায়নি। শুধু তাকিয়ে ছিলো ওর দিকে। নিজের বাড়ির কথা বলছিল, মা বাড়িতে একা, এতোদিন এখানে পড়ে রয়েছে। বিতস্তা বুঝতে পারছিল সবই। কিন্তু বাস্তবকে তো মেনে নিতেই হবে। ওর একবার মনে হয়েছিল বলবে যে দাদা কটা দিন থেকে যাও। কিন্তু ও বলেনি। কিসের অধিকারে বলবে, শুধু কারোর বোঝা হয়ে ও থাকতে চায়না। যাওয়ার আগে বললো কলকাতায় গেলে দেখা হবে। ও জানে আর কোনোদিনই হয়তো দেখা হবে না ওদের। তাও আটকায়নি ওকে। মুখটা নামিয়ে যখন সৈকতদা বেরিয়ে গেলো ঘর থেকে, কেমন একটা লাগছিলো বিতস্তার। একবার মনে হয়েছিল জানলা গলে নিচে নেমে গেলেই তো সব শেষ। শরীরটা প্রচন্ড শব্দ করে নিচে গিয়ে পড়বে। হাসপাতালের সবাই ছুটে এসে দেখবে একটা পচা গলা শরীর, ভেসে যাচ্ছে রক্তে। সবাই যখন ছুটবে ওর জন্য, তখন ওর ছুটি। কিন্তু পরক্ষনেই মনে হয়েছিল, এর মানে তো হেরে যাওয়া। শুধু নিজের জন্য স্বার্থপরের মতো মরে যাওয়া। এই লড়াইটা কি শুধু ওর নিজের। দিদির মুখটা মনে পড়েছিল ওর। মৃত্যু তো বড্ড সাধারণ। কয়েকটা দিন না হয় অপেক্ষায় করুক সে।

১৭ ই মার্চ, ২০১৯

" হাও আর ইউ ফিলিং টুডে ? ...উই আর ট্রায়িং আওয়ার বেস্ট টু ক্যাচ হিম ... "

" লিটল বিট ফাইন ..."

" উই ওয়ান্ট টু শো ইউ সামথিং ..."

বিতস্তা কিছু না বলে চুপ করে থাকে। ইন্সপেক্টর একটি ফাইল থেকে একটা ছবি বার করেন।

" ক্যান ইউ রেকগনাইজ হার ? "

বিতস্তা ছবিটা নিয়ে দেখে, কিন্তু চিনতে অসমর্থ হয়।

" উই রিসিভড ওয়ান আননোন কল ...হোয়েন উই রিচড ...শি ওয়াজ অলরেডি ডেড ..."

" আই ডোন্ট নো হার ..."

" উই থিঙ্ক ইয়োর কেস ইজ রিলেটেড টু দিজ ...এস পার এ রিলায়েবল সোর্স, শি ওয়াজ ওয়ার্কিং উইথ এ জুভেনাইল ...উই থিঙ্ক দ্যাট জুভেনাইল ইজ এনগেজড ইন বোথ অফ দিজ ক্রাইমস ..."

বিতস্তা চুপ থাকে। ইন্সপেক্টর আবার বলতে শুরু করেন।

" উই হ্যাভ প্রিপেয়ার্ড এ স্কেচ ...ক্যান ইউ কনফার্ম ? "

বিতস্তা স্কেচটা দেখে মাথা নেড়ে সম্মতি জানায় ।

" ওকে হ্যাভ এ নাইস ডে , ম্যাডাম ..."

ইন্সপেক্টর বেরিয়েই যাচ্ছিলেন কেবিন থেকে । বিতস্তা ওনাকে ডাকে ।

" স্যার , ক্যান ইউ রিকোয়েস্ট দ্য ডক্টরস টু হ্যাভ মি রিলিজড ..."

ইন্সপেক্টর ওর কথায় একটু অসন্তুষ্ট হন বোঝা যায় ।

" ম্যাডাম ...উই থিঙ্ক ...ইয়োর কন্ডিশন ইজ ইয়েট নট ফাইন ...স্টিল আই উইল স্পিক উইথ দ্য ডক্টরস ...বাট হেয়ার ইউ ক্যান হ্যাভ পুলিশ প্রটেক্টশন ...ইফ ইউ স্টিল ফিল ...ইউ ক্যান কাম এন্ড লিভ ইন গভর্মেন্ট হোমস ..."

" নো ...আই উইল স্টে ইন মাই হোটেল ...হোয়ের আই ওয়াজ স্টেয়িং ..."

" বাট ইট উইল বি ডেঞ্জারাস ..."

বিতস্তা ওর জিদেই টিকে থাকে । ইন্সপেক্টর ডক্টরের সাথে কথা বলবেন বলে বিদায় নেন ।

২০ শে মার্চ , ২০১৯

দুদিন মাঝে কেটে গেছে । ছেলেটাকে পুলিশ এখনো ধরতে পারেনি । ও জানে ওকে ধরা ওতো সহজ নয় । ইন্সপেক্টর এসেছিলেন গতকাল রাতে । ওকে আজকেই ছেড়ে দেওয়া হবে হসপিটাল থেকে । ওনারা ওকে স্পেশাল হোমে নিয়ে যাওয়ার জন্য জোর করছিলেন । কিন্তু বিতস্তা ওর জিদ থেকে সরে আসেনি।

এই কদিন মিডিয়া , পুলিশ সব কিছুর ভিড়ে নিজেকেই হারিয়ে ফেলেছিল ও । হসপিটাল থেকে বেরোনোর আগে নিজের বেড এর দিকে চোখ যায় ওর। কদিন এটার থেকে প্রিয় ওর কাছে কিছু ছিলো না । হয়তো কদিন পর আবার অন্য একটা মেয়ের জায়গা হবে ওই বেডে । পক্রিয়াটা থামানোর কোনো উপায় নেই ওর কাছে । কিন্তু কিছু একটা করা দরকার । ওর হঠাৎ চোখ পড়ে হসপিটালের বাইরে কালী দাঁড়িয়ে রয়েছে একা একা । এই কদিন ওর কথা ভুলেই গেছিলো ও । মানুষ বোধয় সত্যিই স্বার্থপর । ওর দিকে তাকিয়ে কষ্ট হয় বিতস্তার । ও কালিকে কাছে ডাকে । ওকে সঙ্গে নিয়েই হোটেলের উদ্দেশ্যে রওনা দেয় । পুলিশের তরফ থেকেই ওর জন্য গাড়ির ব্যবস্থা করা হয়েছিল ।

হোটেল এর সামনে গাড়িটা ওদের নামিয়ে দিয়ে চলে যায় । বিতস্তা বুঝতে পারে হাঁটতে ওর এখনও কষ্ট হচ্ছে । ও কালির হাত ধরে হোটেলের রিসেপশনে এর সামনে আসে । কিন্তু হোটেল ম্যানেজার ওকে হোটেলে থাকতে

দিতে রাজী হননা । বিতস্তা একটু রেগেই যায় এবং কারণ জিজ্ঞেস করে । ম্যানেজার সঠিক ভাবে কোনো উত্তর দিতে সমর্থ হয়না । কিন্তু ওরা যে কোনো মতেই ওকে থাকতে দিতে রাজী নয় সেটা ও বুঝতে পারে । বিতস্তা যখন বেরিয়ে আসছে হোটেল থেকে তখন দেখে ম্যানেজার হোটেল এর সাফাইওয়ালা কে ডাকছে । ও একটু দাঁড়ায় কি হয় দেখার জন্য । ও দেখে সাফাইওয়ালা এসে ওদের জায়গাটা ধুয়ে দেয় । বিতস্তা আর এক মুহূর্ত ওখানে দাঁড়ায় না । আরো দুয়েকটা হোটেলেও ওর সাথে একই রকম ব্যবহার করা হয় । ও তখন মনে মনে হতাশ । এই জন্যই হয়তো ইন্সপেক্টর সরকারী হোমের কথা বলেছিলেন । আপাত শিক্ষিত সমাজের মধ্যেও যে গোড়ামি কতোটা গভীরে সেটা দেখে ওর কষ্ট হয় ।

" চেচি , ইউ ক্যান স্টে ইন আওয়ার হাউজ ..."

ও আর কোনো উপায় না পেয়ে ওদের বাড়িতে যেতে রাজী হয় ।

" ডিড দে স্কল্ড ইউ ? ...."

ওর প্রশ্নে কালি চুপ করে থাকে । বিতস্তা বুঝতে পারে , ছোট্ট মেয়েটাকেও এই কদিনে অনেক কিছুই সহ্য করতে হয়েছে । তবে এটা ভেবে অবাক হয় যে আদিবাদী সমাজ নিজের মেয়েকে পর করে দেয়নি । ছেড়ে চলে যায়নি । হয়তো তথাকথিত শিক্ষিত সমাজের মধ্যে বিষটা বেশী ছড়িয়েছে । ওর নিজের মায়ের মুখটা মনে পড়ে একবার ।

কালীদের বাড়িতে যেতে সবাই ওকে থাকার একটা জায়গা করেদেন। একটা কুঁড়ে ঘরে ওর থাকার জায়গা হয় । ঘরটা কালীদের ঘরের পাশেই । উপরে টালির চাল । এইরকম ঘরে কোনোদিন থাকেনি বিতস্তা । গরমে ওর গা ঘেমে যায় । কিন্তু তাও যেন একটা অদ্ভুত প্রশান্তি রয়েছে এখানে। হয়তো আদিমতার মাঝে এই মানুষগুলোর মধ্যে কৃত্তিমতা ঢোকেনি বলে । রাত হলে কালি ওর জন্য নিজে খাবার দিয়ে যায় । খাবারটা অদ্ভুত স্বাদ । এখনো ওর ঠোঁঠের পাশের ঘা টা কমেনি । খেতে একটু কষ্ট হয় ওর ।

২৩ শে মার্চ , ২০১৯

গত দুদিন ওদের এখানেই রয়েছে বিতস্তা । ওদের জীবন ধারনের প্রক্রিয়া ওকে আকৃষ্ট করেছে । ওর সব থেকে যেটা ভালো লাগে যে ওরা পার্থক্য করে না । হয়তো সাধারণ শিক্ষিত সমাজ ওদের থেকে নিজেদের আলাদা করে বলেই ওরা সঙ্গ বদ্ধ হতে শিখেছে । পুলিশ এর তরফ থেকে যে ওর উপর এখনো নজর রাখা হচ্ছে সেটা ও অনুভব করতে পারে ।

পুলিশ যে এখনো ছেলেটাকে ধরতে পারেনি , সে ব্যাপারেও ও নিশ্চিত। ওর কেনো যেন মনে হয় ছেলেটা থিরুনেল্লিতেই কোথায় লুকিয়ে রয়েছে। ও এখন অনেকটাই সুস্থ। মাঝে মধ্যেই বিকেলের দিকে কালির হাত ধরে হাঁটতে বের হয়। আজ বিকেল হতেই ওরা পক্ষী পাঠালাম ট্রেক ধরে হাঁটতে থাকে। কালী যেতে রাজী হচ্ছিলো না ওকে নিয়ে , কিন্তু বিতস্তাই জোর করে। একটু হাটতেই বিতস্তা হাঁফিয়ে ওঠে। কালী এসে ওর হাত চেপে ধরে।

" লেট আস গো ব্যাক, চেচি ..."

বিতস্তা আবার উঠে দাঁড়ায়। এগোতে থাকে মনের জোরে। রাস্তা টা খাঁড়ায় আর পাথরে ভর্তি। তাই পরিশ্রমটা অনেক বেশিই হচ্ছে। এর আগে যখন এখানে এসেছিল তখন, এতোটা পরিশ্রম হয়নি। হয়তো ও আগের থেকে ভীত হয়ে গেছে। ভয়টাকে কাটতেই হবে ওকে।

যখন ওরা দুজন পাহাড়ের উপর গিয়ে পৌঁছায় ঝিরিঝিরি বৃষ্টি শুরু হয়েছে তখন। রাস্তা বেশ পিচ্ছিল। ওরা দুজন হাত ধরে সাবধানে এগোতে থাকে। দূরে প্রাচীন গুহাটা চোখে পড়ে। এখানে ওরা যেদিন এসেছিল , খুব আনন্দ হয়েছিল। সেই দিনের কথা বিতস্তার খুব মনে পড়ে আজ। আজ ওর শরীরে দৌড়ে যাওয়ার শক্তি নেই। ও ধীরে ধীরে গুহার দিকে এগোতে থাকে। ওরা একটু কাছে যেতেই অবাক হয়। গতবার যখন এসেছিল তখন এখানে অনেক পাখি উড়ে বেড়াচ্ছিল। আজ একটা পাখিরও দেখা নেই। বিতস্তা দেখে কালিও খানিকটা অবাক হয়েছে।

" হোয়ায় দেয়ার ইজ নো বার্ডস ?...ইজ ইট নট দ্য টাইম ? "

" আই ডোন্ট নো চেচি ..."

ওরা গুহাটার দিকে আরো এগিয়ে যায়।হঠাৎ কালী কিছু দেখে চিৎকার করে ওঠে। বিতস্তা ওর মুখ চেপে ধরে। বিতস্তা এগিয়ে গিয়ে দেখতে পায়। একটা পাখির দেহের অবশিষ্ট অংশ পড়ে রয়েছে। কোনো হিংস্র জন্তু যে আসে পাশেই আসে বিতস্তা বুঝতে পারে। এই জন্যই কি পাখিগুলো তাদের বাসা ছেড়েছে। বিতস্তা ভাবে এখানে থাকা ঠিক না। ও পাশ ফিরতেই দেখে কালী ওর পাশে নেই। ভয়ে ওর শরীর ঠান্ডা হয়ে যায়। কোথায় গেলো মেয়েটা , ও নড়বড়ে পায়ে গুহাটার দিকে এগোতে থাকে। এর আগের বার এসে গুহার মধ্যে ঢোকার সাহস ও দেখায় নি। ও চিৎকার করে কালির নাম ধরে ডাকে। গুহার মধ্যে থেকে ওর শব্দ প্রতিফলিত হয়ে ফেরত আসে। ভিতর থেকে কোনো উত্তর আসেনা। বিতস্তার নিজের উপর রাগ হয়। কেনো ও জোর করলো। মেয়েটা ফিরে যেতেই চাচ্ছিল। আস্তে আস্তে সন্ধ্যে নেমে আসছে।

ও সাহস করে গুহার মধ্যে ঢোকে । একটু এগোতেই মুখে মাকড়সার জাল এসে আটকায় । হাত দিয়ে সরিয়ে ও এগোতে থাকে । ভিতরটা বেশ অন্ধকার । ও আস্তে আস্তে এগোতে থাকে । ওর পা বারবার পাথরে ধাক্কা খায় । ও বুঝতে পারে পা অনেকটাই কেটে গেছে । কিন্তু তোয়াক্কা না করেই ও এগোতে থাকে । একটু এগোতেই ওর মনে হয় ও কালির গলা পায় । ও গায়ের সমস্ত শক্তি দিয়ে এগোতে থাকে । মোবাইলের আলোয় ও দেখে কালি বসে কিছু দেখছে । বিতস্তা ওকে দেখতে পেয়ে স্বস্তির নিঃস্বাস ফেলে ।

" চেচি কাম হেয়ার । "

বিতস্তা ওর কাছে যায় । গিয়ে দেখে সাদারঙের কিছু একটা পড়ে রয়েছে । ও আরেকটু ভালো করে এগোতেই স্পষ্ট করে দেখতে পায় জিনিসটা । একটা পুরনো ব্যান্ডেজ ।

" সামওয়ান ইজ হেয়ার ..."

কালির কথায় বিতস্তার নিঃস্বাস ভারী হয়ে ওঠে । ও যেন কারোর উপস্থিতি অনুভব করতে পারে।

" লেটস গো ...উই উইল কাম হেয়ার টুমোরো ..."

কালির হাত ধরে বিতস্তা গুহা থেকে বেরিয়ে আসতে চায় । ওরা জোর পায়ে হাঁটতে থাকে । হঠাৎ একটা পায়ের শব্দ ওরা শুনতে পায়। বিতস্তা সাবধান হয়ে যায় । গুহার এক কোণে দাঁড়িয়ে যায় । কালিকে বুকের মধ্যে চেপে ধরে । এই প্রথম নিজের থেকে অন্য কারোর জন্য চিন্তা হচ্ছে ওর । কালির রেসপন্সবিলিটি ওর নিজের । হয়তো কালির থেকে কাছের আর কেউ নেই ওর এই পৃথিবীতে । ওরা বুঝতে পারে কেউ গুহার মধ্যে দিয়ে এগোচ্ছে । ওরা চুপ করে দাঁড়িয়ে থাকে একটাও শব্দ না করে । ছায়ামূর্তিটা আস্তে আস্তে মিলিয়ে যায় । বিতস্তা কালিকে সঙ্গে করে আবার হাঁটতে শুরু করে । হঠাৎ মাথার পিছনে ভীষণ যন্ত্রনা অনুভব করে ও । টাল সামলাতে না পেরে পড়ে যায় পাথরের উপর । নাক ফেটে যায় পাথরের উপর পড়ে ।

কালি ঠিক বুঝতে পারেনা কি হয়েছে । ও ঝুঁকে বিতস্তাকে তোলার চেষ্টা করে । কিন্তু ওর ওজনের জন্য ওকে তুলতে সমর্থ হয়না । হঠাৎ পিছনে পায়ের শব্দ পায় কালী ।ও বুঝতে পারে বিপদ আসছে ।

" রান ...কালি ..."

বিতস্তা পাগলের মতো চিৎকার করতে থাকে । কালি এক মুহূর্ত কি ভেবে দৌড়ায় । বিতস্তা অনুভব করে পায়ের শব্দ এগিয়ে আসছে ওর দিকে । মৃত্যুর জন্য অপেক্ষা করা ছাড়া ওর পথ নেই আর । বিতস্তা নিজেকে শক্ত করে ।

ছেলেটার মুখ ও স্পষ্ট দেখতে পায় এবার। কিন্তু ও বুঝতে পারে ছেলেটার উদ্দেশ্য ভিন্ন। ও বিতস্তার দিকে লক্ষ্য করে না। ছেলেটা বিতস্তার মুখের উপর পা দিয়ে দলিয়ে দেয়। অসহ্য যন্ত্রনায় বিতস্তার সারা শরীর কেঁপে ওঠে। ও গায়ের সমস্ত শক্তি দিয়ে ছেলেটার পা চেপে ধরে। ওই অবস্থাতেই ছেলেটা এগোতে থাকে সামনের দিকে। বিতস্তা ওর পা ছাড়েনা। পাথরের আঘাতে ওর শরীর ছিন্ন ভিন্ন হয়ে যায়। হঠাৎ ছেলেটা ওর দিকে তাকায়। ওর মনে হয় যেন হাসছে ছেলেটা। হাঁটু গেড়ে বসে ওর দিকে। ওর মুখের দিকে তাকায়। ওর হাতে এক টুকরো পাথর। তারপর আর কিছু অনুভব করতে পারেনা বিতস্তা। ওর হাত ছেড়ে যায়।

মুখের উপর ঝিরিঝিরি বৃষ্টি পড়ছে। বিতস্তা ওঠার চেষ্টা করে পারে না। অন্ধকার হয়ে গেছে চারিদিকে। ওর কালির কথা মনে পড়ে হঠাৎ। ও কোনো মতে শরীরটাকে টেনে এগিয়ে নিয়ে যায়। বাইরে কোথা থেকে একটা অস্ফুট চিৎকার ভেসে আসছে যেন। ও শব্দটা লক্ষ্য করে এগোতে থাকে। চিৎকারটা যে কালির সেটা ও বুঝতে পারে। ও গিয়ে দেখে জন্তুটা কালির উপর চেপে বসেছে। কালি বাঁধা দেওয়ার চেষ্টা করছে। বিতস্তার মনে হয় ও হেরে গেল। ও চেষ্টা করেও উঠতে পারেনা। নিজেকে পরাজিত মনে হয়। ও পাশে থাকা টুকরো পাথর হাতে নিয়ে ছোড়ার চেষ্টা করে। কিন্তু ওর শক্তি অবশিষ্ট নেই। ও পাগলের মতো চিৎকার করতে থাকে। ছেলেটা ওর দিকে ফিরে তাকায়। কালিকে ছেড়ে ওর দিকে এগিয়ে আসে। ওর সামনে এসে দাঁড়ায় ছেলেটা। ঝুঁকে পড়ে ওর দিকে। ওর গলায় ছেলেটার হাত অনুভব করতে পারে বিতস্তা। ওর স্বাস বন্ধ হয়ে আসে। চোখের সামনে সব কিছু অন্ধকার হয়ে আসে যেন। হঠাৎ মুখের উপর নোনতা কিছু এসে পড়ে। বিতস্তা দেখে ছেলেটা পড়ে যায় সশব্দে। চারিদিকে ভীষণ অন্ধকার। হঠাৎ বিদ্যুতের আলোয় কালির মুখটা ভেসে ওঠে ওর সামনে। কালির সারা শরীরে কোনো অবগুন্ঠন নেই। কৃষ্ণ বর্ণ শরীরে লাল রক্তের অদ্ভুত মিশ্রণ। ওর মুখে এক অদ্ভুত প্রশান্তির ছায়া। ওর হাতের দিকে নজর যায় বিতস্তার। ওর কম্পিত হাতে একটা বড় পাথর। ওকে দেখে কার কথা মনে পড়ে যেন বিতস্তার। ওর হাতের রোম গুলো কেঁপে ওঠে একবার। কালি নিচে ঝুঁকে পড়ে।

অনেক্ষন শব্দটা কানে আসে বিতস্তার। কিছুর উপর পাথর দিয়ে আঘাত করলে যে শব্দটা হয় সেরকম কিছু। বিতস্তা ঐদিকে তাকাতে পারে না। ও চোখ বুজে থাকে। বৃষ্টি এখনো হয়েই যাচ্ছে অবিরত। বিতস্তার ঘুম পায়

ভীষণ।

২৬ শে মার্চ , ২০১৯

যখন ওর জ্ঞান ফেরে তখন ও হসপিটালের বেড এ । কালির বাড়ির লোকজনই ওদের উদ্ধার করে। ও জানতে পারে পুলিশ কালিকে নিয়ে গেছে জিজ্ঞাসাবাদের জন্য।

ইন্সপেক্টর কিছুক্ষন পর আসেন। ওর বয়ান রেকর্ড করেন। বিতস্তা ওনার থেকে জানতে পারে কালী কোনো কথা বলছে না। চুপ করে রয়েছে একদম। যে বডিটা পাওয়া গেছে তার মুখটা দেখে শনাক্ত করার অবস্থায় ছিলো না। বিতস্তা ওদের অনুরোধ করলে ওরা ওকে কালির সঙ্গে দেখা করতে নিয়ে যেতে রাজী হয়। যেতে যেতে ওর নিজেকে স্বার্থপর মনে হয়। ওর সেইদিনের কথা মনে পড়ে। কালি যেতে চাচ্ছিল না , ওর জন্যই ...। ওর মনে হচ্ছিল ছেলেটা থিরুনেল্লিতেই রয়েছে। ছেলেটার মুখে পক্ষী পাঠালাম এর নাম শুনেছিল ও। এর থেকে লুকোনোর উত্তম জায়গা আর কিছু হতে পারেনা । সেই ভেবেই ও বেরিয়েছিল। কিন্তু ওর জন্য কালীর জীবনটা হয়তো শেষ হয়ে গেলো। এই পাপের ভার ওকে চিরকাল বইতে হবে। এইসব ভাবতে ভাবতেই থানাতে পৌঁছে যায় বিতস্তা।

কালিকে কোনো আলাদা সেলে রাখা হয়নি। একটা আলাদা ঘর দেওয়া হয়েছে ওর জন্য। ওকে দেখেই কালি ছুটে আসে। ওর চোখে জল।

বিতস্তা ওকে বুকে জড়িয়ে ধরে। হঠাৎ ওর একটা কথা খেয়াল হয়।

" কালি ...হাও ওল্ড আর ইউ ? ..."

" ফিফটিন চেচি ..."

খুশিতে কালিকে বুকে চেপে ধরে বিতস্তা।

১ লা আগস্ট , ২০১৯

ঘুম থেকে উঠতে দেরী হয়ে গেছে আজ আবার। ভোর রাতে ঘুম এসেছিল একটু। এখনও ঠিকভাবে ঘুমাতে পারে না বিতস্তা। ছেলেটার মুখটা মাঝে মধ্যেই ভেসে আসে ওর সামনে। শারীরিক যন্ত্রনা অনেকটা কমে গেলেও মানসিক যন্ত্রণার বোধয় শেষ নেই। তাও সময় এর থেকে বড় ওষুধ বোধয় কিছু নেই। নিজেকে সামলে নেবার চেষ্টা করে ও।

অফিসে আজ আবার বকা খেতে হবে ওকে। বিতস্তা তাড়াতাড়ি ব্রেকফাস্ট বানিয়ে মুখে ঢোকায়। কলকাতায় আসার পর স্যারের কাছ থেকে সাহায্য না পেলে ঘর ভাড়া পাওয়া কঠিন হতো ওর। অফিসে ইন্টার্ন শিপ থেকে ওকে পার্মানেন্ট করে দেওয়ার কথা বার্তা চলছে। মোটামুটি গুছিয়ে

নিতে মাস খানেক লেগেছে এখানে । মাঝে দু'বার কেরল ছুটতে হয়েছিল ওকে। কালির বিরুদ্ধে তেমন কোনো চার্জ আনেনি পুলিশ । জুভেনাইল প্রটেকশন ল এর আন্ডারে সেল্ফ ডিফেন্সের জন্য মার্ডার । জাস্টিস বোর্ড ওকে তিন মাসের হোমে থাকার পরামর্শ দিয়েছিলেন । যেদিন কালী ছাড়া পেল সেদিন বিতস্তা আর গোটা গ্রামের লোক উপস্থিত ছিল ওর জন্য । এখন কালি আবার স্কুলে যাচ্ছে আগের মতো । এইসব ভাবতে ভাবতে কখন নটা বেজে গেছে খেয়াল হয়নি বিতস্তার । ও স্নান করতে বাথরুমে ঢোকে । গায়ে কাটা দাগ গুলো এখনো মেলায় নি । ও আর ঐদিকে তাকায় না আজকাল ।

সৈকতদার সাথে আর দেখা হয়নি কলকাতায় এসে। একবার ফোন করেছিল কলকাতায় আসার পর, কেমন আছে জিজ্ঞেস করতে । ওর কোনো রাগ নেই সৈকতদার উপর । বাস্তবকে তো মেনে নিতেই হবে । একজন সাধারণ মানুষ হিসেবে যা করেছে, সেটাও হয়তো খুব কম লোক করবে এই দিনে ।

শুধু বাড়ির জন্য মাঝে মাঝে কষ্ট হয় । ভাবে একবার বাড়িতে ফোন করবে । কিন্তু হয়ে ওঠেনা । রোজ ভাবে মার ফোন আসবে , কিন্তু এই কদিনে একবারও ফোন আসেনি । হয়তো কোনোদিন মা বুঝতে পারবে , সেইদিনের অপেক্ষা ছাড়া আর কোনো উপায় নেই ওর কাছে ।

স্নান সেরে পোশাক পরতে পরতে ওর সাড়ে নটা বেজে যায় । তারপর দরজায় তালা লাগিয়ে দৌড়াতে হবে ওকে । বাড়ি থেকে বেরোতে যাবে তখন হঠাৎ ওর চোখ খবরের কাগজের একটা খবরে আটকে যায় ।

অফিস থেকে ফিরে এসে চোখ মুখ ধুয়ে ফ্রেশ হয়ে নেয় বিতস্তা । আজ সারাদিন অনেক খবর সংগ্রহ করেছে সে, কাজের ফাঁকে ফাঁকে । সন্ধ্যে বেলার জন্য বাইরে থেকেই রুটি কিনে আনে ও। দুবেলা রান্নার ঝামেলা রাখেনা । খেয়ে নেয় আজ তাড়াতাড়ি ।

ফোনটা নিয়ে বসে তারপর ।

" হ্যালো ...ইজ দিজ উন্নাও পুলিশ স্টেশন ? "

" হাঁ জি , বলিয়ে ..."

" আই এম ফ্রম নিউওয়াল্ড নিউজ পোর্টাল ...উই আর ডুয়িং এ স্টোরি অন ..."

ফোনটা কেটে যায় তৎক্ষণাৎ । বিতস্তার মুখে হাসি ফোটে । টিকিট ওর কাটা হয়ে গেছে আজ দুপুরেই । আবার একটা নতুন লড়াই শুরুর জন্য তৈরি হয় সে ।

লেখক পরিচিতি

লেখক- মিলন পুরকাইত

লেখক পরিচিতি-

লেখক মিলন পুরকাইত পশ্চিমবঙ্গের বারুইপুর পশ্চিম অঞ্চলের একটি ছোট গ্রাম জয়তলায় মাতুলালয়ে জন্মগ্রহণ করেন। লেখকের বর্তমান নিবাস বারুইপুর পর্ব অঞ্চলের শাসনের উত্তর প্রান্তে। পিতা বিশ্বনাথ পুরকাইত পেশায় ব্রিকলেয়ার। মাতা প্রমিলা পুরকাইত (মিদ্দ্যা)।

প্রাথমিক শিক্ষা গ্রহণ করেন শাসনের একটি ছোট প্রাথমিক বিদ্যালয়। পরবর্তীতে কল্যাণপুর উচ্চ বিদ্যালয় "কোটালপুর মধুসূদন হাই স্কুল" থেকে দ্বাদশ শ্রেণীর কারিগরি বিভাগ অর্থাৎ বৃত্তিমূলক শিক্ষা লাভ করছেন।

অন্যদিকে তিনি যেমন ভাবে পড়াশুনা চালিয়ে যাচ্ছেন ঠিক একইভাবে লেখালিখির সাথে যুক্ত আছেন অনেকদিন ধরেই। খুব কম বয়স থেকে লেখালেখি শুরু করেন। লিখেছেন ছড়া, অনুকবিতা-কবিতা, অনুগল্প- বড় গল্প, নাটক এবং সাইকো থ্রিলার কাহিনী। তার লেখা প্রকাশ হয়েছে বিভিন্ন ধরনের পত্রপত্রিকায় এবং বিভিন্ন সংকলনে। তার লেখা প্রথম গল্পের বই "কৃষ্ণাবতী" প্রকাশিত হয় ১লা মে, ২০২০ সালে, প্রকাশ হয়েছিল "কৃষ্ণপদ ঘোষ মেমোরিয়াল ট্রাস্ট", "সাহিত্য সহবাস" প্রকাশনী থেকে। অনেক পত্রিকার সম্পাদক নাট্যকার, লেখক প্রাবন্ধিক ও গল্পকার চেনেন তাঁকে। প্রথম পুরস্কার লাভ করেন ১৬ই নভেম্বর ২০২০ সালে, বিশ্ব বাংলা সাহিত্য একাডেমীর পরিচালনায়, সাহিত্য কল্যাণী পুরস্কার লাভ করেন। আরও বিভিন্ন ধরনের পুরস্কার লাভ করেন তিনি।

তার লেখা বেশ কয়েকটি গল্প "এমনও হয়, তোমায় চাহি রে, আত্মতৃপ্তি, তা সে যাতই কালো হোক, কাউকে জিতিয়ে, ইন্টারোগেশন" ইত্যাদি।

তার লেখা বেশ কয়েকটি বই এবং সংকলন "সংগ্রাম, ধরিত্রীর কষ্ট, রক্ত শিহরণ, দিনযাপনের দিনলিপি, আগমনী এবং ম্যাচ ফিক্সিং।

তিনি যুক্ত রয়েছেন একাধিক পত্র পত্রিকার সঙ্গে। এখনো লিখে চলেছেন বিভিন্ন কবিতা, গল্প এবং সাইকো থ্রিলার কাহিনী। মাত্র ১৯ বছর বয়সে তিনি নিজেকে লেখা-লিখির জগতে এক আলকজ্বল নক্ষত্রের মতো উজ্জ্বল করে তুলেছেন। তিনি তাঁর বিখ্যাত কবিতা ও গল্পের মধ্যে পিতা-মাতার মতো ভগবান তুল্য মানুষের প্রতি শ্রদ্ধা জানিয়েছেন। তুলে ধরছেন সমাজের বিভিন্ন চরিত্র, জানিয়েছেন তাঁর লেখালেখির মাধ্যমে সমাজের নিম্ন শ্রেণীর দুঃখের আত্মনাদ।

লেখক পরিচিতি লিখেছেন- মৌসুমি পুরকাইত

ফড়িং কথা

অনলাইন ও অফলাইন ম্যাগাজিনের পাশাপাশি নব উদ্যমে শুরু হল নেট ফড়িং সম্পাদিত একক বই এর কাজ। এই আঙ্গিকে প্রকাশিত হল নেট ফড়িং এর দ্বিতীয় গল্পের বই "রত্নাকর"। লেখক নেট ফড়িং এর অন্যতম ধারাবাহিক লেখক মিলন পুরকাইত। নেট ফড়িং এর ওপর বইটি সম্পাদনা ও প্রকাশ করার গুরুভার অর্পণ করার জন্য অসংখ্য ধন্যবাদ লেখক-কে। আশা রাখছি পাঠকরাও একইভাবে বইটিকে ভালোবেসে আপন করে নেবেন। শুভেচ্ছা ও অভিনন্দন জানাই প্রিয় লেখক মিলন পুরকাইত-কে। আপনার লেখনী সমৃদ্ধ করুক বাংলা সাহিত্য-কে।

-টিম নেট ফড়িং

নেট ফড়িং

একক বই এর নেপথ্যে-

আপনার একক বই এর জন্য লেখার পাণ্ডুলিপি পাঠান বাংলাতে টাইপ করে বা ডক ফরম্যাটে Whats App বা Mail এ। পাণ্ডুলিপির সাথে লেখকের নাম-ঠিকানা, ফোন নম্বর ও মেইল আইডি থাকা আবশ্যিক। পাণ্ডুলিপি মনোনীত হলে মেইল এর উত্তর পাবেন। বিস্তারিত জানতে যোগাযোগ করুন।

Whats App- 7501403002
Mail Id- netphoring@gmail.com

নেট ফড়িং এর প্রতিটি সংখ্যা পড়তে ক্লিক করুন নেট ফড়িং এর ওয়েবসাইট www.netphoring.com এ। নেট ফড়িং এর ব্লগে লেখা পোস্ট করতে মেইল করুন netphoring@gmail.com এ। লেখার ওপর উল্লেখ করুন নেট ফড়িং ব্লগ।

পাঠকের মতামত নেপথ্যে-

কি করে জানাবেন আপনার মতামত, কেমন লাগছে নেট ফড়িং এর অনলাইন ও অফলাইন সংখ্যা? কেমন লাগছে নেট ফড়িং সম্পাদিত বইগুলো? আপনার মতামত জানিয়ে মেইল করুন আমাদের netphoring@gmail.com এ সম্পাদকীয় প্রসঙ্গে মতামত জানাতে মেইল করুন sealbikram9@gmail.com এ। হোয়াটস আপ করতে পারেন ৭৫০১৪০৩০০২ এই নম্বর এ। আপনাদের মতামতই আমাদের চলার পথের অনুপ্রেরণা।

আমাদের ফেসবুক পেজ এর লিঙ্ক https://facebook.com/netphoring

আমাদের ওয়েবসাইটের লিঙ্ক https://www.netphoring.com/

www.ingramcontent.com/pod-product-compliance
Lightning Source LLC
La Vergne TN
LVHW060254051026
849517LV00003B/802
* 9 7 9 8 8 8 6 6 7 9 1 4 4 *